KB005251

소설 반야심경

1권

소설 반야심경 1권

발행일
2021년 5월 11일 초판 1쇄

지은이 ● 혜범 스님
펴낸이 ● 김종해
펴낸곳 ● 문학세계사
출판등록 ● 1979. 5. 16. 제21-108호

주소 ● 서울시 마포구 신수로 59-1
대표전화 ● 02-702-1800
팩스 ● 02-702-0084
이메일 ● mail@msp21.co.kr
홈페이지 ● www.msp21.co.kr
페이스북 ● www.facebook.com/munsebooks

ISBN 978-89-7075-997-5 03810

소설 반야심경

1권

혜범스님 장편소설

문학세계사

| 서문 |

"이젠 어떻게 하면 되는 거예요?"

"바다로 가면 돼."

"바다요? 바다는 왜요?"

"살아있으니까."

"하필이면 왜 바다예요?"

"바다는 아우성치니까."

"아……. 우리들 존재의 바다요?"

"그렇지. 우리는 자유의 바다, 화엄의 바다로 가는 사람들이란다."

그렇게, 바다로 왔고 교통사고를 크게 당했다. 입원을 했다. 7차, 8차, 11차 수술을 했고 그동안 내가 가장 많이 들은 말은 '조금 만 더 참아봐.', '산 사람은 살아야지.'였다.

몸이 껍데기라는 걸 알았다. 내 몸인데 몸은 내 말을 듣지 않았다. 그렇다고 몸과 내가 분리될 수 없다는 것도 알았다.

병상에 누운 채 이 고통은 무엇이지? 하는 마음으로 『소설 반야심경』을 다시 쓰기 시작했다. 욕망은 삶의 동력인가, 괴로움의 뿌리인가. 돌아보니 몸, 마음, 생각, 감정, 기억들이 스쳐 지나갔다.

"이 세상 고통은 어디서 와요?"

"우리들 마음에서 오지."

"왜 우리는 고통받아야 해요?"

"나고 늙고 병들고 죽는 것에서 비롯되지. 고통의 바다에서는 사는 순간이 죽는 순간이야."

"……….."

"내 몸이 내 것이면 내 맘대로 할 수 있어야 하는데 내 몸, 마음, 인생이 내 것이면 내 맘대로 할 수 있고 살 수 있어야 하는데 생로병사의 과정에서 그렇지 못하기 때문이다."

"……."

"수행이란 뭐예요?"

"꽃 찢고 열매 맺는 일이다. 그렇게 나에게서 너로 가는 길이지. 그건 자유로 가는 길이야."

"……."

"네가 눈길 주는 곳 바로 이 세상의 주인이다. 이 세상은 바로 너의 것이야. 너는 네가 돌아가 의지할 품 그러니, 너의 고삐를 네가 잡아라. 말 주인이 말의 고삐를 잡듯."

아파하며 반야를 찾는 동안 나만 아파 누워 있는 게 아니라 우리 모두가 코로나로 아파하고 있었다.

아무리 튼튼하고 힘이 넘치는 몸을 가진 청춘도 시간이 흐르면 피부가 거칠어지고, 늙고, 쇠약해지고 흩어졌다. 영원한 것은 아무것도 없었다.

우리들의 의지와는 상관없이 불가항력으로 닥쳐온 이 고통과 통증, 슬픔, 현실은 무슨 소리인가. 이 소설은 고통, 즉 색色, 공空에 대한 이야기다. 픽션이지만 어떤 한 눈이 먼 스님을 소재로 한, 그러나 픽션, 허구이다. 논픽션을 바탕으로 한 이야기다. 누구에게도 그리움이 되지 못하는, 그리움이 되게 해서는 안 되는 병상기록, 나의 실제 체험에서 나온 것이다. 그러나 픽션, 허구이다.

"어느 누구도 생로병사生老病死에서 벗어날 수 없다. 우리가 인생을 살면서 필요한 것을 얼마나 가지고 있는가가 아니라 불필요한 것에서 얼마나 자유로워져 있는가에 있다. 불운하다고? 불행하다고? 인생을 등에 지면 짐이 되지만 생生을 가슴에 품으면 수행이 되는 거다. 깨달음으로 가는 길, 삶은 곧 길이다. 우리는 서로 함께 걸으며, 서로를 향해 걷는다. 사람 사는 게 수행이다 잘 다녀오너라. 모든 것이 모두 잘 이루어지도록 하고."

이 소설 『반야심경』 속에 나오는 노스님의 대사다.

이 세상은 원인과 결과의 법칙에서 누구도 벗어나지 못한다. 인드라의 그물 속에 너와 나, 온 우주가 연기의 법으로 서로 연결되어 있음을 알아가는 것. 바로 지금 여기 이 순간. 사물과 대상, 세계를 관찰 성찰해보고자 했다. 존재의 관계성 그 연기緣起와 그 관계에 끼어 있는 우리들의 인과因果. 도대체 피안彼岸은 어디에 있다는 말인가.

부처가 설법한 내용이 담긴 책을 경전이라고 한다. 대승, 소승 경전의 방대함이 바닷가의 모래알과 같아 팔만사천 경전이라 부른다. 팔만사천 경전의 진수를 모아 270자로 요약해서 세상의 진리를 밝힌 경전이 『반야심경』이다. 그러므로 『반야심경』은 승려는 물론 불교 신자와 일반인들도 탐독하는 불교 경전의 대명사이다. 소설이라는 형식을 통해 독자들에게 전하고 싶은 부처의 뜻을 담고 싶었다.

이 자리를 빌려 정형외과 주치의였던 친구, 김성수 교수, 지금은 안동병원에 계시는 재활의학과 최은희 교수님께 감사를 드리고 책을 품격 있게 내준 문학세계사에 합장 배례한다.

불기 2565년 봄, 문막, 송정암 무설당에서

| 차례 |

1

문 없는 문

1
문 없는 문

"여긴 어디, 나는 누구?"

해인海印은 눈을 씀벅였다. 깨어 보니 병원이었다. 깨어났는데도 몸이 말을 듣지 않았다. '묶였나, 내가 죽었나?' 머릿속이 엉망진창인 채 몸을 움직일 수 없었다. 해인은 가쁜 숨을 들이마셨다. 꿈을 꾼 듯싶었다. 세상이 깜깜할 뿐 일체 눈에 들어오지 않았다. 막막한 어둠 속에서 해인은 겨우 몸을 꼼지락거릴 수 있었다.

"무엇이 그 송장을 끌고 왔느냐 말이다?"

생각이 거기까지 미치자, 해인은 막혔던 숨통이 터지듯 망각된 과거 속에서 물음 하나를 떠올렸다. 그리고 자신에게 되물었다.

"무슨 물건이 이렇게 왔느냐 말이다?"

깡마르고 야윈 해인은 숨을 쉴 수 없음에 가슴이 답답해 왔다. 속까지 울렁거렸다. 해인은 자신도 모르게 관세음보살을 찾으며 두 주먹을 쥐었다. 이상한 일이었다. 주먹이 쥐어지지 않았다. 심장이 멈출 것 같은 긴장감에 해인은 가슴이 철렁했다. 더구나 눈이 떠지지 않았다.

"이게 어찌된 일이지?"

혼란스러웠다. '이건 꿈이야' 했는데 꿈이 아니었다. 기억이 나지 않았다. 꿈인가. 한바탕 꿈이라면 왜 세상이 보이지 않는 거지. 여기는 어딜까. 옷이 벗겨져 있었다. 유곽인가. 유곽은 아닐 것이다. 유곽을 들락거릴 만큼 그렇게 헤프게 살지 않았다는 생각이 들었다.

"음, 이게 뭐지?"

꿈과 현실이 뒤범벅되어 가늠할 수 없었다. '왜 이리 갑갑한 거지?' 순간 예리한 통증이 온몸을 엄습해 왔다. 해인은 가쁜 숨 속에 낮은 신음소리를 끙 삼켰다. 알몸에 주렁주렁 줄들이 매달려 있었다.

"칠칠맞긴."

말이 되어 나오지도 않았다. 빛도 어둠도 없었다. 눈에 아무것도 보이지 않는 칠흑 가운데 알 수 없는 통증이 밀려왔다 밀려가곤 했다.

"깨닫지 못하면 부처가 중생이고, 깨달으면 중생이 부처다. 어리석으면 부처가 중생이지만, 지혜로우면 중생이 부처인 것을."

어디선가 누군가 해인에게 등짝을 죽비로 내려치며 경책하는 것만 같았다.

"물, 물…… 좀."

그제야 입에서 본능적으로 더듬거리는 신음 소리가 새어 나왔다. 목이 말랐다. 꿈이 아니라 생시인 것이 분명했다. 얼마나 시간이 흘렀을까. 갑충처럼 굳어 있던 몸들이 가뭇가뭇 떨리고 저려 오기 시작했다. '아파. 내가 왜 아픈 거지?' 소리쳐 보아도 말이 되어 나오지 않았다. 쉭쉭 스팀에서 스팀 나오는 소리가 들렸고 가습기에 김 나오는 소리, 그리고 여기저기서 띠띠, 하는 기계음 소리, 그 붉은 신음 소리들이 귀를 채웠다.

"환자분, 제 말 들리세요?"

그때였다. 누군가 해인에게 말을 붙였다.

"……."

"환자분 여기가 어딘지 아시겠어요?"

의사가 젖꼭지를 꼬집어 비틀었다. 눈을 찡그리고 몸을 비틀었다.

"페인 리스폰스pain response, 통증 반응이 있으시네요. 김산 님, 의식이 돌아오셨네. 그동안 코마 상태였어요."

"……."

"고비를 넘기셨군요. 의식이 돌아오셨다면 저희 의료진에게 고맙다는 인사부터 해 주셔야 합니다. 저는 신경외과 주치의입니다."

의사가 손전등으로 눈 속의 동공 반사를 들여다보는 거 같았다.

"……저어, 어떻게 제가 여기에 오게 된 거죠?"

입에는 산소 호흡기가 꽂혀 있었다. 신음 소리뿐 말이 되어 나오지 않았다.

"뇌부종 때문에 코마 테라피, 혼수상태가 왔던 겁니다. 출혈 잘 잡았고 이제 안정되실 겁니다. 기억이 일시적으로 나지 않을 수도 있습니다. 그러나 소견상 차차 좋아질 것으로 보입니다."

'나는 누구지? 어디에 있었지? 그렇구나, 내 이름이 김산이로구나. 내가 만들었던 날들. 그 낮과 밤들.' 했는데 해인은 가물거리는 기억 속에 겨우 한 잎 과거의 단편 조각을 끄집어 낼 수 있었다.

"여긴 S병원 중환자실이에요. 교통사고였어요. 다발성 골절이에요. 특히 심각한 건 안구를 손상당하셔서 시각 장애를 겪으실 거 같아요."

순간 덜 떨어진 미숙아처럼 침을 질질 흘리던 해인은 '으으' 하며 눈알로 파고드는 통증에 몸을 뒤틀었다. 스펀지처럼 누군가 빨아들였던 먹물을 뿜어내 놓은 것 같은 세상, 보이지 않는 세상 속에서 해인은 벌레처럼 꼬물거렸다.

"전 안과 담당의입니다. 이제 살아나셨네요. 정형외과 쪽으로 수술은 잘되었답니다. 연락했으니 정형외과, 안과 담당의도 올라오실 겁니다. 의식 회복 상태가 거의 명료해지신 거 같네요. 다발성 골절이에요. 많이 아프실 겁니다. 깨어나심을 축하드립니다."

안과 담당의의 목소리가 꿈결 같았다. 가슴이 오싹 오그라들었다.

노스님이 연꽃 한 송이를 들고 있었는데 영문을 몰라 의아해하는 해인을 두고 '진실은 문자에 벗어나 있다. 문자에 의지하지 말고 뜻에 의지해라' 하며 등을 다독여주었다. '무슨 말?' 하는데 손에 든 연꽃 송이는 온데간데없이 사라졌다. 노스님이 꿈속에서 지팡이를 든 채 해인을 노려보며 일어나라 채근하고 있었다.

"일어나 이눔아. 이눔아, 이 색色꾼 놈아. 어서 일어나지 못해?"

미몽 속에서 노스님은 '그래, 이놈아. 도대체 넌 언제 사람이 될 거냐?' 하며 해인의 머리, 가슴, 옆구리를 쿡쿡 쑤셨다.

"아파요. 그만, 그만! 노스님 저 정말 많이 아파요."

대답해도 노스님은 멈추지 않았다.

"지금 간호사가 놓아 드린 주사는 진통제입니다. 리젝션, 거부 반응이 올 수 있어요. 고생하셨습니다. 고생 한참 더 하셔야 할 거 같네요."

생환의 기쁨도 잠시 머릿속이 깜깜해지고 엉망진창이 되었다. 골절된 밤, 꼼지락거리던 해인은 몸을 달달 떨었다. 산소 호흡기를 하고 있는데도 숨이 턱턱 막혔다. 담당의가 그 정도는 아무것도 아니라는 양 사지 마비가 올 수도 있다고 경과를 보자며 무미건조하게 말했다.

"다발성 골절…… 시각 장애? 내가 왜 이 모양이지?"

해인은 중얼거렸다. 진통제는 마약과 같았다. 모르핀의 성분이 꿈틀거리는 몸 갈피를 잡을 수 없는 곳곳으로 빠르게 이동해 물 끓듯 끓던 몸의 열을 서서히 내려주고 있었다. 통증은 서서히 졸음으로 바뀌었다. 팔을 떨고 몸을 떨고 다리를 바들바들 경련하던 해인은 축 늘어진 채 몸이 풍선처럼 하늘로 오르는 착각에 빠지기도 했다. 부처가 되지 못했다. 무책임하고 나약한 날들의 연속이었다. 누가 성불하세요, 하면 해인은 속으로 부담을 느끼곤 했다.

태평양 바다 한가운데 둥둥 떠 있는 거 같았다. 가슴이 뻐근해졌다. 마음은 빤한데 몸이 따라주지 않았다.

"좋은 아침이에요. 멘탈이 없을 때는 통증을 못 느끼셨는데……. 주기적으로 진통제 놓아 드릴 거예요."

간호사가 다가와서 말했다. '이제 당신은 앞을 보지 못하는 장님입니다', 하는데 '내가 왜 이런 거지?' 해도 알 수 없었다. '이게 좋은 아침인가요?'라고 되묻고 싶었다. '아닌데요. 어두워요, 막혔어요, 미혹迷惑인가요?' 하는 마음과 함께 축축한 것들이 아랫도리로 흘러 내렸다. 괄약근에 힘 조절이 되지 않았다. 늪에 빠진 것 같았다. 허우적거릴수록 점점 더 깊숙이 빠져 들어가는 것 같았다. 암해暗海라고 할까. 사타구니께가 척척함을 느꼈다. 깨어나고 처음으로 느낀 감각이었다. 고통의 바다를 표류하다 섬島에 다다른 것 같다. 엉덩이에 스멀거리는 묘한 불쾌감에 머릿속이 복잡해져 왔다. 무인도無人島. 꿈을 꾸듯 현실감이 느껴지지 않았다. 예상치 못했던 배변이었다.

순간, 그랬다. 아버지의 동생, 삼촌이기도 한 사숙, 지효智曉 스님이 '그간의 생生은 아무것도 아니었다. 앞으로 우리에게 어떤 일이 벌어질지 우리는 아무도 모른단다.'라고 한 말도 떠올릴 수 있었다.

봄이라 했지만 바람 찬 3월이었다. 5층이란다. 하찮은 목숨이나마 부지하고 살아남았으나 중환자실, 중증 환자가 되어 있다는 것이다. 그래도 몸뚱어리 곳곳에 팔팔한 기운이 붙어 있었는데.

잠이 들면 악몽에 시달렸다. 해인은 헛기침을 삼켰다. 뱀들이 몸을 휘감는 꿈. 바닥을 기어 다니는 뱀들. 벽에서 천장에서 떨어져 혀를 날름이

다 온몸 속으로 기어들어 오곤 했다.

"무심無心을 위해 노력하는 한 무심無心이 될 수 있는 가능성은 없다."

은사 스님. '그 어떤 마음도 갖지 말라' 했던, '그 어떤 마음도 갖지 말라니? 무슨 말?' 하고 건네 보았던 은사, 효당 지월智月 대선사는 일찍 돌아가셨다. 그 바람에 사숙師叔, 삼촌 스님과의 인연은 유별났다. 사숙 지효知曉 스님은 은사 스님과 다를 바 없는 스무 살이나 차이가 나는 아버지의 동생이었다. 은사 스님이 열반하시고 관음사는 셋째 사형, 성묵 스님이 이어받았다. 해인이 이 산 저 산 산 나그네로 떠돌다 가샷빛 노을이 서녘으로 넘어가는 날 절로 찾아들면 언제든 사숙이자 친삼촌, 지효 스님은 해인을 반겨 주었다.

"그래, 이번 철엔 한 소식 하셨나?"

"한 소식은요, 이제 겨우 선가선 비상선 명가명 비상명禪可禪 非常禪 名可名 非常名을 알았는데요. 뭐."

"선을 선이라 카믄 선이 아닌 기라, 이름 붙일 수 있는 이름은 영원한 이름이 아니다? 그럼, 호리유착毫釐有差이면 천지현격天地懸隔이라 했지. 지극한 도는 어렵지 않으나 다만 간택이 어려울 뿐이다 이 말이냐?"

언제부터 삼촌이 괴각이 되었는지 해인도 잘 몰랐다. 탑만 댕그마니 남은 폐사터에 불사를 할 때부터였던가. 해인은 침을 꼴깍 삼켰다.

"제기랄, 난 줘도 못 먹네. 자지가 안 서. 그래서 받아먹기만 하고 주지는 못하네."

보살들이 불사를 하는 무불암을 찾으면 삼촌은 입을 삐죽거리다 너스레를 떨곤 했다. 보살들은 낄낄거리며 걸림이 없는 삼촌을 좋아하는 눈치였다. 그날도, 환한 웃음. 쾌활한 몸짓과 능청스럽던 음성.

"넌 잘 서지? 그래 너 언제 해 봤냐?"

삼촌이 해인에게 물었다.

“히이. 앞으로도 뒤로도 해 뜨는 거 매일 보는데요.”

“지랄.”

삼촌이 해인의 말에 빙긋이 웃었다.

“양명원에서 나오고부터예요.”

“거기서 씨껍했나 보네. 염병. 인마 그럼 너도 볼짱 다 본 거야.”

삼촌은 그렇게 말하며 뭘 사 가지고 왔는지 슬쩍 건네 보았다. 해인이 쓰윽 곶감을 내밀자 입을 쩍 벌렸다.

“그래, 평화는 네 안에 있어. 밖에서 구하지 말라고, 그러니 자지 설 때 공부 열심히 하라고. 다 때가 있는 거야.”

곶감 값이라며 법문을 내려 주었다. 그리고 해인은 무불암을 내려왔다. 무불산, 무불암이 있는 산을 막 휘돌아 내려오다 해인은 개울가에 앉았다. 마침 평평한 바위가 있어 어릴 적 지혜랑 같이 앉았던 추억을 떠올리며 개울물 흘러가는 소리를 들었다. 저녁노을이 비치는 물속에 송사리들이 한가로이 놀고 있었다. 그때 삼촌 스님이 산책을 하다가 다가왔다.

“그 개울물 내 껀데.”

“제가 어젯밤 꿈에 저 개울에 있는 돌들 다 치웠는데요. 누가 또 저리 가져다 놓았는지.”

“아이고 이놈아, 개울에 돌멩이 다 치운다고 개울물이 노래를 잃어버리겠느냐?”

“번뇌의 물에 빠져서도 안 되지만 진리의 바다에 빠져서도 안 된다, 하셨지 않습니까?”

“그렇지? 물이 없어도 살 수가 없고 물이 많아도 살 수가 없어. 물속의 달만 보고 물속으로 들어가지는 말랬잖아.”

삼촌 스님이 말했다.

“아직도 스님은 제가 어린애로 보이시는지요?”

“그럼 이놈아, 네놈이 금생에 단 한순간이라도 나보다 더 나이가 많아 본 적이 있느냐?”

“…….”

꽥. 졌다. 해인은 속으로 크 웃었다.

“삼촌, 부처는 찾는 것이 아니고 깨닫는 것이라고 하셨죠?”

“……그랬지. 시체는 냄새를 못 맡아. 눈도 끔벅거리지 못 하고 말도 못 하지. 몸도 변변치 못해져 움직이지 못하지. 저 개울물 흘러가는 소릴 듣고 있을 때가 좋은 거야.”

“스님 열반하셔도 저 이젠 다시 찾지 못 할지도 몰라요.”

“그래도. 괜찮아. 오늘 여기서 이렇게 살아 만난 걸 뭐. 깜깜해진다, 어서 가라.”

천지만물은 모두 다 마음을 가지고 있는데 그 마음이 생각하고 분별해 산중에 든 개울물을 흘러 내려가게 하고 있었다. 지난해 삼촌 스님을 마지막으로 찾아갔을 때의 일이었다.

소식처럼 삼촌 스님은 죽음의 냄새를 피우고 있었다.

애처로워하던 그 눈빛, 얼굴은 창백했고 한눈에 병색임을 알 수 있었다. 방으로 들어서자 역한 냄새가 코를 찔렀다. 초췌한 얼굴에 눈이 쑥 들어가 있었다. ‘이게 뭐야?’ 하는 말이 저절로 나왔다. 해인은 전전긍긍해 하는 삼촌 스님을 쏘아보았다. 짐짓 지효 스님은 해인의 그 눈빛을 피했다. 고행상苦行像이 따로 없었다. 비쩍 말랐다. 얼굴이 누렇다. 누렇게 떴을 뿐만 아니라 말하는 중에도 간혹 헛구역질을 하고 복통으로 낯빛을 찌푸려댔다. 해인이 문이란 문은 다 열어젖혔다. 누가 뱃가죽을 만지려니 등가죽이 만져졌고, 등뼈를 만지려니 뱃가죽이 만져졌다 했던가. 고통, 통증과 연통하며 얼마나 갑갑하고 외로웠을까. 삼계열뇌三界熱惱 유여화택猶如火宅이라고 했던가. 해인은 끙 신음을 삼켰다.

"대체 무슨 일이에요?"

"췌장암 말기다."

두 손을 합장해 세 번 절을 한 후 물었다.

"삼촌, 스님들 참 못됐다……."

삼촌 스님은 달랑 3층 탑 하나 세워져 있는 폐사지에 텐트를 치고 무불암無佛庵이라는 암자를 창건했다. 그러나 병이 들자 지운 스님의 둘째 상좌, 4촌 사형師兄이 주지 발령장을 받아 주지 자리를 차지하고 앉아 있었다. 기민하기만 한 성호 스님에게 해인은 욕설을 퍼부었다. 지효 스님의 사제 지운 스님이 돌아가시자 일찍이 잘나가는 다른 스님에게 건당해 총무원에서 부장 일을 보다 숨고르기로 내려와 있다고 했다.

"고마해라. 쫓아내지 않은 것만도 얼마나 고맙나?"

목소리며 억양, 아버지의 모습과 닮아도 너무 닮았다. 한차례 50만 원에서 80만 원 드는 방사선 치료까지 받게 해 주었다는 것이다. 그러나 암의 종괴는 퍼질 대로 퍼져 비싼 치료도 효과가 없었다는 것이다. 초점 잃은 눈, 핏기 없는 얼굴, 얼굴에 밭고랑처럼 파인 주름살, 속랍 칠십팔 세였다.

"해인아."

"예?"

"나 죽기 전에 서울 남산 타워하고 청계천 구경 좀 시켜 도고."

"서울?"

"응, 그래. 남산 타워……."

그러고 보면 아직 해인도 가 보지 못했다.

"아 맞다, 63빌딩, 뭐라 카더라 아쿠아리움이라 카던가."

"유치하게……. 중이 그딴 건 봐서 뭐할라고?"

"천화遷化."

쭈뼛거리던 해인은 금세 시무룩해졌다. 추레한 몰골의 삼촌에게서 간절한 눈빛을 보았기 때문만은 아니었다. 천화遷化하고자 하는 마음이라는 걸 알 수 있었다.

"네?"

천화遷化는 바뀌어 달라진다는 뜻도 있지만 귀원歸元, 귀적歸寂, 입적入寂이란 뜻도 있었다. 옛날 노스님들은 당신들이 죽을 때가 되면 더 이상 올라갈 수 없는 산까지 올라가 그 몸을 짐승의 밥으로 뜯어먹게 했다는 데서 유래한 말이었다.

"스님아."

"네?"

"내 남산 타워에 함 올라가 보고 싶다."

"꼴랑……?"

"거기 빙글빙글 돌아가는 데서 차 한 잔 하고 싶다니까."

"……."

"그래도 인연인데 네놈이 내게 길을 놓아 주어야지."

삼촌을 만나면 해인은 곤혹스러웠다. 살다 보면 좋든 싫든 간에 타의에 의해 살던 곳에서 터를 옮겨야 할 때가 있었다. 착잡한 눈으로 서 있던 해인은 그때가 바로 지금이라는 걸 예감하고 있었다. 어머니와 헤어질 때 '다시는 엄마를 만나지 못하겠지' 했던 것이다. 슬픈 예감은 왜 그리도 딱 들어맞던지. 해인은 뼈다귀, 해골만 남은 사숙, 삼촌의 흐린 눈에서 이승과 저승 사이에서의 마지막 외출이라는 걸 느낄 수 있었다.

안거 중인 선방으로 연락이 온 건 보름 전이었다. '지효 스님 위독, 급래 요망. 관음사. 산내암자 무불암' 핸드폰이 없는 해인에게 성호 스님의 연락이 닿은 건 선원장 스님에게서 두 다리 세 다리 걸친 후였다.

슬픔이 있으면 기쁨이 있고, 기쁨이 있으면 슬픔이 있거늘. 그러므로 기쁨과 슬픔을 가다듬어 선도 없고 악도 없어야 비로소 집착을 떠나게 되는 것을, 하고 경전 쪼가리를 읊으며 해인은 산을 내려갈까, 말까 잠시 망설였다. 그러나 지효 스님이 누구던가. 왜 이리 신역이 고될까. 낯설고 짧은 어쩌면 긴 여행이 될지도 몰랐다. 해인은 행장을 꾸리지 않을 수 없었다. 무불암은 그 옛날과 달리 법당, 주지실 요사채, 공양간, 단청까지 건물 불사가 되어 있었다. 주지실을 찾아들자 성호 스님은 해인을 건너보며 '이거' 하며 봉투를 하나 내밀었다.

"뭐예요?"

"신도들이 와서 자꾸 사숙님만 찾아."

"……."

미간에 잔뜩 힘을 준 성호 스님이 찡얼거렸다. 한숨을 쉬며 삼촌 방으로 돌아온 해인은 숨을 크게 들이켰다.

"나를 서울역으로 데려가 도고."

"서울역은 왜……요? 셋째 사형한테 가려고요? 셋째 사형은 우릴 반겨주시려나?"

"아니다……. 너도 너의 엄마, 아버지를 버리고 산으로 들어왔잖아. 나도 이제 부처를 버리고 너처럼 부처를 찾아가려 안 하나."

"……."

시선을 내리깔고 잠자코 듣고만 있던 해인은 사숙의 말을 듣고 숙연해졌다. 냉정하게 대처해야지, 한참을 생각하던 해인이 고개를 끄덕이자 사숙의 눈빛이 밝아졌다. '관세음보살' 하고 불명호를 읊조리며 온몸을 들썩이기까지 했다.

서울 하늘은 미세먼지로 온통 뿌옇게 흐려 있었다. 남산 타워 라운지에서 차를 마시며 서울 전경을 내려다보던 삼촌 스님이 말했다.

"여기는 왜 온 건데?"

"……."

"그래야 무연고 사망 처리해서 나를 버려야 할 거 아이가? 이제 서울역 지하도로 가자."

스님의 목소리가 잔물결처럼 가느다랗게 떨렸다.

"스님아, 나, 스님 조카인 거 잊어버렸나? 그나저나 우리 외할아버지 죽인 놈들이 누구예요?"

"이제 와서 그게 다 무슨 소용 있나……. 다 잊어."

"……잊으라고요? 그건 정의롭지 못한 짓이지."

해인이 도끼눈을 뜨고 삼촌을 바라보았다.

"야이, 골빈 속물새끼야! 그 말투, 표정이 뭐냐? 네놈이 진정 수행자, 구도자란 말이냐? 고통이 지나가는 길도 고통이야. 고통의 원인을 제거해야지."

"그렇다고……. 잊는 건 치유가 아니죠."

못마땅하다는 듯 퉁얼거리는 해인에게 사숙이 눈을 치켜뜬 채 말했다.

"아이고, 이 바보새끼야. 이빨이 아프면 이를 뽑아내고. 팔이 아프면 팔, 다리가 아프면 다리를 잘라내고. 마음이 아프다고? 어디 아픈 그 마음을 가져와 봐. 모가지가 아프다고? 그렇다면 그 목까지 베어 버려. 더 이상 그 통증으로 네놈을 나약하게 하지 말고. 대사각활이야. 너를 죽여. 정신 차리고 제발 다시 태어나라고. 이놈아, 이 색꾼놈아. 죽어야 더 크게 사는 법이야."

"……."

"이놈아, 어째 너는 있으나 마나 한 사람이 되려 하느냐. 그런 게 구도자란 말이냐, 네놈이 시주밥 절밥 먹고 자란 놈이냐?"

"아직 살아 있네. 뭐 지금 하는 걸 봐서는. 벽에 똥칠할 때까지 살겠는데 뭐."

말은 그렇게 했지만 기분이 야릇해졌다. 갑자기 해인은 머릿속이 텅 빈 것만 같았다.

"……주, 주지가 삼백만 원 줬어요. 그리고 저 갖고 있는 건 돈밖에 없다는 거 스님도 잘 아시잖아요."

"응, 그건 너의 인생이고 내 인생은 아니지. 부처님 돈이라면 이미 병원비로 많이 썼어. 무시무종이라. 빈손으로 왔다 빈손으로 가는 거지. 이럴 때 나라 신세 좀 지자고."

속가 나이 일흔여덟. 주름살이 자글자글한 눈매로 소원을 들어 달라는 삼촌의 부탁에 해인은 못마땅함을 주체하지 못했다. 원칙 그리고 상식대로 산 양반이었다. 특혜와 반칙을 유난히 싫어하는 원칙주의자라 요령이라고는 눈곱만큼도 없었다.

'일마야, 참선은 꼭 선방에서만 하는 거냐?' 삼촌은 '좌불座佛은 되지 못했으니 유불遊佛이라도 되어야지.' 하고 말했다. 짐이라 해봐야 달랑 걸망뿐이었다.

"해인아."

"네, 스님?"

"너는 어디서 왔으며, 또 어디로 가느냐?"

"……. 안 가르쳐 드려요."

해인의 말에 삼촌이 하얗게 웃었다. 다른 삶을 살고 싶었다. 다시 태어나고 싶기도 했다. 서울역까지 한 시간 반. 무리가 아닐까, 했다. 그러나 죽은 사람 소원도 들어 준다는데 산 사람의 소원을 못 들어주냐는 말에 '그럼 하고 싶은 대로, 그럼 마음대로 해보세요', 하며 해인은 대절 택시를 불렀고 안착한 곳이 서울역 지하도였다.

"드디어 우리가 마침내 서울 역사驛舍에 도착한 기가?"

"……."

서울 역사, 턱으로 서울역이라는 간판을 가리키며 말했다. 삼촌, 지효 스님이 해인의 눈을 쏘아봤다. 해인은 짐짓 그 눈빛을 피했다. 마치 유년의 일들을 빌미로 '넌 나의 볼모야, 인마' 하는 눈빛이었다. 해인은 풀썩 웃었다.

"어차피 넘어야 할 산이다. 자아, 우리도 지하도로 들어가 보자고."

머뭇머뭇대자 자리를 잡고 앉은 지하도 입구, '이게 뭐 대수. 생야일편부운기生也一片浮雲起, 태어남은 한 조각 뜬구름이 일어나는 것이 아니었던가.' 하며 손잡이를 잡고 한 계단 한 계단 무덤 속으로 들어가듯 앞서 내려왔던 것이다. 그간 살아왔던 존재의 방식을 부정하는 삼촌의 옆에 비통한 얼굴을 한 해인은 멀뚱히 섰다. 삼촌은 그러나 아랑곳하지 않았다. 무불암 당신 방이라도 되듯 벽에 등을 기대고 털썩 주저앉는 것이었다. 그러나 해인은 지나는 행인들의 시선에 얼굴이 뜨거워 지효 스님을 망연히 내려다보았다.

"앉아 봐라, 좋다."

해인은 '도대체 뭘 어떻게 하려는 건지. 될 대로 되겠지.' 하고 입맛을 다시며 무너지듯 삼촌 지효 스님의 옆에 앉았다.

"야야, 강선재. 내 이제 이 옷, 먹물 옷이 싫다. 저기 저 부처님들에게 가서 옷 좀 시주받아 온나. 받아라."

지효 스님이 만 원권 지폐 세 장을 꺼내 해인에게 내밀었다. 강선재는 해인의 속가 이름이었다. '스님, 도대체 왜 이러시는 거예요?' 하는 불만 섞인 말이 입안에 맴돌았지만 입 밖으로 내뱉지는 못했다. 순간 해인은 눈살을 찌푸렸다. '사야일편 부운멸死也一片浮雲滅, 죽음이란 한 조각 뜬구름이 자취 없이 사라지는 것이라고. 저 노숙자 부처님들 좀 보라고. 우리의 생은 왜 이렇게 거룩한 것들뿐이지?' 하고 '아, 이 색 속에 들어 있는 공이여' 하며 한탄했다. "……뭐, 거룩하다고요?"

"살아남은 것들은 다 거룩해."

해인은 단호한 태도를 보이는 삼촌 스님의 눈을 노려보았다. 만 원짜리 세 장을 흔들며 병색에 찌든 얼굴로 다시 말했다. 흐느적거려 해인에게 부축받으며 겨우 이곳까지 왔었다. 이윽고 열반 터에 도달했다며 삼촌의 뺨은 상기되어 있었고 눈은 반짝였으며 표정은 기쁨에 넘쳤다. 곤혹스런 표정으로 섰던 해인은 '어여' 하며 물을 만난 고기처럼 요동치듯 손을 내저어 채근하는 삼촌의 말에 겨우 몸을 일으켰다. 그렇다 해도 투덜거리거나 토를 달지 않았다. 밤의 지하도, 한 곳에 자리잡은 해인은 망연히 선 채 어이없어할 뿐이었다. 그러나 마음 한편에 '당신들 도대체 왜 이렇게 살아?' 하며 노숙자들을 혐오하는 마음에 선뜻 몸이 움직여지지 않았다. 지나는 행인들은 재수 없다는 듯 노숙자들에게서 발걸음을 멀리 해 비켜 가고 있었다.

'왜 이리 슬프고 화가 나는 거지?' 해인은 주절거렸다. 삼촌 스님과 체구가 비슷한 노숙자를 둘러보았다. 이미 비구걸사. 부모 형제도 버리고 옷도 신발도 버리고 출가, 고행을 선택한 입산한 몸이었다.

"여분 있으시면 점퍼하고 바지 하나 얻을 수 있을까요?"

부탁을 하는 해인의 입술이 파르르 떨렸다. 굳게 입술을 깨물었다 겨우 용기를 내어 고개를 조아렸다. 첫 발걸음 떼기가 어려웠을 뿐이다. 창녀, 도둑놈, 사기꾼, 알코올 중독자, 거지 같은 노숙자들이 합장배례를 하고 공손히 부탁하는 해인의 위아래를 쓸어 보았다. 아마 손에 들고 있는 만 원짜리의 위용 때문이었으리라. 표정 없는 얼굴을 하고 있다 손에 쥔 만 원권을 보자 오히려 깔고 있던 종이 박스까지 내미는 이도 있었다. 그중 바지를 내민 한 노숙자가 '이 책 베개하면 딱이에요.'하며 길에서 주웠다며 책 다섯 권을 내밀었다. 곤혹스럽기만 하던 해인은 책을 받고 마침

잘됐다 싶었다. 세상을 향해 썩은 미소를 날리던 사숙은 자신의 걸망을 내어주고 등을 기대라고 해도 가사장삼이 들어 있다고 걸망을 베지 않았다. 여분의 때 절은 점퍼 하나를 씌워서 깔면 충분히 베개가 될 듯싶어 해인은 계면쩍게 웃었다. 무심히 그 책들을 받으며 입맛을 쩝 다신 해인은 가슴에 두 손을 모으고 고개를 꾸벅 수그렸다.

"이건 저기 쓰레기통에 갖다 버려라. 이제 나는 자유하련다."

지나가는 사람들이 있는데도 삼촌은 당당히 옷을 갈아입었다.

"네……?"

"모든 사람을 위한, 그러나 그 누구를 위한 것도 아닌 수행이어야 해."

해인은 '도대체 무슨 말을 하는 거야?' 했지만 삼촌의 말뜻을 따를 수밖에 없었다.

"진眞이 속俗이고 속俗이 진眞이지."

"……."

삼촌은 죄와 사악함을 씻어내듯 냄새나는 속복으로 갈아입더니 일성을 내뱉었다. 당신의 걸망은 이미 쓰레기통 속에 들어간 이후였다. 왜 이러고들 사는 거야? 해인이 삼촌의 걸망을 쓰레기통에 넣는 걸 보고 어떤 노숙자가 삼촌의 승복, 가사장삼 발우가 든 걸망을 꺼내 가지고 달아나는 거였다. 도대체 어쩌자는 것들이야. 잘못되어도 크게 잘못된 사람들로만 보였다. '그동안 살았던 게 너무 진지하고 심각하기만 했다고? 삼촌, 지나가는 사람들이 다 보는데도 옷을 갈아입는 당신은 지금 무엇하시는 건지요?' 해인은 눈을 휘둥그레 해서 신음을 꾹 삼켰다.

순간, 해인은 삼촌의 얼굴이며 머리에 핀 검버섯을 쳐다보며 물었다.

"얼마나 더 살 거 같은데요?"

"오늘 죽으면 좋고 내일 죽으면 더 좋고."

해인이 어이없어할 때 해인이 버렸던 걸망, 파란 쓰레기통에 끼워져 있는 쓰레기봉투 속의 바랑을 꺼내드는 노숙자를 볼 수 있었다. 해인에게 책을 내밀었던 노숙자였다. 그 노숙자는 삼촌이 입던 승복과 가사장삼이 든 걸망을 들고 횡재했다는 듯 회심의 미소를 짓고 서 있었다. 삼촌과 해인이 하는 모습을 지켜본 모양이다. 그 노숙자가 해인과 삼촌 쪽을 바라보았다.

"저거 봐라, 저거 봐. 한국 불교를 보는 거 같네."

"……."

"바보 같은 놈. 내뺄 거까지는 없는데."

노숙자가 걸망을 손에 든 채 고맙다는 듯 해인 쪽으로 걸망을 가슴에 안고 두 손을 모아 합장하며 고개를 수그렸다. 그리고 냅다 뛰는 거였다. 웃음이 절로 나왔다. 순간 해인은 묘한 감정에 사로잡혔다. '내 걸망에 목탁하고 요령도 있는데' 생각이 거기까지 미치자 해인은 머리에 망치 같은 것으로 한 방 맞은 듯 얼얼해졌다.

"이제 가."

"……네?"

삼촌은 '이제 되었으니 너는 소임을 다했으니 가라.' 하는 것이었다. 이제 내 생에서 퇴장해도 된다는데 말문이 턱 막혔다. 서울역이니 기차를 타면 대한민국 어디든 다 갈 수 있다는 것이다. '이건 말도 안 돼' 하는 생각에 기가 막히고 코가 막혔다. 어이가 없어 해인은 멍하니 삼촌, 지효 스님을 노려보았다.

해인은 앞으로 이 노인네를 어찌해야 하나, 하며 침을 꼴깍 삼켰다. 해인은 풀리지 않는 화두를 만날 때 오히려 파이팅이 더 넘쳤다. 그러나 이렇게 힘 빠지고 맥 빠지기는 처음이었다. 기실 삼촌과 헤어지고 나면 딱히 따로 어디로 갈지 정해놓은 곳은 없었다. 바람 따라 구름 따라 그저 떠나면 그만일 것이다. 주위를 둘러보니 박스만 바닥에 깔고 누워 코를 고는 이도 있었고 어디서 구했는지 아예 냉장고 박스를 주워 와 그 속에 관짝처럼 들어앉은 사람도 있었다.

머물기 위해 떠나왔던 길, 수행이란 계를 지키며 일체의 집착을 버리고자 하는 것인데 승복은 그저 옷, 유니폼일 뿐인데 왜 이 사단일까. 삼촌이 가란다. 희미한 지하도 불빛 아래 웃음이 실실 나왔다. 무식하면 용감해진다 했는데 왜 이리 마음이 요동치는 것이지? 어디로 가라고? 해인은 머리를 득득 긁었다. 수도승修道僧이 아닌, 수도승首都僧이 되는 건 순식간의 일이었다. 우리가 인생을 꼭 다 이해할 필요는 없다는 삼촌의 말에 여운이 오래 남았다. 혹시 몰라 걸망과 함께 버리라고 하는 약 처방전과 약국에서 구입한 아이알 코돈, 펜타닐 옥시코돈과 같은 진통제들은 버리지 않았다.

“괜찮아요? 진통제 안 버렸는데.”

“이제 너의 역할은 끝났어. 이제 너는 꺼져도 되는 기라. 수도 입성首都入城, 우리가 그 어려운 일을 해내고 말이다. 그래서 마, 내가 머무르는 이 곳에 절 이름 하나 지었다. 서울역사寺. 처처시불處處是佛이요, 사사불공事事佛供이라. 무시선 무처선無時禪 無處禪의 구도자求道者가 머무는 곳이면 다 도량道場이 되는 기다. 가지 않으려면 앉아라, 앉으면 입제고 서면 해제 아닌가? 지하도 안 무너진다. 뭐하노? 무시선無時禪 무처선無處禪을 시작해야지. 가고 싶으면, 떠나고 싶으면 지금이라도 돌아서면 돼. 동서남북 어디로든 니는 다 갈 수 있다. 안 그러냐? 그래도 여기 서울역사寺는 본사本寺급보다 큰 절이다.”

“…….”

거짓과 위선은 아니었다. ‘승복 법복이 내겐 너무 무거웠어.’라고 말했던 삼촌의 말도 가슴에 와 박혔다. 마치 부처님께 용서를 구하고 이미 남은 죽음까지 바치겠다는 각오로 들려왔다.

삼촌이 종이 박스를 깔고 등을 벽에 기대앉아 반가부좌를 틀고 앉았다. 마치 이제 숨이 끊어질 때까지 가부좌를 풀지 않겠다는 듯 마른 삭정이 같은 삼촌을 내려다보니 어처구니없었다.

"그래, 비구는 걸사乞士다. 걸사乞士는 걸식하는 사람이다."

해인이 삼촌의 옆에 앉았다.

"아, 이제야 속俗됨을 벗어날 수 있겠다. 그동안 내가 속물 아니었나. 봐라. 저 거지 부처들, 전철 소리 부처들, 지나가는 행인 부처들, 진신사리眞身舍利들."

해골만 남은 삼촌이 미친 중처럼 눈을 희번덕거리며 주절거렸다. 자정이 지나 가끔 지나가는 행인들이 곱지 않은 눈으로 해인을 힐금거리며 지나갔다. '으이그, 저 땡중 놈의 새끼들' 하며 지나가는 행인도 있었다. 비렁뱅이, 땡추, 땡중, 땡땡이, 불량승, 유랑 잡승이 되는 건 순식간이었다. 그러고 보니 해인도 갈 곳이 없었다. 입산할 때 맨몸, 불알 두 쪽 가지고 입산했듯 생거지 노숙자와 다를 바 없었다. 다시 선방으로 돌아가고 싶지는 않았다. 해인은 고개를 수그렸다 일으키며 삼촌을 건네 봤다.

"스님, 가요. 우리 나가요. 여관으로 갔다가 내일, 날이 밝으면 호스피스 병원으로 가자고요. 제가 다 알아봐 놓았어요."

"그게 다 그거다……."

"……이제 열반에 드시면 남은 저는 어떻게 하라고?"

"모른 척하고 가면 안 되나. 모든 건 덧없고 부질없는 기라. 니는 다만 부지런히 끊임없이 정진해라."

"뭐라고요? 이 진흙탕 똥바다 더러운 욕계화택에서 승려로서의 최선의 삶을 다 살지 못하고. 지금 이게 무슨 꼴입니까? 상구보리 하화중생, 꿈일까, 산다는 것은 정녕 꿈이었단 말이에요? 제악막작 중선봉행은?"

해인은 숨을 나직이 들이마셨다. 뒷말은 삼촌이 듣지 못하게 주절거렸다.

"야야, 똥 싸는 소리 하지 말고 네놈이 내 옆에 있어 하염없이 기다리지 않아서 나는 너무 좋다."

삼촌은 벌어진 이 상황이 재미있다는 듯 연신 싱얼거리며 너스레를 풀어놓았다. '삼촌 참 잔인하시다' 하던 해인은 화가 났다. 왜 이리 화가 나는 건지. 해인은 소리라도 꽥 지르고 싶은 마음이었다.

"일마야, 다 일장춘몽 꿈이라 내 안했나……."

"……."

삼촌이 고개를 왼쪽 오른쪽으로 비틀었다, 내렸다를 반복해 보였다. 찬바람이 지하도 계단을 타고 내려오고 있었다. 얼마나 버텼을까. 얼마나 견뎌냈을까. 해인은 침을 꿀꺽 삼켰다. 사숙의 말 속에 들어 있는 기다림이라든지 그리움이라든지 죽음이라는 걸 생각해본 적이 있던가. 해인은 '내 스님에게 기대어 이승을 건너 저승으로 드는 다리를 건너보자'며 불꽃을 피우듯 저승을 끼고 살아온 삼촌의 날들에 수행자로서 경의를 표했다.

"가요."

"가긴 어딜 가?"

"여관으로요."

"지랄."

단호한 눈빛의 삼촌을 거역할 수 없었다. 그랬다. 딴에는 시한부, 저승으로 가는 길, 서울 구경을 시켜주고 호스피스 병원이나 요양 병원에 모시려고 했다. 이 생에서의 마지막 여행길, 그러나 삼촌 지효 스님은 그 옛날 어린 선재를 보는 듯 애처로운 눈빛을 하고 있었다.

"엄마, 난 두들겨 맞아 죽어도 좋으니까 엄마, 아빠 옆에 있으면 안 돼?"

"안 돼. 넌 여기서 나가 사람답게 살아야 해."

엄마의 입에서 나던 낮은 신음 소리가 삼촌의 입에서 새어 나오고 있었다.

옆에 앉은 노숙자는 소주병 모가지를 잡은 채 두 병째 홀짝홀짝 마셔대고 있었다. 이 지상의 먹을 수 있는 음식 중 가장 거룩한 것인 양 꼴깍꼴깍 목구멍으로 소주를 넘기는 소리가 마치 부처님께 다례 올리는 의식을 치르는 구도자 같았다. 검은 비닐봉지 안에는 아직도 한 병이 더 보였다.

"오랜만에 나도 한 잔 하고 싶다."

여정이 힘들었던 모양이다. 깊은 정적이 흘렀다. 출발할 때 부축하려 하면 '쪼매 느려서 그렇지, 기않다' 하고 큰소리치다 갈수록 '쪼매 쉬었다 가자' 하기도 하고 '야야' 하며 해인을 불러 손을 잡기도 했다. 한동안 서서 해인은 삼촌의 눈을 똑바로 쳐다보았다. 눈빛이 흐리다. 비칠대는 걸음을 한참 걷던 삼촌이 '야야' 하며 해인의 손을 잡았다. 삼촌은 몸과 사지를 척 늘어뜨리고 가느다랗게 눈을 뜨고 옆에 앉아 어두운 표정을 짓고 있는 해인에게 눈짓을 주며 행복한 듯 미소 지었다. 일어서고 싶지 않았지만 결국 해인은 몸을 일으켰다. 그리고 힘없이 걸음을 옮겨놓기 시작했다.

"스님. 해인 스님이시죠?"

그때였다.

"……누구?"

"저 도연입니다."

"……도연, 스님이 왜?"

지하도 입구 계단 앞이었다. 계단 밑쪽에서 가로등 불빛이 반쯤을 차지한 해인이 멈춰 서자 계단 반쪽 위에서 눈발이 사붓사붓 떨어져 내렸다. 도연이 두 손을 가슴에 모아 합장을 한 채 구십 도로 허리를 숙였다. 모자를 벗어 손에 들고 있는데 머리는 까까머리였지만 옷은 속복이었다.

지하는 어둠이었고 지상은 가로등 불빛이었으므로 해인은 미간을 찌푸렸다.

"4월에 내리는 눈이라."

해인은 누구에게랄 것도 없이 혼자 중얼거렸다. 말할 때마다 하얀 입김이 나왔다.

"저기, 지효 사숙 큰 스님이시죠?"

"……응, 맞아."

도연은 청바지에 검게 물들인 낡은 야전 점퍼를 입고 있었다. 해인은 빙긋 웃으며 도연의 눈을 쏘아봤다.

"넌 뭐냐?"

"……아, 저 여기 가끔 나와요."

모자를 벗어 보이는 도연의 머리통은 밤송이 같았다.

"……왜 여기 있냐? 너도 인생 망가진 거냐?"

해인은 꼬락서니가 그게 뭐냐는 눈빛으로 도연을 쏘아봤다.

"스님이나 저나 떠돌이 길바닥 인생인데요, 사연이 있어요. 어릴 때 여기서 동생을 잃어버렸어요. 그래서 가끔 나와요. 그나저나, 큰 스님께 인사 못 드리는 걸 양해해 주세요."

'살고 있다는 것은 죽어 가고 있다는 것. 너도 그렇지?' 하는 눈빛과 함께 해인이 계단을 오르자 도연도 따라 계단을 밟아 지상으로 나왔다. 도연에 대한 소식은 간간히 선방으로 날아오는 소문에 의해 익히 들었다. 어릴 적 서울역에서 헤어진 동생을 찾으러 틈만 나면 서울역 역사 주위를 배회한다는.

"잘 살았냐?"

은사 지월 스님의 사제 지운 큰 스님의 상좌로 절집 족보로 따지면 사촌 동생이 되는 격이었다.

“손봐 줄 놈들 손봐 주느라 바빴어요. 잘못 사는 저 같은 것들이 핑계를 대고 이유를 대곤 하죠. 스님이 말씀하셨잖아요. 수행자는 싸구려 인생이 아니라고요. 그런데 싸구려 찌질이로 이렇게 속가의 인연을 싹 끊어내지 못하고 살고 있어요.”

“그런데 스님을 여기서 만나니 기분이 참 묘해지네요.”

“……저 사실은 사형 성우 스님께 전화를 했더니 이곳으로 오신다 해서 내심 기다렸어요.”

도연은 무불암 주지를 차고 앉은 성우 스님의 막내 사제였다.

“……왜?”

“스님이 궁금해 하시던 답을 드리러.”

“아, 아. 그랬지……. 그냥 지나가는 말로 했던 건데.”

지난 해 도연 스님을 만난 건 두타산 선방이었다. 하루 종일 앉아 있는 선방 스님들은 오십 분 앉아 있다 십 분 쉬고는 했다. 거개가 점심 공양을 하고는 다리를 풀고자 근처 산을 오르곤 했다. 그때 포행 중 해인은 쓰러진 도연을 발견했고 들쳐 업고 응급실로 달려갔는데 맹장이 터져 복막염 상태라 했다. 만일 삼십 분만 더 지체되었다면 도연은 저승의 객이 되었다고 의사는 다행이라는 말을 몇 번이나 했었다.

지하도를 올라온 해인은 24시간 영업하는 마트를 찾았고 막걸리 한 통과 소주 두 병, 종이컵 그리고 틀니를 끼고 있는 삼촌을 위해 부드러운 초코파이, 웨하스, 새우깡, 땅콩 과자 같은 것들을 골랐다.

“저녁 공양 안 하셨죠?”

“…….”

도연이 물었고 해인은 대답을 하지 않았다. ‘잠시만요’ 하며 컵라면 한 개와 참깨죽 하나를 고르더니 굳이 자기가 계산하겠다며 계산까지 하는 거였다. 컵라면에 뜨거운 물을 부은 도연은 검은 비닐봉지에 컵라면과 참

깨죽을 넣어 내밀었다.

어둠에 젖은 길바닥이 두 사람의 그림자를 길게 늘였다. 꿈길을 걷듯 걸망이 어깨를 파고 들 때마다 삼촌의 가래 끓는 소리가 귀를 때렸다. 어둠의 꽃들은 길 위에서 여기서 피면 저기서 지고, 저기서 피면 여기서 졌다. 가까이 가면 달아나는 어둠들. 해인은 고개를 설레설레 내저었다. 이승을 묶는 인연의 끈들은 질기디 질겼다.

"도연아. 내가 널 따라 다니는 거냐, 니가 날 따라 다니는 거냐?"

"불연佛緣이겠죠. 목숨 부지하고 사는 세상 사람들이 다 인연이지요. 지혜가 스님 여기 계신 줄 알면 기겁하겠네요."

"지혜? 아 맞다, 스님이 지혜랑 사촌간이라고 했지? 세상 참……. 여기서 스님을 만나니, 완전 부처의 마魔에 홀린 거 같다야."

"다 불은佛恩입니다."

나란히 걷다 도연의 말에 '뭐 인마?' 하고 입을 실룩이다 걸음을 멈췄다. 가빠진 숨결로 걷던 걸음이었다. 일찍이 보리菩提의 아름다운 마음을 내어 부처를 이루고자 입산한 게 아니었다. 그런데도 두루 깨우친 부처가 되겠다고 걸림도 막힘도 없이 살아 보겠다며 그렇게 악악 소리 질러 대고 살았던 날들이었다.

어디선가 기차 지나가는 소리가 푸른 넋으로 울었다. 기차 소리를 따라 꽃피고 새우는 봄바람도 어김없이 찾아올 것이다. 해인은 숨을 낮게 들이쉬었다. 가로등 아래 희끗희끗한 눈이 하늘에서 거꾸로 내려오는 듯했다. 순간, 해인은 생의 정점을 향해 걸어가고 있다는 걸 예감하고 있었다.

"스님, 지금은 제가 맡은 일이 있어 큰 도움이 될지는 모르겠네요."

"……히이, 할아버지, 엄마 아빠의 사건을 꼼꼼히 들여다 봐줘."

도연은 해인보다는 세 살이 어렸다. 도움이 되지 못할 거라 했지만 그래도 믿는 구석이 있었다. 날이 밝으면 강제로라도 고려장하듯 호스피스 병원이나 요양 병원으로 옮길 요량을 하고 있었던 참이었다. 고집을 부리면 앰뷸런스라도 부를 요량이었다.

사람들이 밤을 지내는 곳은 팔차선의 길을 건너는 곳이 아니라 서울역 쪽과 남영동 쪽으로 길게 방향이 다른 쪽의 통로 중간이었다.

"어떻게 좀 조사는 해 봤냐?"

"모르시고 넘어가는 것도 괜찮지 않나, 싶습니다."

해인은 도연 스님을 보고 생각이 났다는 양 궁금하다며 묻고는 씩 웃었다.

"그럴까? 이미 삼보에 귀의한 몸."

"그런데 아셔야 할 게 있습니다. 좀 앉겠습니다."

도연의 태도가 심상치 않았다. 역 광장에서 남영동 쪽으로 조금 떨어진 곳으로 걷던 두 사람의 대화는 끊겼다. 멍하니 섰던 해인은 마침 길거리에 있는 화단으로 위장되어 있는 가각진지의 빨간 벽돌 위에 걸터앉았다. 만일에 전투 시가전이 벌어질 경우를 대비해 만들어 놓은 은폐, 엄폐를 위한 장애물이었다. 일반인들이 보면 그냥 거리의 화단으로 꽃을 조경해 놓은 것 같지만.

"살해당하신 것 같습니다."

"……뭐?"

"네, 어머님, 아버님의 한센병 감염도 의심스럽고요."

잠시 내리는 눈을 보느라 침묵했던 해인이 하아, 하고 한숨을 내쉬었다.

"그런데 넘을 수 없는 벽에 부딪히는 느낌이에요. 상식이나 법으로는 놈들에게 접근할 수 없는 지점이 곳곳에."

"……."

“그래도 잘못된 건 바로 잡아야죠. 국가, 권력이라는 이름으로 수단과 방법을 가리지 않고 사리사욕을 채운 놈들이라면요. 그게 불가佛家의 자비 아닌가요. 정의를 위해서요. 어떤 선택을 하시든 전 스님의 결정에 따를 겁니다.”

“정의……라?”

삼촌과는 말이 달랐다. 삼촌은 돈과 권력을 추종하는 돈의 시녀, 권력의 시녀들 몇 잡아 처넣는다 해도 정의구현 사회는 돌아오지 않는다, 했다. 몇 잡아넣으면 또 다른 놈들이 그 자리를 차지하고 올라가 권력은 썩는다고 했던…….

“맞습니다. 범인들이 돈 때문 만에 그런 거 같지 않아요. 스님의 외할아버님은 정황상 살해당하셨고……. 스님의 어머니의 언니, 이모께서도 정신병원에 감금되었다가 의문사 당하신 거 맞아요. 뭔가 반드시 있습니다. 지금 불편하다고 나중에 후회하실 결정이라면 전 물증을 찾아내지 않겠습니다.”

“살아야 해. 너는 꼭 살아남아야 해. 그래야 내가 죽어도 눈을 감을 수 있단다.”

엄마가 해 주던 말들이 남의 일 같았다.

“살아 봐, 잘 살아야 해. 원수 같은 건 갚을 생각도 말고. 그냥 보통, 남들 만큼만이라도.”

아버지는 원수를 갚아달라고 했고 엄마는 원수 같은 건 생각도 말라는 말을 했다.

“이모님은 정신병원에 강제 입원 당할 당시는 말짱했는데 사망 진단서를 보니 작년 곤지암 소재의 정신 장애 수용 시설에서 사망한 걸로 되어 있어요.”

“……왜?”

"추정해 본다면 놈들이 할아버님이 소유하셨던 땅을 빼앗고자 작업한 듯해요."

"……그때 경찰은?"

"신경도 쓰지 않았어요. 위에서 그냥 덮으라고 했겠죠. 다른 다급한 민생 사건들도 많았을 테니까. 미제 사건으로 밀리고 밀리다 폐기 처분되었고요. 이젠 공소 시효도 끝났고요."

"할아버지 무덤은?"

"그거까지는 아직."

"그래서?"

해인은 가로등 불빛에 거꾸로 내리는 눈들을 하염없이 바라보았다.

"이모부란 작자를 추적해 봤죠. 놈들의 낯짝을 보니 보통 놈들이 아니더라고요. 완전히 미친 놈들이에요. 이모부란 놈은 정보국 출신이었는데 지금은 행방불명 상태에요."

"……응. 흐릿한 기억을 더듬어보면 이모가 신문사 사회부 기자였다고 들었어. 그나저나 조사를 하면서 놈들에게 들키거나 노출당하지는 않았지?"

"히이, 말입니다. 제가 그쪽 출신입니다. 그런데 이젠 어떻게 하실 겁니까?"

한숨을 내쉬고 섰던 해인은 하늘을 올려다보았다. 여전히 눈이 도연의 머리 위로, 어깨로 내려 쌓이고 있었다.

"……그나저나 이모의 병원비는 누가 냈던가?"

"네, 돈의 흐름을 좇다 보니 놈들이 보이더라고요. 이모부란 작자의 통장에서 빠져나갔습니다."

말을 하면서도 도연이 어찌할까요, 하듯 해인의 눈치를 보았다. 도연의 별명은 다나까였다. 말끝의 어미가 ~다, 아니면 ~까였다.

"먼저 이모님 시신을 어찌 했는지 알아봐 봐. 경비는 부족하지 않게 줄 테니."

해인은 '나쁜 새끼들'이란 말이 입 안에서 뱅뱅 돌았다.

"아닙니다. 스님. 돈이라면 저도 있을 만큼 있습니다. 그리고 여긴 우범 지역으로 위험한 곳입니다. 당분간은 제가 뒤에서 지켜보고 있겠습니다."

"뭐, 그럴 것까지. 담배 태우는 거 같던데 나 담배나 한 대 줘 봐."

해인이 담배를 받아 불을 붙였다. 즐겨 피지는 않았지만 누가 옆에서 담배를 피우면 가끔 빼끔담배를 태우곤 하던 해인이었다. 지나가던 사람들이 승복을 입은 채 담배 연기를 뻑뻑 내뿜는 해인을 힐끔거리며 쳐다보았다. 바람이 불고 있었다. 한 모금 담배 연기를 뱃속 깊숙이 빨아들였다. 바람에 몸을 내맡긴 연기들이 어둠 속으로 사라져 갔다. 머리가 핑글 돌았다. 담배를 반도 피우지 못했는데 이내 기침이 쏟아져 나왔다. 해인은 담뱃불을 땅바닥에 비벼 끄고 꽁초를 손에 쥔 채 한숨을 낮게 내쉬었다. 주위에 쓰레기통은 보이지 않았다. 해인은 꽁초를 호주머니 속에 넣었다.

다시 지하도로 내려온 해인은 걱정스런 눈으로 삼촌을 바라보았다. 깨죽은 손도 대지 않았다.

"막걸리 한 잔 하고 싶었는데 못 마시겠다. 그래도 죽기 전에 살아서 네놈한테 술 한 잔 받고 싶었다. 이제 되었으니 내 사십구재나 제사 같은 건 지내 주지 않아도 된다. 그리고 니는 내로 인해 절대 마음 다쳐서는 안 된다. 이제 너는 모든 굴레로부터 자유로워라. 이 잔도 네가 마셔라."

삼촌이 기침을 쏟아냈다. 해인이 급하게 걸망에서 물티슈를 꺼내 내밀었다.

"스님 참 옛날에는 강건하셨는데요."

"그렇지? 그런데 이 세상에 변하지 않는 건 아무것도 없어."

굵고 탁한 그러나 힘없는 목소리였다. 말하며 눈께를 파르르 떠는 삼촌의 얼굴이 더 창백해졌다. 가끔 지나가던 행인의 발걸음도 끊겼다. 삼촌의 기침은 잦아들었다. 그때까지 손에 들고 있던 막걸리를 해인은 홀짝 비웠다.

냉정하고 침착해야 한다. 막걸리 한 잔으로 승려 사이가 아니라 삼촌과 조카 사이로 돌아와 49재도 제사도 지내주지 않아도 된다는 거다.

"불만 없지?"

한껏 숨을 들이쉬며 삼촌이 재차 입을 열었다. 해인은 '예, 없어요'라고 말했다. 기분이 묘했다. '낡은 옷 떨어질 때 거듭 기우다 보면 어디가 앞이고 어디가 뒤인지 알 순 없어도 참 행복하더라. 그래도 단단히 하그래이. 삐끗하믄 다 끝장이라 마카.' 하며 잘못하면 한순간에 다 무너진다 하던 삼촌이었다. 삼촌과 잠시 눈이 마주쳤다. 그러나 이내 삼촌은 해인의 시선을 피했다. 순간 아빠가 삼촌을 닮아 그렇게 고집스러웠나, 하는 마음도 들었다. '삼촌에게 나는 무엇이었을까, 혹?' 순간 해인은 가슴이 먹먹해져 왔다. 심장이 뜯겨나가는 것도 같았다.

백중날이면 엄마, 아버지를 위해 기도 올리던 해인이었다. 다만 마트에 진열되어 있는 상품들을 보면서 짠하기는 했다. 해인은 어금니를 사려물었다. '나는 왜 싸우지 않으면 얻을 수 없는 자본의 욕망에 충족하지 못하고 절에서 나오지 못했을까. 환속해서 충분히 일반인의 삶을 살 수도 있었는데, 그래, 어중이떠중이가 되었군. 그렇다면 승려로서 내가 해야 할 일들은 무엇일까. 과연 나는 이 세계에 어떤 의미가 있을까. 저렇게 많은 상품이 진열되어 있는데. 저렇게 상품화된 깡통들, 구체적이고 분명한 상품이 되지 못한 나의 나약함과 비겁함은 무엇이었던가. 나는 왜 자꾸 이렇게 슬퍼하고 있는 거지. 아뿔싸, 맙소사 바보가 된 기분이었다. 혐오와 기만으로 기생충, 바퀴벌레 보는 듯 혐오의 눈빛으로 바라보는 행인들의 눈빛들.' 바닥에 깐 박스 위에 얼마쯤 꼿꼿하게 앉았다가 등을 벽에 기댔다. 이상하게 잠이 오지 않았다. 해인은 도연이 앉아 있는 쪽을 쳐다보았다. 그러나 도연은 모르는 사이처럼 이쪽을 쳐다보지 않았다.

꿈을 꾸는 것 같았다. 가도 가도 꿈. 꾀죄죄한 노숙자들. '꿈이야. 모두가 다 꿈이야' 하며. 순간 해인은 삼촌을 못마땅하다는 눈으로 노려보았다. 삼촌 역시 잠을 이루지 못하는 눈치였다.

"진통제 드려요?"

"아까 먹었잖아."

"우리를 이렇게 만든 놈들이 누구예요?"

"꿈이다. 꿈에 나서 꿈에 살고 다 꿈으로 죽어가는 거야."

"참나, 삼촌은 왜 그리 늘정하세요?"

"뭐 인마? 나도 인간이라고. 너한테는 아버지지만 나한테는 니 아버지가 형이야. 니 엄마는 내 형수고. 그래도 이래 중노릇 잘하고 살았잖아. 새끼가 조또 모르는 새끼가."

말을 마친 삼촌이 해인의 머리통을 타악 때렸다. 그러나 힘이 없어서 그런지 아프지는 않았다. 옆에 앉았던 노숙자가 힐끔 그 모습이 재미있다는 양 바라보고 있었다.

왜 자꾸 억울한 생각이 드는 건지. 해인은 빨개지고 굳은 표정이었는데 시간이 갈수록 거리낌도 사라져갔다. 삼촌이 숨을 거두기 전에 반드시 들어야겠다, 는 마음에 다급해졌다. 그러나 삼촌은 지나간 일은 지나간 일일 뿐 다 소용없다, 부질없다는 말뿐이었다. 해인의 얼굴이 불그스레해졌다.

정작 해인은 막걸리 한 잔을 마셨을 뿐이었다. 그때 아까 깔고 앉으라고 종이 박스를 내밀던 노숙자가 해인에게로 다가왔다.

"저도 한 잔 주십시오."

해인은 움찔했다. 그러나 본능적인 경계감으로 눈을 날카롭게 떴다. 그러나 삼촌이 '그럼, 십시일반 슬픔에 동참해야지' 하며 '당신이 최고요' 하며 엄지손가락을 들어 보였다. 소주는 플라스틱으로 된 640ml 2개를 샀었다.

멀찌감치 앉아 그런 모습을 바라보며 도연이 '이걸 어째요', 하는 눈빛으로 피식 웃고 있었다. 눈이 마주치자 해인은 입술을 지그시 깨물고 도연을 외면했다.

"……아, 예."

해인은 종이컵을 내밀었다. 부끄러움도 자책감도 없이 종이컵을 든 채 손을 떠는 사내에게 소주를 따라 주었다. 하지만 짜증 어린 얼굴의 표정이 역력히 드러나 있었다. '나도 당신처럼 뻔뻔스럽게 살았으면 이렇게 울고 싶다는 생각은 하지 않았을 텐데?' 하고 속으로 웃었다. 손을 떠는 사내에게 술을 주자 주위에 있던 낯선 이들이 너도 나도 다가와 손을 내밀었다. 그리고 해인은 과자와 종이컵 막걸리의 소주가 든 검은 비닐 채 내밀며 저쪽에 가서 마시라고 했다. 번죽이 좋은 노숙자들은 해인의 옆자리를 차지하고 앉았다. 나머지 소주를 다 비우고야 자기 자리로 돌아갔다.

"자아, 김산 님. 기저귀를 갈겠습니다."

간병인이 다가와 몸을 만졌다. 정신이 온전히 돌아왔다고 악몽에서 깨어난 건 아니었다. 받아들일 수 없었다. 통곡의 밤이었다. 중환자실이 아니라 고문실 같았다. 옷이 다 벗겨진 알몸 상태로 비명을 내지르고 있었다.

"아프니, 얼마나 아프니? 나도 많이 아팠어."

어디선가 엄마가 속삭이는 거 같았다.

"어떻게 하든 극복하셔야죠, 뭐. 저희 병원에는 중환자실이 두 개 있어요. 외과계 그리고 내과계, 여기는 정형외과계 중환자실입니다. 김산님은 이제 의식은 찾으셨고, 날이 밝으면 집중 치료실로 내려가시게 될 거에요. 정형외과 치료는 시간과의 싸움입니다."

간호조무사가 말했다.

정신이 아뜩했다. 몸이 하늘로 붕 솟아올랐다 땅속으로 푹 가라앉았다. 악업을 씻는 방법은 보리심과 자비심이라 했던가. 눈시울이 뜨거워졌다. 벌벌 떨면서 구겨진 감탄사를 삼키는 동안 간병인과 상근하는 간호사와 간호조무사 두 명이 중환자실을 교대로 맡고 있다는 걸 알 수 있었다. 마스크와 고무장갑을 끼고 있는 건 간호조무사다.

해인은 이제 간호사와 조무사를 구분할 수 있었다. 웬만한 건 몸에 달린 기계가 해결해 주는 모양이었다. 막막한 외로움 어둠 속에서도 조무사는 한 시간에 한 번씩 피딩을 하는데 간병인은 환자들의 똥오줌과 목욕을 담당했다. 환자 시중을 들고. 간호조무사는 체온을 재고 혈압을 재고 오줌 주머니를 확인했다. 간호사와 조무사가 수시로 베드를 찾았다. 간호사는 의사에게 지시받은 약물들을 시간에 맞춰 주사하고 환자들의 혈압, 맥박, 산소 포화도, 환자에게 약물을 투여, 들어간 용량, 시술 의사 이름들을 기재했다. 간호사는 그런 것들을 차트에 기재하고 환자의 상태를 주시 관찰했다. 간호조무사는 의사와 간호사의 지시에 따라 CT실로 데려가거나 간병인처럼 환자들의 기저귀를 갈아주고 몸을 물티슈로 닦아주고 청소부는 휴지통을 비우고 청소를 했다. 간호사는 일체 말이 없었지만 간호조무사는 의식이 가물가물한 환자에게도 매뉴얼인지 차근차근 설명해 주었다.

"중환자실을, critical care unit이라고 줄여서 ICU라고 부르고요, 집중치료실은, intensive care unit, 똑같이 ICU라 부르지만 집중 치료실은 죽음에서 조금 벗어나 호흡, 순환, 신진대사 등 기타 심각한 기능 부전 환자의 용태를 24시간 체제로 관리해서 효과적으로 치료하는 것을 목적으로 해요."

"……."

"통증으로 많이 아프시죠?"

'아, 부처님이 눈만 빼앗아가지 말고 귀도 입도 마음도 좀 콱 틀어막아 주었으면 얼마나 좋았을까', 하면서도 간호조무사의 조잘거림으로 '기막힌 운명 속에 내가 살긴 살았네' 하던 해인은 야릇한 흥분으로 가슴이 두근거리기도 했다. 그 와중에서도 엄마 아빠가 없었다는 상실감, 엄마 아빠를 지켜 주지 못하고 혼자만 살아남았다는 자책감에 열이 펄펄 나고 어지러웠다.

"지금은 진통제 말고는 뾰족한 수가 없어요."

몸을 뒤채고 싶었다. 그러나 움직여지지 않았다. 실망스러웠다. 손가락조차 움직여지지 않았다. 죽는 건가. 나아질 수는 있을까. 차라리 의식이 없을 때, 속이 시끄럽지 않을 때가 그리웠다.

"우리 몸에는 생체 시계와 자생 능력이라는 게 있어요. 육신이란 정신을 감싸고 있는 껍데기로 마치 옷을 입듯이 영혼을 감싸고 있는 것이 몸이죠. 따라서 영혼을 감싸고 있는 육체는 울타리로서 하나의 담장을 치고 있는 것이라고 보면 되죠."

"……."

"생체 시계는 태어나서 성장하고 병들고 늙고 죽는 과정을 통제해요. 저희가 아무리 수술하고 시술한다 해도 자생 능력은 몸 안에 자체 수리 공장이 있어 몸의 고장 난 부분을 스스로 고치는 능력을 말해요. 의사는 병이 오는 원인, 병이 오는 과정을 살펴보고 수많은 같은 병명의 환자를 치료한 임상 치료 경험으로 그 데이터에서 나온 최대치로 환자의 증상에 대해 환자의 생체 시계와 자생 능력에 맞춰 병을 이겨내게끔 도움을 줄 뿐이에요. 환자가 자생의 힘으로 이겨내지 못하면 죽는 거고 이겨낸다면 사는 거예요. 이제 수술한 부위들에 대한 예후 관찰뿐 딱히 다른 방법이 없어요. 처치할 수 있는 부분은 다 처치했습니다. 환자분은 지켜봐야 할 거 같아요. 길고 먼 생명을 건 싸움이 되실 겁니다. 도마뱀의 꼬리가 잘려도 새로 돋아나듯이 우리 몸도 상처가 나면 새살이 돋아납니다. 이것이 스스로 치유하는 자생 능력 덕분이에요. 자생 능력은 정해진 규정을 벗어날 때 사고가 나는 것과 같이 범위를 벗어나 우리 몸의 자생 시스템이 작동하지 못하거나 자체가 고장난 경우 병이 생기는 것이고 세포가 괴멸되면 사망으로 파악하는 거예요. 예를 들면 고운 채에 가루를 칠 때 한 번에 걸러낼 수 있는 양을 넘어 한꺼번에 많은 양을 걸러내려 한다면 체의 구멍이 막혀버리게 되어, 우리 몸도 스스로 조절할 수 있는 수준을 초과하게 되면 이상이 생기게 되는 거죠. 감기에 걸렸을 때 재채기나 기침, 콧물, 눈물, 가래, 침, 설사가 나는 것은 우리 몸의 독소를 빼내는 증상이에요. 다시 말해 마실 깨끗한 물을 정수하듯이 우리 몸을 건강하게 유지하기 위해 무엇보다 마음이 중요해요. 면역 능력과 치유 능력은 각기 개인마다 다 달라요. 많이 힘드실 거예요. 건투를 바랍니다."

"……."

의사가 해인에게 이야기하는 건지 주치의를 따라온 인턴 레지던트들에게 하는 말인지 상처 부위를 드레싱하며 간간이 말을 끊었다가 다시 말을 이어갔다.

"지금은 숨쉬기도 어려우실 거예요. 그러나 차츰 뒤척거림, 앉기, 서기, 걷기까지 가능할 걸로 보여요. 본인의 노력 여하에 따라 그 기간은 들쑥날쑥이고요. 만만치 않을 거예요."

"……."

"또……. 앞으로 환자로서 판단과 선택이 얼마나 중요하신지 알게 되실 겁니다."

의사가 그렇게 말하는 순간 또 뭔가 있다는 걸 해인은 감지할 수 있었다. 뭘까. 왜 이리 심장이 벌렁거리는 것일까. 무엇일까.

생사의 갈림길에서 지옥 같은 통증이 시작되었다. 꿈틀거리던 해인은 자신도 모르게 '아이고, 제기랄' 하는 탄식이 터져 나왔다. 이게 죽는 거구나. '엄마, 아빠도 이랬겠지.' 올가미에 걸린 짐승 같은 얼굴을 했다. 면도칼날 같은 걸로 상처난 곳의 살을 베어 내고 찌르는 것 같았다. 불에 덴 듯한 통증들이 온몸으로 엄습해 왔다. 경직되었던 해인은 입술을 깨물어도 자꾸만 몸이 덜덜 떨려 왔다.

해인은 시력을 잃자 청각, 후각이 예민해져 옴을 느낄 수 있었다. 어딘가가 스멀거리는 통증으로 우리우리했고 그 고통으로 가슴까지 답답해져 왔다. 아직도 상처가 아물지 않은 곳이 있는지 의사와 간호사가 와서 해인의 상처를 소독하곤 했다.

이제 보이지 않는 세상, 그 안 보이는 세계 너머를 보며 살아야 한다. 별안간 벼락 치듯 떨어진 암흑과 같은 세상이었다.

청소부 아주머니가 걸레를 달그락거리는 소리, 을씨년스런 냄새와 음산하게 수런대는 소리를 종합해 보면 중환자실에는 12개의 침대가 있었다. 의사와 간호사, 간병인이 나누는 대화를 종합해 보면 한 개의 격리실과 세 개의 무균실이 있었다. 격리실과 무균실에는 위관 영양을 하는 환자가 둘이었다. 그저 동물적 연명 상태다. 눈이 보이지 않으니 귀가 예민해졌다.

오늘 환자 하나가 죽어 나갔다. 제기랄. 가슴이 뜨끔거렸다. 전맹全盲. 수염과 머리털은 왜 이리도 빨리 자라는지. 수심에 차 있던 해인은 숨을 가느다랗게 쉬었다. 끄떡없이 버틸 줄 알았다. ICU중환자실에서는 삶과 죽음은 순간이었다. 간병인이 수염을 깎아주고 있을 때 창가 쪽 베드에 사람들이 웅성거렸다. 면회 시간이었다. 소란함에 긴장의 끈을 늦추고 있던 해인은 귀를 쫑긋했다.

"어레스트cardiac arrest, 심장이 예고 없이 갑자기 박동을 멈춘 상태."

보호자들이 둘레둘레 서 있고 그 앞에는 의료진이 있는 모양이었다.

"150줄 차지charge, 충전"

"샷."

"200줄 차지."

"샷."

"사망 선고 하시죠."

주위에 서 있던 보호자들, 그중 부인인 듯한 여자가 '어떻게 해? 이제나 어떻게 해?' 하며 소리쳐 우는 음울한 목소리로 비명을 내지르고 있었다. 그녀의 악을 쓰고 우짖는 아우성이 마치 살아생전 엄마가 꺽꺽 하얀 게거품을 토해 내던 통곡으로 들려와 간담이 서늘해졌다.

"아, 어찌하여 나는 이 천형의 과보를 받았던가. 이게 무슨 불길하고 흉물스런 업보란 말인가."

중환자실의 면회는 오전 오후로 나뉘어져 있었는데 오후 면회 시간이었다. 기저귀를 갈은 간병인이 수염을 깎아 주다 혹시나 의료진들, 보호자들의 면회에 방해가 될까 중환자실을 잽싸게 빠져나갔다. 송장처럼 누워 있던 해인은 기어코 한숨을 토해 내고 말았다. 또 누군가 한 사람이 이승을 하직한 것이다. 눈물이 흘러나왔다.

총 12개의 베드 중 8개의 베드에서 한 베드가 줄어들어 일곱 베드가 되었다. 환자들 거의 해인처럼 도뇨관을 하고 있으며 비강 배관으로 산소를 공급받고 있었고 구인두 흡입을 하고 있었다.

"뼈가 부서지면서 염증이 생겨 균이 생겼어요. 그 피고름을 제거하고 핀으로 고정해 놓은 상태에요. 다행히 관절의 변형과 붕괴가 되지 않아 다행이에요."

뇌사 상태인 사람들도 있었다. 자다 두런거리고 소란스러워 깨어 보면 옆에 누웠던 환자가 영안실로 내려가기도 했다. 비위 상하는 냄새가 코를 찌르기도 했다. 뇌사 상태에서 죽음을 기다리는, 의학이 만들어 낸 비극 속의 한 장면이었다. 그렇게 모든 인지 기능이 사라진 상태로 한 달을 있었다는 사실에 해인은 어금니를 깨물었다.

"살았어요. 이제 위기는 넘기셨어요. 다발성 골절, 갈비뼈가 부러지고 등뼈, 척추뼈가 깨졌어요. 갈비뼈 6개 좌슬 3조각 우슬 4조각, 어깨뼈, 견갑골……. 등뼈 마지막 T11, 척추 시작 T12 부위의 골절."

간호사가 링거를 바꾸며 입을 열었다. 생각이 거기까지 미치자 해인은 곤혹스러움에 입술을 지그시 깨물었다. 이빨이 딱딱 마주쳐졌다. 어쩌면 죽음이 승리일 수도 있다는 생각이 들었다.

"위아래 앞니가 네 개씩 여덟 개가 부러지셨어요. 그 충격이 얼마나 세었는지는 상상하지 않아도 직접 몸으로 느끼실 거예요. 저희 의료진들도 기적이 일어났다고 보고 있어요."

의사가 가고 간호사가 말했다.

몸을 스스로 움직일 수 없는 고통은 보통 고통이 아니었다. 숨을 쉴 때마다 코에서 입에서 가르릉거리는 가래 끓는 소리가 나왔다. 혹여 트림이나 재채기 기침을 하려면 온몸이 끊어지는 듯한 고통으로 여간 괴로운 게 아니었다.

"손끝 발끝으로 힘을 보내세요. 자꾸 움찔거리고 꿈틀거려야 나중에 경직된 근육을 쉽게 풀 때 회복도 빠르고. 머리, 등, 목, 항문도요."

간호사가 말했다. 해인은 간호사의 말에 공감했다.

"네가 정말 살고 싶다면 너를 죽여라."

터무니없게 높게 내지르는 소리로 삼촌이 말했다.

"아이고, 이 산 송장 놈아. 네놈이 아직 주둥이 까부는 거 보니 멀었다. 대사각활大死却活, 크게 죽어봐야 크게 산다, 라 했거늘."

지금처럼 움직이지 못하는 건 살아있는 시체라는 거였다. 치료의 2단계는 스스로 몸에 힘을 주고 자벌레처럼 몸을 모로 눕히고, 옆으로 누울 수 있어야 제대로 치유가 가능하다는 것이다.

아침이 되자 해인은 '하나 둘 셋' 하는 남자 간호조무사들에 의해 이동식 침대로 옮겨졌다. '내가, 죽었나. 영안실로 가는 건 아니겠지.' 해인은 중얼거렸다. 남자 간호사 하나가 중환자실의 침대에 이동식 침대를 붙이고 침대 시트를 잡아당기자 해인은 시체처럼 이동식 침대로 옮겨졌다. 이동식 침대로 옮겨진 시트를 빼내고 또 어디로 가는 것이지. 바보처럼 멍하게 누운 해인은 입안의 바람을 잔뜩 넣었다 빼며 이를 앙다물었다. MRI를 찍고 준중환자실로 내려간다고 했다.

준중환자실, 집중 치료실이나 중환자실이나 막막하여 다를 건 아무것도 없었다. 가슴이 뜨끔거리고 전기를 먹은 듯 또다시 숨이 콱 막혀 왔다. 이러다가 숨이 딱 끊어지면 끝이라는 걸 해인은 알 수 있었다. 끔찍한 상황이었지만 달라진 게 있긴 했다. 목 보호대가 풀린 것이다. 입에 물려져 있던 산소 호흡기가 제거되었다. 이제 목구멍에 뚫린 관, 튜브만 떼면 입으로 밥을 먹어도 된다고 했다. 사방은 조용하고 쓸쓸했다. 준중환자실에서는 간호사와 간호조무사들이 중환자실처럼 시도 때도 없이 다가와 체킹하지 않았다. 정기적으로 지정된 간병인들이 들어와 목욕을 맡아 해 주었다. 삼십 분 간격으로 들어와 욕창이 생기지 않도록 이리저리 몸도 굴렸다.

"아직 젊고 탱탱한데, 아깝다. 어쩌다."

간병인의 손버릇은 나빴다. 간병인의 그 말을 들은 해인은 갈라지고 터진 입술을 혀로 적셨다. 물수건으로 썩은 냄새가 진동하는 해인의 몸 구석구석을 닦아내다 젖꼭지를 엄지와 검지로 잡아 비틀기도 하고 사타구니께는 손바닥으로 쓸어 보기도 했다.

어쩔 수 없었다. 신경과민증, 발기 부전의 환자가 된 아침부터 분노를 폭발하며 '감히 수행자에게.' 하고 가타부타 간병인에게 따지고 조용히 나무랄 수는 없었다. 간병인은 해인이 말을 할 수 있다는 걸 아직 눈치채지 못하고 있었다.

떠나는 사람들, 돌아오는 사람들. 서울역 광장 지하도의 하룻밤을 그렇게 장좌불와로 앉아서 번뇌 망상으로 보냈다.

'햇볕 좀 쐬자' 해서 삼촌과 해인은 역 앞의 광장으로 나와 벤치에 나란히 앉았다. 비둘기들이 종종거리며 발 아래까지 다가왔다. 눈은 그쳐 있었다.

"가서 꽈자 좀 사온나."

"……예."

"재네들에게도 보시 좀 하자. 포켓에 남은 돈은 다 쓰고 가야지."

"스님, 약속대로 병원에 입원하는 거예요."

"안 간다. 너나 가라. 씰데 없는 얘기 말고 가서 꽈자나 사온나."

삼촌이 뻗댔다. 예상한 일이었다. 돌이킬 수 없었다. 병원에서 전화만 하면 세 사람이 나와 준다고 했다. 해인은 '그래요' 하며 몸을 일으켰다. 언제 눈이 왔냐는 듯 아침 햇살이 쏟아져 내리고 있었다. 사람들은 고요한 아침 속에서 분주히 움직였다. '행행본처 지지발처行行本處 至至發處, 가는 곳마다가 본래 그 자리요, 이르는 곳마다 출발한 그 자리다.' 하며 혼잣말을 내뿜었다. 얼굴도 입도 하나, 배꼽도 하나, 똥구멍도 몸뚱어리도 하나인 사람들이 무시로 지나갔다. 그러나 출발점과 도착점의 경계가 모호

해진 해인은 노숙자 생활도 괜찮네, 하며 웃음을 실실 흘렸다.

"스님, 쐬주 한 병만."

삼촌과 티격태격하고 있을 때 그때 마침 지난밤 종이 박스를 건네준 노숙자 하나가 비굴한 눈으로 인사를 하며 다가와 삼촌에게 말했다. 삼촌은 마침, 잘되었다는 듯 '그래요, 이것도 다 수행인기라예.' 하며 눈에 힘을 꾹 보이며 해인에게 '알았지?' 하는 시선을 주었다. 그 눈빛은 '우리가 하고자 하는 게 깨달음을 얻어 많은 이들을 고통에서 건져내고자 함이 아니었더냐?' 하고 지난 밤 노숙자들을 보고 했던 말을 상키시켰다. 삼촌의 눈은 이미 흐릿해져 있었다. 피부색은 완전 하얀 병색이고 온통 주름투성이였지만 그 와중에서도 아이처럼 미소를 지었다.

"니 살길 찾아가라. 산으로 들어가면 넌 살 수 있을 거야. 산에 들어가 너의 깨달음을 펼쳐봐. 산에서도 쉽진 않겠지만 충분히 불행했고 충분히 방황했잖아. 어디서든 언제든 마지막 길이라 생각하고 어떻게 하든 버텨. 사람답게 살 수만 있다면 견뎌내고 살아 있기만 하면 된다. 그래도 살아봐라. 열심히."

"……."

"이따위 운명, 업보밖에 물려주지 못하는 엄마가 미안하다."

엄마가 유서와 같이 남긴 돈을 해인은 차마 쓰지 못했다. 평상시 짠돌이였다. 그런데 그날은 의료 보험이 되지 않아 수술비와 병원비가 꽤 나왔는데도 이상하게도 도연의 병원비를 내주고 싶었다. 죄는 짓지 않았지만 죄인처럼 살았다. 가난했지만 행복하지는 않았지만 떳떳하고 당당하게 살고 싶었다. 그러나 마음은 감옥 한가운데 놓여 있었다. 가까이 있는 것들은 슬픔이 다 뜯어먹었다. 사는 게 구차하고 덧없었다. 기억, 추억 속으로 들어가면 온통 지옥뿐이었다. 매일 밤 귀신들과 악마, 좀비들이 나타나 울부짖고 뱀들이 삼킬 듯 달려들어 붉은 그 이빨로 독을 뿜으며 목줄을 물어뜯었다.

그때 멀리서 지켜보던 도연이 다가와 해인의 옆을 나란히 걸었다. 도연은 떠도는 소문에 사숙 스님의 총무원 점거 사건에 연루되어 삭탈도첩되고 폭력죄로 1년 6개월 형을 살고 나와 비승비속으로 떠돌고 있다 했다.

"아직도 세상을 용서하지 못하신 거예요?"

"그러는 너는?"

도연이 물었고 해인이 되물었다. 도연 스님이 퇴원하기 하루 전날 해인과 도연이 함께 병실에서 밤을 새우며 나누던 대화였다.

"다 지나간 일, 덮고 가시죠. 이제 와서 진실을 알았다 한들 무슨 소용 있겠어요? 저는 이 세상이 무서워요."

도연도 들은 이야기가 있다는 듯 해인을 건네 봤다. 눈, 코, 입 윤곽이 지혜랑 똑 닮았다.

"그런데도 진실이 무엇인지는 알고 싶어."

"진실을 안 그 다음에는요?"

"그 다음은 생각해보지 않았어……. 놈들을 찾아가 다 죽여 버릴까?"

물끄러미 도연을 바라보던 해인이 웅얼거리듯 말했다.

"네에, 그렇지만 스님이 감당할 수 없다면 혈육이고 핏줄이라 해도 그냥 덮고 가도록 하죠. 아무것도 하지 말아요."

"……그럴까? 그런데 나 같은 놈한테 무슨 희망이 있을까."

"……그럼요. 과거와는 상관없이 우리 삶은 계속되겠죠. 성불하셔야 하잖아요. 일단 제가 조사해 보고 보고를 하지 않으면 그냥 넘어가시고 이건 아니잖아, 라면 그때, 제가 액션을 취해서 때는 때대로 물은 물대로 흐르게 해 드리죠. 더 이상 스님 인생 꼬이지 않게 스님은 천천히 가시던 길을 계속 가시는 걸로 하세요."

"어떻게 스님을 찾는데?"

"우선 제 발등의 불부터 끄고요. 이게 제 핸드폰 번호에요. 제가 안 받으면 문자로 남겨 주시면 돼요."

그때, 해인은 도연에게 꼼꼼히 조사해 달라 부탁했었다. 6년 전인가 7년 전이었던가. 두타 선방, 점심 공양 시간은 열두 시였다. 점심 공양을 하는 데는 십 분도 걸리지 않았다. 선방 스님들은 한 시에 시작하는 입선 시간에 맞추어 산을 오르고 내렸다. 이십오 분 올라가고 이십오 분 내려오고. 그때 도연 스님이 포행 길 중턱에 쓰러져 있었다. 조용한 스님이었다. 있어도 없는 것같이 입이 무거운. 앞서지 않았다. 신중했고 집중력이 강해 보였다. 평온해 보였다. 주위 스님들과 갈등을 일으키지 않았다. 절집 4촌간 사형, 사제 간이라 해도 상처받고 싶지도 않고 상처 주고 싶지도 않다는 양 드러내놓고 쉽게 곁을 내주지 않는 건 금세 알 수 있었다. 해인과 비슷했다.

"스님, 사형 스니임."

"……왜?"

"……배, 배가 아파요. 끊어지는 거 같아 꼼짝도 못하겠어요."

쓰러져 신음하는 도연을 보았을 때 처음엔 자살인가, 했다. 그러나 자살이 아니라는 건 금세 알 수 있었다. 죽으려면 본능적으로 으슥한 곳으로 들어가기 마련이었다. 해인은 산중에 가장 먼저 피는 꽃, 붉은 진달래 꽃밭 아래 쓰러져 있는 스님에게 달려갔다. 긴 의자 위에 쓰러져 있었다.

입승 스님에게 허락을 받고 병문안을 간 해인을 도연이 반가이 맞았다. 해인보다 세 살이 어렸지만 그때 해인은 도연에게 말을 놓지 않았다. 해인은 아무리 나이와 법랍이 어리다고 해도 아래 스님들에게 함부로 반말을 하지 않았다.

"사형이 저의 은인이시네요."

"은인은 개코나……."

"저도 스님 도와드릴게요. 살아오시면서 억울한 일 크게 당하신 적 없으시죠? 제가 해결사 해 드릴 수도 있어요. 전 빚을 지고는 못 사는 성격이라."

"크……. 뭐 하다 스님이 되셨는데요?"

"더러운 일이요."

해인은 픽 웃었다. 설핏 군인, 육군 장교였다는 이야기를 들은 것도 같았다.

"왜 더러운 일을 했어? 너도 가고 나도 가고 우리도 다 가는 짧은 여행길인데."

"……그러게요. 그놈의 권력이라는 이름 아래 합법화 된 폭력을 휘두르며 잠시 살았네요."

도연 스님의 말에 두 사람의 대화가 잠시 끊겼다.

해인은 밑져야 본전 아닌가 하며 도연 스님에게 그간의 사연을 이야기했다. 할아버지의 죽음, 엄마 아빠의 감염, 양명원으로 끌려갔던 일, 그리고 양명원, 그 햇살 보육원 뒷산에 한 아이를 암매장해야만 했던 사연을. 실제로 해인이 후에 양명원을 찾았지만 이미 양명원 자리는 아파트로 변해 있었고 양명원을 기억하는 사람들은 별로 없었다는.

"장담할 순 없어요. 우선은 호적과 주민등록등본으로 단서를 찾아 추적해 볼 수밖에요. 육체 속의 괴로움에 거두어지는 대로 우선은 스님을 위해 최선을 다하겠습니다."

"숙제처럼 남아 있긴 하지만 할아버지의 죽음으로 지금은 마음이 산란하고 어수선하지 않아. 최선을 다하지 않아도 돼."

해인의 말에 도연은 씁쓸히 웃었다.

스님들은 대부분 그렇지만 도연도 해인도 활달하고 밝은 편은 아니었다. 가슴에 커다란 돌 하나 달고 다니는 듯한 사람들. 그 돌덩어리 같은 업보를 꽃으로 만들려는 사람들. 삶이 꽃이 되는 시간들이었다. 봄은. 그런데 남들 다 있는 엄마도 아빠도 선재에게는 없었다. 삼촌이 있기는 했지만. 남들은 집에서 사는데 선재는 절에서 살았다.

"그래서 조심조심 살았어요. 그나저나 외할아버지를 죽인 범인들을 잡으면 어떻게 할 건데요?"

"그냥 확 박살 내 버리지 뭐."

"앞으로도 절밥 먹고, 향냄새 맡으며 살아야 하는 스님이 그러시면 되나요? 이제 와서 그러면 뭐가 달라져요? 그럼 안 죽이고 벌 받게 할까요? 손가락 자르고 손목 자르고 팔다리 자르고 가장 악질 놈은 모가지 자르고요……."

도연의 말에 해인은 픽 웃었다. 웃긴 했지만 처참한 기분이 들었다.

"요리조리 천벌들을 다 피해서 잘들 살고 있겠지? 다 쓸데없는 생각들. 에이, 스님아. 복잡하게 하지 말고 개쓰레기 같은 놈들 그냥 싹 쓸어버릴까?"

도연이 해인의 말로 입을 실룩이며 어이없다는 미소를 지었다.

"허허, 불법不法을 저지르는 불교不教를 하지 말고 자비의 불교佛教를 하라니까. 스님아, 어서 갔다 오지 않고 뭐하나? 스님의 정체正體는 뭐꼬? 대사각활大死却活, 크게 죽어야 크게 산다. 대저 참선 공부를 하는 사람은 반드시 죽음 속에서 삶을 얻어야 비로소 자재무애自在無碍를 얻게 되는 것이야."

삼촌이 횡설수설했다.

"너도 나그네, 나도 나그네. 우리 모두는 나그네들, 자리에 앉게. 그리고 기다리자고."

삼촌이 긴 벤치에 앉았다. 해인이 일어선 옆자리를 가리켰다. '왜, 쪽 팔려?' 하는 눈빛이었다. 깡마른 얼굴 광대뼈가 툭 튀어 나온 건 삼촌이나 조카나 별 다를 바 없었다. 삼촌이 해바라기를 하려고 의자에 앉자 주위에 노숙자들이 하나둘 몰려들었다. 해인은 썩은 미소를 지으며 '네?' 하고 어렵게 입술을 떼었다. 썩 내키지는 않았지만 마트 앞에 가서는 속복을 입고 있는 도연에게 돈을 주고 소주와 안주거리들을 사 오라 했다.

"난 이제까지 받아먹기만 하고 살았지. 나도 베풀고 살 수 있다고."

"이제 할 만큼 하셨으니……. 우리 병원으로 가요, 삼촌"

해인이 경직된 표정으로 말했다.

해인은 마른기침을 삼켰다. 썩 내키지 않아 하는 해인의 모습을 보고 거친 숨소리를 내뿜던 삼촌은 그저 피식 웃을 뿐이었다. 뭔가에 홀린 듯 해인은 가슴이 쿵쿵 울렸다. 쬐그만 눈으로 하늘을 올려다보았다.

잠시 해가 떴던 하늘이 다시 흐려지고 있었다. 회색빛 도시 사이로 가뭇가뭇 찬바람이 불어왔다. 눈이나 비가 한바탕 쏟아 부을 날씨였다. 해인은 삼촌의 뜻을 거역할 수가 없었다. 다시 겨울이 오려는지 바람 소리가 거세지고 있었다. 자동차 소리, 우리 승리하리라, 하는 노랫소리, 그때 광장 한쪽에선 미군 철수, 조국 통일, 군부 타도. 하며 학생들이 외치는 구호 소리가 뒤섞였다. 해인은 대학생들이 외치는 구호들을 들으며 멀거니 섰다 걸음을 옮기기 시작했다.

아버지의 부탁은 어린 해인에게는 너무 부담스러웠다. 어린 해인의 일기장에는 복수라는 글이 붉고 빼곡하게 쓰여 있었지만 이미 가슴 한구석으로 길고 오랜 시간들이 지나고 난 오늘이었다. '팔 없는 사람들, 목 없는 사람들, 가슴 없는 사람들. 화상 당한 듯한 사람들. 그래도 진달래가 좋은 사람들. 그래, 둥글둥글 살아야지.' 해인은 혼잣말처럼 중얼거렸다.

하나둘 모였던 노숙자들의 판이 너무 커졌다. 삼촌이 걸뱅이, 뺑쟁이, 삐뚜리, 똥고집, 비렁뱅이, 주정꾼, 똥치들에게 신고식을 한다며 모여드는 사람들을 마다하지 않았다. 멀찌감치 서 있던 도연도 걱정스런 눈으로 바라보고 있었다. 그런 도연에게 편의점으로 두 번 심부름을 보냈고, 도연이 술을 사 오면 전해 주었다. 그러던 도연은 일이 생겼다며 삼촌이 말기 환자들을 위한 호스피스 병원에 입원하게 되면 전화로 연락하라며 멀어져 갔다.

머릿속이 온통 엉켜버린 거 같았다. 남은 건 삼촌뿐이었다. 하지만 삼촌은 난공불락이었다. '그만 하자' 해도 '몸뚱어리는 욕망의 덩어리일 뿐이다. 너의 생사대사生死大事, 일대사一大事가 뭐냐?'며 말을 들어 먹지 않았다. 멀어져가다 돌아보는 도연과 눈길이 마주치자 해인은 썩은 미소를 지었다. 아무리 생각해 보아도 놈들이 그토록 지독하게 굴었던 이유를 알 수가 없었다.

피맺힌 한으로 밤새 잠을 이루지 못했다. 다시 해인이 광장으로 들어서자 광장 한쪽 바닥에 술병과 새우깡을 놓고 앉은 노숙자들 대여섯 명이 해인에게 박수를 치고 엄지손가락을 척 내보였다. 대중 공양이라 여긴 해인이 편의점으로 향했을 때였다. 빈 박스를 주워 인원수대로 컵라면에 뜨거운 물까지 부어 들고 왔던 것이다. 삼촌은 그런 노숙자들을 흐뭇하게 함께 바라보았다. 약간 풍기인지 수전증인지 왼손을 살짝살짝 떠는 한 노숙자가 노래를 부르고 있었다.

아무도 찾지 않는 바람 부는 언덕에
이름 모를 잡초야 한 송이 꽃이라면
향기라도 있을 텐데 이것저것 아무것도 없는

잡초라네
발이라도 있으면 은 님 찾아갈 텐데
손이라도 있으면 은 님 부를 텐데
이것저것 아무것도 가진 게 없어
아무것도 가진 게 없네

한 노숙자의 노래를 들으며 이맛살을 찌푸렸다. 문득 해인은 난 아직 멀었군, 하는 마음이 들었다. 염념보리심念念菩提心이면 처처안락국處處安樂國이라 했거늘. 왜 저속하고 처량하고 잡스럽다는 마음이 들었을까.

"아직도 관념의 알, 껍질을 깨고 나오지 못했군. 저네들에겐 저 노래가 저토록 마음에 평안을 주거늘. 그러면 됐지."

삼촌이 안타깝다는 듯한 눈으로 해인을 쳐다보았다. 상相에 걸렸군. 승복을 입고 소주를 사는 게 부끄럽고 창피해서 승가에 누가 되는 거 같아 때 절은 야전 점퍼를 입은 도연에게 '미안하지만 나 소주 좀 사다 줄래?' 하고 부탁하지 않았던가.

그저 승복은 유니폼이거늘. 한 스님은 승복을 쓰레기통에 버렸는데 한 스님은 승복이 법복이라며 고정 관념에 갇혀 '정말이지 난 멀었군. 왜 이리 비루하고 허접하고 쪽팔린 거지, 왜 이리 가슴이 싸한 것이지?' 하고 있는데 또 다른 노숙자가 해인의 귀를 밝게 해 주고 있었다.

감꽃 모진꽃아
오막살이 삼 대째 토백이꽃
갑오년 상투 튼 우리 할배
죽창 세워 낫 갈아 고개 넘어
영영 못 오실 길 떠나 가신 것을

감꽃 모진 꽃아 너는 보았겠지
모진 세월에 우리 어메
식은 밥 말아묵고 싸리나뭇길
지리산 줄기따라 떠나가신 것을
감꽃 모진 꽃아 너는 보았겠지
그래 감꽃아 보았겠지
애비 잃고 땅도 빼앗긴 이내 설움도
울 아배 못 잊어서 불끈 쥔 두 주먹도
감꽃 모진 꽃아 오막살이 삼 대째 토백이 꽃
감꽃 모진 꽃아 오막살이 삼 대째 토백이 꽃

봄이라 했지만 봄은 오지 않았다. 감꽃, 지리산 감꽃 향내를 맡고 싶었다. 목도리 세운 꽃, 쌉쌀했던 그 맛. 감꽃 속에 숨어 있는 애기 감. 연두 가지에 꽃이 노랬다.

오봉옥 시인의 감꽃이란 시에 류형선 씨가 곡을 붙인 노래라는 것이었다. '감꽃 모진 꽃아 너는 보았겠지' 하는 후렴구가 은근히 따라 부르게 하는 마력이 있었다.

"나도 쓰레기 똥개처럼 살았지. 이것저것 아무것도 가진 게 없어 참 편했지. 저 산 너머 다시 태어나도 우리 이제는 다시 만나지 말자."

부처가 없다는 산, 무불산에서 평생을 살았던 삼촌. 다름을 아는 것, 차이를 아는 것, 그리고 그 다름과 차이를 아는 이인異人. 어리석은 사람도 머물면 지혜롭게 되는 것인지. 해인은 서울역 광장에서 고독, 외로움 하며 무불산 감꽃을 떠올리다 한숨을 포옥 내쉬었다.

절망은 완벽했다. 울고 싶지만 울음을 참고 서있는 역사驛舍 건물. 울고 싶은 사람들이 울지 않고 소주 몇 병, 컵라면을 놓고 지지리 궁상을 떠는 게 가소로워 보였다. 마음속에는 은근히 혐오감이 배어 있었다. 노숙자들은 좀비처럼 흐느적거렸다. 왜 이리 괴기스러운 것이지. 빼앗긴 사람들, 억눌린 사람들. 집이 없어 길 위에 집을 지은 사람들. 걷어 채이고 짓밟힌 사람들. '가, 꺼져' 하고 발길질 당하는 이들. 사느라 고생이 막심했던 해골들, 뼈다귀만 남은 초라한 사람들.

패배자, 실패자, 폐인들. 해인은 울컥했다. 그러나 강도, 살인, 방화범들은 아니었다. 혹독히 운명을 겪고 있는 사람들. 집이 없으니 이집 저집 기웃거리며 동냥을 하지만, 지나는 이들이 인간쓰레기라고 악취가 난다고 피해 가지만 저들도 한때는 집이 있었을 것이다. 어화둥둥, 금쪽같은 내 새끼 아니었던 사람이 몇이나 있을까. 엄마 품속에서 엄마랑 눈 맞추고 엄마의 젖가슴을 만지던 행복한 날들도 있었으리라.

그때, 해인은 끙 신음을 삼켰다. 철도 공안원, 순찰을 도는 경찰관들이 눈에 들어왔다. 밤새도록 신음을 앓던 노숙의 밤을 깨고 점령군처럼 해인의 가슴으로 저벅거리며 다가오는데 두리번두리번 걷던 해인의 가슴이 벌렁거렸다.

입에서 냄새가 났다. 씻지 못해서 그런지 꾀죄죄한 몰골이었다. 입술을 뒤틀다 머리를 득득 긁었다. 주위에 앉아 술판을 벌이던 노숙자들이 불안한 눈빛을 하고 는적는적 자리에서 몸을 일으켰다. 물론 빈 소주병과 새우깡 봉지를 손에 든 채 일어나 기우뚱 절룩이는 절뚝이와 뻐드렁니를 드러내는 곰배팔이는 막걸리 한 잔에 늘어진 삼촌 스님을 부축하고 있었다. 어쩐지 판이 커졌다고 했다. 순찰자들에게 붙잡히면 뼈다귀도 못 추린다고 했다. 놈들은 CCTV가 없는 곳으로 끌고 가 죽도록 패기도 하고 잘못 저항하면 복지원으로 끌려갈 수도 있다고 했다. 똥줄 빠지게 달아나는 게 상책이란 얘기였다.

이곳에는 두 부류의 노숙자들이 살고 있었다. 한 부류는 오고 갈 곳이 없는 사람들, 진짜 집이 없는 사람들인 듯했다. 그래서 서울역을 집으로 만든. 또 한 부류는 집은 있으나 집에 들어가서 아들 딸, 며느리들의 구박과 싸움을 보느니 차라리 서울역을 어슬렁거리며 역무원 경찰 경비원들에게 '가라', 그 속뜻은 '제발 꺼져라' 라는 소리를 듣는 게 더 나은 사람들. 그러나 언젠가는 떠나야만 할 사람들.

"스님."

"……."

절뚝이가 비명을 내질렀다. 삼촌이 허리를 휘청 꺾으며 뒤로 쓰러졌고 몸을 덜덜 떨고 있었다. 해인의 입에서 탄성이 흘러나왔다. 해인의 가슴이 꽉 막혀 왔다. 그저 해인은 입술을 살짝 비틀고 그런 삼촌을 바라볼 뿐이었다. 노숙자 한 사람이 오히려 순찰자들에게 빨리 뛰어오라고 소리쳤다.

삼촌의 표정이 야릇했다. 해인은 걸음을 멈춰 섰다. 맥이 탁 풀렸다. 노숙자 둘이 부축했던 삼촌을 길바닥에 앉혔다. 그러나 삼촌은 지탱하지 못했다. 결국 삼촌은 눈을 치켜뜨고 가르랑가르랑 가래 끓는 숨소리를 내지르고 있었다. 해인은 삼촌이 몸을 바꾸고 있다는 걸 알 수 있었다. 삼촌의 마지막은 외롭고 쓸쓸했다. 다시 예전으로 돌아갈 수 없다는 건 해인도 잘 알고 있었다. 그러나 그저 죽음을 준비하는 게 아니라 마지막까지 새 세상을 준비하고 있었다는 마음에 더 서러웠다. 해인은 그 사태가 감당되지 않았다. 이미 경찰관들과 공안원 중 하나가 디카로 멀리서 동영상을 찍는 모습이 눈에 들어왔다. 삼촌을 부축하던 노숙자들이 뒷걸음질쳤다. 얼어붙은 듯 멈춰 선 채 꼼짝 못 하고 섰던 해인은 무릎 꿇고 호계합장을 한 채 고개를 푹 수그렸다. 해인의 어깨가 떨리고 있었다. 이를 악물었지만 눈물이 쏟아져 나왔다. 왠지 섭섭하고 화가 났다. 이렇게 보내드리는 자신이, 승가에 대한 울화가 가슴 깊숙한 곳에서 치솟아 올랐다. 공안원들과 순찰을 돌던 경찰관들은 마지막 숨을 내뿜으며 널브러져 이승을 하직하고 있는 삼촌보다 두 손을 가슴에 모아 호계 합장을 한 해인이 더 의심스럽다는 양 경찰봉으로 해인을 툭툭 쳤다.

"일어서십시요. 거기 그거 어깨에 멘 거 쫌 열어 보세요."

어디서부터 잘못된 건지. 위압적인 공안원들이 양쪽 어깨를 잡고 해인을 일으켜 세웠다. 그때 진압 경찰들이 시위대를 향해 최루탄을 쏘는지 펑펑하는 소리와 최루탄의 연기들이 뿌옇게 하늘로 치솟아 오르고 있었다.

삶이란 한 조각 구름이 일어남이요.
죽음이란 한 조각 구름이 쓰러짐이다.
구름 그 자체는 실체가 없느니
삶과 죽음 오고 감이 그와 같도다.

이윽고 슬픔처럼 한 방울 두 방울 하늘에서 눈과 비와 바람이 최루탄 매운 기운과 함께 사선斜線으로 떨어져 내리기 시작했다. 어디서부터 어긋난 것인가. 눈이 내리고 최루탄의 바람이 부는 아수라장 속에서 사숙, 삼촌 지효 스님은 명을 다했다. 해인은 다른 노숙자 두 사람과 경찰관에게 허리춤을 잡힌 채 멍하니 섰다. '아, 아닌데. 이건 아닌데' 하며 허망하게 섰던 해인은 꽉 다문 입술과 입가로 신음이 새어 나왔다.

철도 공안원과 경찰관이 손 무전기로 급하게 삼촌의 죽음을 알리고 있었다. 그때 돌아보니 도연은 보이지 않았다. 급한 일이 있어 가 봐야 한다던 도연이었다.

"거기 그것 좀 열어 보라니까."

"……."

빨리 도연에게 전화를 해야지, 하던 애도의 마음은 경찰관의 다그침에 갑자기 바보가 된 기분이 들었다. '다 꿈이다. 한바탕 꿈이라니까' 하던 삼촌의 말밖에 떠오르지 않았다. 해인의 주위로 점점 더 사람들이 모여들었다. '참으로 기가 막힌 죽음이네' 하는 순간, 폭도처럼 반강제로 걸망을 벗겨낸 경찰관 하나가 싸늘한 눈빛을 보냈다.

'지금 뭐하는 거요?' 했지만 경찰관들이 바랑을 열어 보고 사형이 복용하던 약 봉투와 책들을 보는 순간 눈빛이 달라졌다. 그리고 경찰관 둘은 해인의 팔을 비틀더니 등 뒤로 손을 모아 손목에 덜컥 수갑을 채웠다. 순간 꾸물거리던 해인은 섬뜩함에 딱정벌레처럼 몸이 움츠러들었다. 차가운 쇠 기운이 손목을 옥죄었다. 삼촌의 죽음을 애도할 겨를도 없었다. '아파, 아파요.' 삼촌의 죽음 앞에 손목이 아프다고 경찰관에게 호소하는 자신의 모습이 싫었다. 상황이 급박하게 바뀌었다.

"색즉시공 공즉시색이라, 일월성신 산하대지 삼라만상 두두물물日月星辰 山河大地 森羅萬象 頭頭物物이 다 공空하고 허무虛無하다더니."

비실비실하는 노숙자 두 사람과 함께 강압적으로 체포되어 죽음의 광장을 가로질러 끌려가면서 '삼촌.' 하면서 길바닥에 쓰러져 있는 삼촌을 뒤돌아보았다. 고개를 내저으며 '아닌데, 이건 아닌데' 본능적으로 부르짖었지만 아무 소용없었다. 일제히 구경거리 생겼다는 듯 지나가던 사람들이 길을 내주었다. 비가 내려 서두르는 여행객들이지만 구경거리라도 난 듯 승복을 입은 채 끌려가는 해인을 쳐다보았다.

서울역 오른쪽 염창동 쪽으로 가는 길의 파출소로 끌려간 해인은 가슴이 미어지는 것 같았다. 무슨 오해가 있다고 여기며 진저리를 쳤다. 하지만 점점 더 상황이 복잡해져 가고 있었다.

"이름이 뭐요?"

"김산."

경찰관이 불쑥 말했다.

"생년월일?"

"57년 3월 28일."

서글프기 짝이 없이 해인이 대답했다.

"주소?"

"……."

치기를 부려 대한민국이라고 말하려다 슬픔과 외로움으로 해인은 입을 꾹 다물었다.

"주소 불명? 주거 부정, 거주 불명? 죽은 사람과의 관계는?"

"친조카입니다."

"당신 불사파야?"

해인은 그 질문이 개구리가 연못에 퐁당 뛰어드는 소리로 들렸다. 꼬치꼬치 날카로운 쇳소리로 캐묻던 순경이 갑자기 책상을 치며 버럭 소리를 높였다.

"무슨 말씀이신지?"

눈을 꾸무럭거리며 앉아 있던 해인은 왜 이리 난리요? 도대체 무슨 일이요? 하는 궁금한 눈빛으로 경찰관을 건네 봤다.

"이 책들 말이야. 역사란 무엇인가, 해방 전후사의 인식, 난쏘공, 지상에 숟가락 하나, 전환 시대의 논리."

"네, ……재밌게 읽었습니다."

"재밌게 읽었다? 사상이 아주 불온하군."

"……저는 지금 경찰관님이 무슨 말씀을 하는지 이해가 되지 않는데요."

"불교 사회주의자냐고?"

"그게 무슨 말씀이신지?"

해인의 얼굴이 벌겋게 달아올라 있었다. '나는 깨달은 것도 아닌 그렇다고 못 깨달은 것도 아닌 얼치기 너 같은 중보다 개잡승, 걸레들이 더 좋더라. 뜨거워도 울렁거려도 외면하는 고약한 겉멋만 부리는 너같이 나쁜 새끼들보다' 하던 삼촌의 말이 문득 떠올랐다. 옆자리에 앉아 다른 차가운 얼굴의 경찰관에게 진술서를 작성하던 노숙자들은 주민등록증을 제시하고 풀려나고 있었다. 수갑이 채워진 채 울근불근해하던 해인은 경찰관들의 태도가 싸늘해지는 걸 목격할 수 있었다.

씩씩대며 항의를 해 보았지만 파출소 안쪽, 쇠창살이 있는 구치소로 끌려간 해인의 얼굴과 명치끝으로 경찰관의 주먹이 여러 차례 파고들었다. 정신이 쏙 빠져 달아났다. '무릎 꿇어. 무릎 꿇으라고. 이 빨갱이 새끼야'라는 우악스런 말에 무릎을 꿇을 수밖에 없었다. 한바탕 소동을 치르고 난 이후 무릎 꿇려진 해인은 고개를 푹 수그렸다. 두 손은 밧줄로 뒤로 묶여졌고 얼굴엔 검은 천이 씌워졌다. 차가운 시멘트 바닥에 쓰러진 채 밟히기 시작했다. 순식간이었다. 이를 악물고 참았지만 숨이 턱턱 막혔다. 얼핏 이러다가 죽을지도 모르겠다는 생각까지 들었다.

중환자실에서 열닷새, 준중환자실에서 한 달 반 그리고 일반 병동으로 옮겨졌다. 해인은 물리 치료실과 재활 치료실을 들락거리기 시작했다.

"죄송합니다."

해인은 손바닥이며 이마에 끈적끈적하게 달라붙어 있는 땀을 느끼며 휠체어를 밀어주는 물리 치료사에게 말했다.

"이게 제 일인데요 뭐, 그리고 이 세상에 폐 안 끼치고 사는 사람이 어디 있나요?"

물리 치료사의 말이 가슴에 와 닿았다. 이제부터 한동안은, 아니 어쩌면 남은 생 동안 불가피하게 누군가의 도움을 받고 살아야 할지 모른다는 생각에 가슴이 싸해 왔다.

"다시 병실로 돌아가야 할 거 같아요. 오후에 받도록 해요."

막막하기만한 어둠 속으로 휠체어를 끌고 가던 물리 치료사가 간호사실에서 연락이 왔다고 말했다.

"경찰서 교통사고 조사계 그리고 보험회사에서 나온답니다."

"네?"

몸을 일으켜 세우고 앉았는데 조사관이 면회실 침대맡에 앉는 걸 느낄 수 있었다.

"스님이시라고요?"

"네."

해인은 숨을 크게 들이마셨다. 그런 일이 생길 거라고는 꿈에도 생각 못 했다. 경찰관이라는 말에 온통 신경을 곤두세우고 있는 자신을 발견할 수 있었다. 당신 불사파 아니냐며 몰아치고 호되게 유린하던 경찰관을 떠올렸기 때문만은 아니었다.

병실 침대로 돌아와 앉자 누군가가 다가왔다. 간호실장이다.

"김산님, 대화가 가능하다고 해서 교통사고 조사계와 보험회사에서 나왔습니다."

간호실장이 해인의 팔을 한 번 가볍게 툭 치며 말했다. 해인은 쭈뼛거리면 온몸의 신경을 다 긁어모았다.

"안전 벨트는 매셨는지요?"

조사계 직원의 목소리는 친절하기만 했다.

"네."

고개를 끄덕이던 해인은 거친 호흡을 가다듬으며 대답했다.

"사고가 났을 때 인지하셨는지요?"

"……인지했습니다."

사고가 나던 순간, 해인은 눈을 감고 있었다. 앞에 차 두 대가 사고가 난 게 보였고 택시 기사가 브레이크를 콱 밟으며 핸들은 가드레일 쪽으로 확 꺾는 듯했다. 빙판, 블랙 아이스 때문인지 차는 제 속도를 못 이겨 가드레일을 들이받았다. 순간 차가 뒤집혔다. 뒤에 오던 차가 해인이 탔던 차를 들이받았는지 기억을 잃었다. 뒤차도 어쩔 수 없었을 것이다. 차가 뒤집힌 것까지는 기억하는데 그 이후로는 정신을 잃었다. 해인은 그대로 이야기했다.

해인의 목소리가 떨렸다. 질문을 가만히 듣고 그 상황을 판단하고 '예, 아니오' 하고 솔직하게 대답했다.

보험회사 직원은 면담이 다 끝나고 나서야 사고 차량에 탑재되어 있던 CCTV에 사고 장면이 녹화되어 있었다는 사실을 확인해 주었다. 알고 있으면서도 물은 것이다. 해인은 '매뉴얼에 그렇게 돼 있어서'라는 직원의 말에 희미하게 웃었다. 얼마 만에 웃었던가. 갈비뼈가 많이 부러졌던 게 안전벨트 때문이라고 했다. 차량 결함인지 에어백이 터지지 않아 사고가 커졌다는 것이다. 눈을 다친 건 차 유리창이 박살 나 그 파편들이 안구를 손상시켰기 때문이라고 했다. 보험회사 직원은 옷을 잡거나 손을 끌거나 볼펜을 똑딱거려 다음 질문으로 넘어가곤 했다.

"전 가해자 차량 보험회사 담당 최호석입니다. 김산님은 택시 조수석에 승차하셨고 뒤차 가해 차량에 충돌하는 순간, 기억이 없으시다, 119 구급대 요원에 의하면 안전벨트를 하셨고……. 네, 치료 잘하시길 바랍니다. 저희 보험회사에서 치료비 일체를 부담하게 될 거에요. 보름에 한 번씩 저희가 방문하게 될 거구요. 지금 면담하신 내용은 의료진과 환자와의 동의하에 녹음이 되었고 배석한 이는 경찰서 조사계 이강철 조사관님과 담당 간호사 지은경님이 배석하셨음을 확인합니다. 여기 명함입니다. 궁금하신 게 있으면 연락 주십시오."

보험회사 직원이라는 굵은 바리톤의 사내가 끼어들었다.

"……우, 운전수 아저씨는요?"

"네, 현장에서 사망하셨습니다."

해인은 '네?' 하고 신음을 터트렸다. 해인은 상대방의 말에 귀를 쫑긋거리며 집중하고 있는 자신을 느낄 수 있었다.

"……제 거, 걸망은?"

"예, 여기. 현장에 있던 걸 경찰서로 가져갔다가 이렇게 제가 가지고 왔습니다."

"……그 안에 혹시?"

"예. 저금통장과 도장, 신분증과 삼십이만 원이 든 현금 지갑, 보자기에 싸인 발우, 속옷하고 여름 승복 한 벌이 들어 있었습니다."

"아…… 예. 감사합니다."

교통사고 조사계 직원과 보험회사 직원은 명함과 함께 걸망을 손에 건네주고 치료 잘 받으라 하고는 떠나갔다. 해인은 '왜 난 보통 사람들처럼 평범하게 살지 못하는 것이지' 하고 끙 신음을 내뱉었다. 벽 쪽으로 몸을 돌려 눕던 해인은 사람 좋기만 하던 택시 기사를 떠올리며 '내가 택시비를 드렸던가?' 하며 나무아미타불을 읊조렸다.

"함께 가자. 우리 이 길을 셋이라면 더욱 좋고 둘이라도 함께 가자. 앞서 가며 나중에 오란 말일랑 하지 말자. 뒤에 남아 먼저 가란 말일랑 하지 말자. 둘이면 둘 셋이면 셋 어깨동무 하고 가자."

경찰서 구치소에서 시위를 하다 옆자리에 앉아 홍얼거리던 학생들의 노랫말을 떠올렸다.

어디선가 토마토 냄새, 화장품 냄새가 나는 것도 같았다. 교통사고 조사계, 보험회사 직원 말고 주위에 또 같이 온 사람이 있는 것 같았다. 그냥 다소곳이 서 있던 여자. 비록 아무 말도 하지 않았지만 교통사고 조사계나 보험회사 직원이 함부로 하지 못한다는 느낌이 들었다. 그 여자의 주위에서 떨어지지 않는 사내의 발자국 소리도 들을 수 있었다.

깨달음으로 가는 길, 어떤 인因으로 와서 어떤 연緣으로 가는가. 반야바라밀로 가는 길은 이리도 먼가. 이정표는 거리와 방향만 표시할 뿐이었다. 이정표는, 표지판은 어디에 있었던가. 그 이정표대로 따라가는 건 길을 가는 나그네일 뿐. 가고 옴의 책임은 여행자의 몫일 것이다. 절대 잘못 표기된 이정표의 잘못이 아닐 것이다.

번뇌가 다한 곳은 열반으로 통한다고 마음만 바빴다. 마음은 사바세계의 바람이 시작되는 곳. 꽃은 늘 피고 졌다. 마음자리, 한 생이 지면 또 다른 생이 피는 꽃. 한 문門을 열면 또 다른 한 문門이 기다리고 있었다.

파출소에서 경찰서로 이송되었던 해인은 긴급 조치 집회 및 시위에 관한 법률 위반으로 구류 15일형을 받고 구치소에서 몸으로 때워야 했다. 석방된 해인은 먼저 도연에게 전화를 걸어 만났다.

"삼촌의 시신을 찾으려면 어찌해야 하냐?"

"시신은 없고 뼛가루만 있을 뿐입니다."

"어찌하면 찾을 수 있느냐고?"

무정처無定處. 급하게 가야 할 곳도 없었다.

"우리들의 몸은 괴로움의 근본이요, 재앙의 근원입니다. 찾아서 뭐하시려고요?"

'다 무無 아닌가요?' 하는 목소리였다.

"바다에 뿌려 드리게."

"제가 함께 해도 되겠어요, 스님?"

"아니…… 나 혼자."

"그럼 다녀오시지요."

도연은 두 손을 가슴에 모으고 바른 자세로 합장하고 허리를 수그렸다. 시설관리공단을 먼저 찾으라고 했다. 시설관리공단 담당자의 안내로 무연고 사망자들의 유골을 보관하고 있는 벽제 승화원을 찾아가라고 했다. 삼촌의 유골을 찾는 일은 결코 만만치 않았다. 시설관리공단에서 벽제 화장터로 가는 동안 어디선가 삼촌이 도연의 말대로 '본래무일물本來無一物. 생멸生滅을 멸이滅已하면 적멸寂滅이 위락爲樂, 염기염멸念起念滅 위지생사爲之生死이거늘.' 하며 쯧쯧 혀를 차는 것도 같았다.

눈을 감으면 그날 일들이 자꾸 떠올랐다. 저승길이 그리 가까운 줄 몰랐다. 그날도 눈이 희끗희끗 내리던 눈발을 머금은 잔뜩 흐린 날씨였다. 수척한 얼굴로 해인이 기침을 터트렸다. 흩뿌리던 눈은 잠시 그쳤다. 파도가 제법 거칠었다. 왜 이리 울렁이는 거지. 어디로 가나. 이산저산 떠돌이 품팔이꾼처럼 떠돌던 해인은 침을 꿀꺽 삼켰다. 철썩철썩 뱃전을 찰랑거리며 때려 대는 파도와 바람 소리가 해인의 가슴을 방망이질 쳤다. 얼마나 배가 육지에서 멀어졌을까. 모터배가 육지에서 점점 더 멀어져 흉흉한 바다로 나아갔을 때 두려움 같은 건 없었다. 찬바람이 와락 얼굴을 때렸다. 그때마다 마음에 수평과 균형을 잃어 가고 있음을 느낄 수 있었다. 문득 집채만한 파도가 밀려와 배를 뒤집어 놓으려 했다. 물론 해인도 배를 몰아주는 모터배의 주인도 구명조끼를 착용하고 있었다. 순간 모터배의 주인은 해인이 바다로 몸을 던질까봐 수상한 눈을 하고 건너다봤다. 물론 해인도 그런 생각을 하지 않은 건 아니었다. 파도에 휩쓸려 이렇게 좌초되어 심해 속으로 수장되어도 미련은 없다는 생각이 들었다. 모터배를 운전하던 이가 시동을 껐다. 순간, 기우뚱 배가 한쪽으로 기울었다. 모터배를 운전하던 이가 일어서서 뱃바닥에 있는 상자에서 물통을 꺼내고 있었다. 해인은 뱃바닥에 놓인 큰 사형師兄의 뼈가 담긴 하얀 보자기 속의 오동나무 상자를 물끄러미 바라보았다.

갈매기들이 시동을 끈 모터배 위로 날았다. 끼룩끼룩 그 울음을 떨어뜨리는 갈매기들을 바라보며 해인은 담배를 꺼내 물었다. 모터 배의 주인이 힐끔 해인을 쳐다봤다.

"삼십 분입니다."

모터배의 주인이 제시한 돈보다 더 많은 금액을 내밀었다. 바람 때문에 라이터에 불이 붙지 않았다. 모터배의 주인이 그 모양을 보고 전자라이터를 해인에게 내밀었다. 담배에 불을 붙이고 라이터를 돌려주었다. 해인의 입에 문 담배는 두 개비였다. 한 개비는 불을 붙여 바다에 던져 주었고 한 개비는 마치 향이라도 되는 양 해인의 입에 물려 있었다.

그동안 세상의 파도를 뒤집어 쓴 채 얼마나 떠밀려왔고 철버덕거렸던가. 뱃전에 부서져 하얗게 튀어 오르는 물보라를 하염없이 바라보던 해인은 담배 연기를 푸 날렸다. 순간 아뜩했다. 얼마 만에 피우는 담배였던가. 간단없이 밀려들던 파도는 여전히 하얀 알몸으로 달려와 해인을 집어삼킬 듯 들이받고 산산이 부서졌다.

해인은 몸이 흔들리는 가운데 균형을 잡으며 보자기를 풀었다.

"그래, 그놈의 인드라 망에 걸려 얼마나 퍼덕이셨습니까. 이제 자유, 열반하소서."

해인은 먼저 목에 걸고 있던 백팔 염주를 바다에 멀리 던졌다. 그리고 상자 뚜껑을 열고 뼛가루를 바다로 쏟아 부었다. 그리고 오동나무 상자를 '잘 가시오, 나무아미타불' 하며 집어 던졌다. 검은 비닐봉지에 들어 있던 막걸리 통을 꺼내 바다로 콸콸 쏟아부어 주었다. 그렇게 사형의 유골을 쓰레기 버리듯 바다에 뿌려 주고 깡소주 한 병을 마시고 택시를 대절해 서울로 돌아오던 길이었다.

경찰서 교통사고 조사계 직원과 병원 담당자 그리고 보험회사 직원과의 면담은 끝났다. 보험회사 직원의 요청으로 조사계 직원은 교통사고 사실 확인서를 병원으로 발송할 테니 제출하라며 다들 떠나갔다.

"제기랄."

해인의 입에서 한탄과 같은 넋두리가 흘러나왔다. 침대에 누운 채 꼼짝도 하지 못했다. 말이 되지 않았다. 꿈만 같았다. 그 옛날 장난감, 로봇을 가지고 놀다 기어이 관절들을 부셔버리고 팔이 부러지고 다리가 부러져 나간 채 내다 버린 장난감을 보듯 해인은 자신의 몸뚱어리를 두고 한탄했다.

병실에서 꿉꿉한 사람 냄새가 났다. 병실은 오전에는 크레졸 냄새가 났지만 오후가 되면 그 냄새는 어디론가 사라져 버렸다. 여름날 만원버스에 올라섰을 때, 지하철 틈도 없는 자리로 비집고 들어섰을 때처럼 보기 싫은 사람의 잇몸 냄새랄까, 그렇게 짙지 않은 시체 냄새랄까. 어떻게 파리가 병실까지 기어들어 왔을까. 파리 한 마리가 왱왱대며 얼굴에 달라붙었다. 냄새와 함께 파리는 해인의 두개골 속으로 파고 들어와 골치를 들쑤시고 돌아다녔다. 손을 내저어 얼굴을 간질이는 저 파리새끼를 손으로 쫓아내지 못했다. 얼굴을 움찔움찔했는데 파리는 산송장이라 뜯어먹을 게 많다는 듯 한참동안 해인을 괴롭히다 날아갔다. 오물을 뒤집어 쓴 돼지새끼처럼 꿈틀거리던 해인은 오만상을 찌푸렸다.

"살았다고, 이게 산 건지?"

해인은 심장이 터질 것만 같았다. 그래도 산 사람은 먹고 살아야 한다는 듯 복도 끝에서 밥차 끄는 수레바퀴 소리가 다가오고 있었다.

2

눈뜬장님

2
눈뜬장님

여럿의 발자국 소리가 들려왔다. 의료진들이 회진을 도는 모양이다. 붕대로 눈을 감아 놓아서일까. 손가락을 움직이며 통증으로 얼굴을 일그러뜨렸는데 얼굴 근육까지 당겨왔다.

"김산 님. 담당 주치의입니다."

"……."

"제 말이 들리면 주먹을 쥐어 보세요."

해인은 오른손 주먹을 쥐어 보였다. 움직일 수 있는 오른손으로 움직일 수 없는 왼손 손등을 누르면 손가락이 손등으로 깊숙이 파고 들어가는 느낌이 들었다. 호흡이 끊어졌다 이어졌다 했다.

"손가락도 움직여 보세요……. 절대 안정하셔야 합니다."

주치의가 말했다. 그 말은 어디선가 삼촌이 '염라대왕한테 잘 보였나 봐 명줄이 질긴 거 보니' 하고 비아냥거리는 거 같았다.

입에는 산소 호흡기가 꽂혀 숨을 쉴 때마다 가슴이 찌릿찌릿해져 왔다. 간혹 가슴이 뜨끔거려 후욱 숨을 들이키곤 했다. 숨을 쉴 때마다 신음 같은 소리가 따라 나왔다. 손끝 발끝만 움직여질 뿐 다른 곳은 움직여지지 않았다. 의사가 차트를 들고 있는지 페이지 넘기는 소리가 들려왔다. '구내염이네요. 비타민, 그리고 oral hygiene' 하고 의사가 말하자 간호사가 그 말을 받아 적는 거 같았다. 간호사와 주위에 있는 의료진들은 주치의의 말에 고분고분 따랐다. 해인의 진료가 끝나자 의료진들은 옆 베드로 옮겨갔다.

"김산."

본명은 김산이 아니라 강선재였다. 절간으로 들어오고 나서 삼촌, 지효 스님이 새로 만들어준 호적의 이름이었다.

"이제부터 너의 이름은 김산이다."

"왜요?"

해인이 한숨을 내쉬며 물었다.

"새로운 삶을 살라꼬. 이름이 바뀐다고 그 인생이 바뀔리야 없겠지만. 좌우간 오늘부터 니는 새로 살아라. 니 호적도 새로 만들었다."

생각이 거기까지 미치자 차라리 기억 상실증에라도 걸렸으면 좋았을 텐데, 하는 생각에 해인은 신음을 삼켰다. 그때, 서울역 지하도에서 만났던 도연 스님도 떠올랐다. 기억이 한꺼번에 돌아오는 게 아니라 깨어지거나 잘린 채 되찾고 싶지 않은 과거들이 하나 둘 떠올랐다.

"그거 참. 인생 더럽게 꼬였네요."

"……업業을 따라왔을 뿐이야."

도연이 보기에 병든 삼촌을 모시고 지하철역에 앉아 있는 해인이 답답해 보였던 모양이었다.

"이모님은 화장해서 시립 납골당에 모신 거 같아요……."

"이모부라는 인간은……?"

"……확인된 건 아무것도 없어요. 알아봐야죠. ……다만 지효 스님께서 스님의 신분까지 세탁한 거 보면, 좀 더 조사해 보아야 알겠지만. 뭔가, 보이지 않는 큰 손이…… 지금 상태로는 추정일 뿐입니다."

"뭔가가 있다, 그게 뭘까?"

"……지효 스님께서 아무 말씀도 하지 않으시고요?

"응…… 그러네."

"앞으로 어쩌실 계획이세요?"

"……호스피스병원이나 요양병원으로 모셔야지 뭐. 그리고 난 살았던 거처럼 살아야지. 내가 무슨 다른 용빼는 재주가 있나?"

"스님, 함께하지 못해 죄송해요. 제가 이박 삼일 일정이 있어서……. 이건 제 연락처에요. 다녀 와서는 스님과 함께 하겠습니다."

"너는 너의 길이 있고 나는 내 길이 있어. 연연하지 않아도 돼. 너는 너의 길을 가는 거고 나는 내 길을 가는 거고."

지금에 와서 과거를 후회하고 그리워한들 무슨 소용이 있을까마는 소름끼치는 날들이었다. 아무것도 하지 못했던 날들. 끔찍한 날들이었다.

"다시 리셋하세요. 뒤를 돌아보지 마세요. 오로지 현재와 미래만 보시고."

도연이 말했다. 해인이 그 말에 '그럴 수만 있다면' 하고 픽 웃었다.

"그렇지만 용기를 내십시오. 반드시 정의사회는 구현될 것입니다."

"무슨 개풀 뜯어먹는 소리?"

"스님께는 내공, 도력이 있으십니다."

도연의 말에 해인이 또다시 '내공, 도력은…… 개코나' 하며 씁쓸히 웃었다.

"그렇게 잘못된 세상을 바꾸어 나가는 겁니다. 한꺼번에는 안 됩니다. 하나둘씩 바꾸고 변화될 것입니다."

해인은 대답 대신 짧은 한숨을 내쉬었다.
"부평초 같은 인생 다 꿈속의 꿈인데 뭐."
"꿈 가운데 일, 이것도 다 선외선禪外禪입니다."

도연이 무슨 이야기를 하는지 모르던 해인이 아니었다. 엄마와 아버지의 일그러지고 찌그러진 얼굴 얼굴들, 시도 때도 없이 달려드는 차량들로 몸서리치는 악몽을 꾸었다. 악몽 그 다음은 가위눌림이었다.

다시 온몸에 달라붙어 있는 의료 기기들에서 뚜뚜띠띠하는 반복적인 소리가 들려왔다. 해인은 중음신中陰神이 된 듯 입을 굳게 다물었다.

"이게 호출기에요."

간호사가 상체를 앞으로 바싹 기울이며 말했다. 리모컨으로 작동된다는 호출기를 간호사가 침대 맡에 놓아주었다. 사고 이후 처음으로 다른 사람의 숨결을 느낄 수 있었다. 호출 버튼을 누르면 간호보조사가 먼저 달려왔다.

"링거액 다 들어갔어요."

"참 잘하셨어요."

간호사가 나가고 허리가 끊어질 듯 아파 왔다. 딱히 어떤 부위라고 꼭 집어 말할 수는 없다. 몸 전체가 다 고통스럽다. 허리가 부러졌다는 것이다. 회진을 돌던 의사는 진통제를 맞는 일, 견디는 일 말고는 다른 방법이 없다고 했다. 덜 떨어진 아이처럼 신음을 삼키던 해인은 고개를 가로 내저었다. 얼굴은 열이 올랐다 내렸다 했다. 그때 떨거덕 떨거덕 바퀴 구르는 소리가 들렸다. 간호사가 주사를 놓으며 약을 나누어 주는 시간인가 보았다.

"뭐야? 도대체 이게 뭐지?"

차츰차츰 소리에 민감해지기 시작했다. 가까이 다가오고 멀어져 가는 소리들. 허둥대고 있다고 느껴졌다. 이 세상 올 때 어떤 물건도 가져오지 않았는데 가슴이 왜 이리 미어지는 것인지. 갈 때 어떤 물건도 가져가지 못 할 텐데 왜 이리 버둥거려야 하는 건지. 어린 날 산속 무덤가로 끌려가 종찬이 형한테 죽도록 두들겨 맞던, 끽소리도 못하던 그 유년들의 재현이었다.

귀를 찌르는 소리들은 끊이지 않았다. 간호사들의 슬리퍼 끄는 소리, 다른 환자들의 거친 숨소리, 코고는 소리, 신음 소리, 기계음 소리들이 마음속으로 파고 들어왔다.

몸에 힘이 빠져나가고 눈께가 뜨거워졌다. 악몽 속에서 빠져 나오려 허공에 손을 내저어 보았지만 아무리 손을 내밀어도 잡아줄 사람이 없었다.

"심각한 통증과 함께 섬망증세가 올 수도 있어요."

링거액을 잠시 잠그고 간호사가 진통제를 주사하는데 회진을 돌던 의사가 옆에 서서 말했다.

죽지 않은 것만도 다행이 아니냐는 게 의사의 논지였다. 꿈속에서는 연신 검붉은 피가 꽃망울처럼 터져 흘렀다. 고문을 하는 양 전기 충격기를 온몸에 대고 불로 지지는 것도 같았고 망치로 몸속의 온 뼈들을 탕탕 내려치는 것도 같았다. 끈적끈적한 피 칠갑을 한 채 쏟아져 내리는 오장육부를 손으로 막고 있는 꿈들에서 깨어나면 먹은 것도 없는데 울컥울컥 토하기도 했고 사시나무 떨듯 온몸을 떨며 진저리치기도 했다.

"무無, 사바가 공空하거늘 그대는 무엇을 찾는고?"

생사가 불이不二거늘 상相에 집착하고 소리에 걸린 것들은 무엇이었던가. 위없는 보리도를 얻길 바랐던가. 깨달음, 보리의 마음을 내어 입산 승려가 되었던 몸이 아닌가. 육근육식의 지수화풍 사대로 된 허망한 몸뚱이 몸부림치던 색신色身이거늘 집에 불이 났구나, 음침하고 포악스런 놈들이 담뱃불로 허벅지를 지지던 화택이구나. 불이 난 집에서 그간 나는 무엇에 빠져 있었던가. 길을 잃고 길을 헤매던 날들. 불타는 이 몸뚱아리, 불의 집을 나가야 할 텐데. 화택에서 빨리 벗어나야 하는데, 하며 경련에 이어 발작 그리고 정신을 잃기 일쑤였다.

'내가 왜 이래?' 헛소리를 하는 횟수가 늘었다. 걸핏하면 눈물을 찔끔거렸다. 눈이 보이지 않자 귀가 눈의 역할을 대신하려 들었다. 누운 채 고개를 삐딱하게 하고 상대편의 음성 한 마디도 놓치지 않으려는 본능. 그리고 냄새를 맡는 후각이 예민해져 감에 해인은 숨을 나지막이 쉬었다. 이제 다가와 살피는 이에게서 나는 화장품 냄새로 간호사인지 조무사인지 구분이 가능해졌다. 그뿐만 아니라 목소리의 톤, 간호사의 신발 밑창 끄는 소리만으로도 의료진들의 기분 상태를 파악할 수 있었다. 의사의 지시대로 모르핀, 코데인, 테바인, 진통제며 온갖 항생제를 주사하던 빈도도 낮아졌다. 숨이 새어나올 때마다 신음이 꾸역꾸역 따라 나왔다. 해인은 더듬이를 이리저리 내젓듯 소리와 그 공기의 냄새만으로도 그 무엇이든 가늠하려 애를 썼다.

"이제 인공호흡기를 뺍니다."

"……네?"

듣던 중 반가운 소리였다. 그동안 말을 해도 입에 산소 호흡기가 꽂혀 있어 밖으로 말이 되어 나오지 않았다. 고통은 여전했지만 까무러치거나 발작하지는 않았다. 해인이 가느다랗게 대답했다. 50대 중후반의 간호실 최고참 겸, 교수로 출강한다는 백 간호 실장이었다.

자가 호흡이 가능해졌다는 얘기다. 그동안 후두 아래 구멍을 뚫어 호흡용 고무튜브를 꽂아 산소를 폐 속 깊숙이 넣어주고 L튜브로 음식물도 주입되었다. 약도 주입되고 슬픔과 함께 영양이 주입되던 L튜브, 마침내 병실 안의 공기를 스스로 호흡할 수 있어 삽입관을 제거한다는 것이다.

오줌 줄도 제거되었다.

"다시 사람 되심을 축하드립니다."

"……."

눈이 보이지 않자 세상이 확실하지 않았다. 확실한 건 몸이 붕 허공으로 솟아올랐다 땅으로 푹 꺼지는 청룡열차를 탄 기분이었다. L튜브를 뺐다고 좋아할 일이 아니었다. 깁스되어 있는 팔다리는 풀어주지 않았다. 해인은 몸을 축 늘어뜨렸다. 인생이 꿈같고 허깨비 같고 물거품 같으며 그림자 같다 하지 않았던가. 먹고 산다는 일, 간호사는 먹어야 산다는 말, 먹는 즐거움을 누리게 되어 축하한다고 말했다. 하지만 간병인이 입에 넣어주는 죽들을 울컥 토해내기 일쑤였다. 해인은 힘없이 미소지었다. 소리 소리들에 이어 이번에는 냄새들이 코를 쑤셔댔다. 병원 냄새, 입 냄새와 뒤섞인 사람들의 고약한 냄새들이 괴롭혀왔다.

"무無라."

해인은 탄식과 같은 말을 내뱉었다. 참 가지가지 한다. 어쩌다 이렇게 된 것이지. '여기까지. 여기서 그만 사는 일을 끝냈으면 좋았을 텐데' 하고 속으로 연신 중얼거렸다.

정형외과 주치의가 다녀갔다. 정형외과 주치의는 불친절했다. 안과의는 눈을 뜰 수 있는 방법은 각막 이식 수술뿐이라고 했다. 문제는 각막이었다. 기계의 부품이라면 을지로 부품 상점에 가면 없는 게 없겠지만 인간의 눈, 각막은 그렇지 못했다. 뇌사자나 죽은 이가 기증을 해야만 했다. 또 조직이 맞아야 수술이 가능하다고 했다. 헌데 왼쪽 눈의 시신경 조직이 손상되어 고민이라며 자기 병처럼 걱정을 했다.

정형외과 주치의는 달랐다. 우리나라에서 정평이 나 있다는데 무뚝뚝했다. 어깨뼈, 갈비뼈, 좌슬, 우슬이 부러지고 깨졌다는데 세월이 약이라고 지켜보자는 말뿐이다. 뇌를 조금 다쳤다는데 뇌 때문일까, 삶은 부서졌고 외롭고 괴로운 아픔 때문에 서운한 감정이 들었다. 처방대로 진통제 주사나 맞고 약이나 먹고 있으라 했다. 열이 펄펄 끓고 정신이 오락가락 하는데 병의 예후나 추후 치료 계획에 대해 친절히 설명해 주지 않았다.

"나쁜 새끼들."

해인은 그 누구에랄 것 없는 욕설을 속으로 내뱉었다.

"오, 오줌통 좀."

마침 간병인이 와서 기저귀를 갈아줄 때였다. 간병인은 스스럼없이 침대 밑에 놓은 오줌통을 집어 들었다.

"내가 대 줄께."

싸래기 밥을 먹었나, 간병인들은 툭하면 반말이었다.

간병인이 하얀 오줌보같이 생긴 플라스틱 통을 들고 섰다.

"왜, 부끄럽습네까?"

간병인의 말에 옆 베드 환자가 웃는 거 같았다.

거시기는 흐물흐물한 채 꼬물댈 줄 몰랐다. 부끄럽지 않았다. 하지만 쩔쩔매지 않았다. 해인은 환자복 바지를 내렸다. 참을 수 없는 배뇨증으로 더 이상 버틸 수 없었다. 그런데 오줌발은 나오지 않았다. 오줌 대신 아릿한 통증만 전해져 왔다. 해인은 그 가운데 끙 힘을 주었다.

이윽고 오줌통으로 찔끔찔끔 오줌 떨어지는 소리가 들렸다. 오줌 나오는 호스 어디가 꼬이고 접혔는지 오줌발이 시원치 않았다. 사고가 나기 전에는 빳빳하고 변기가 깨질 듯 했는데.

"서른일곱이라던데."

간병인이 뭐야, 하는 듯 구시렁거렸다. 캄캄해져 아무것도 보이지 않는 게 얼마나 다행인지 몰랐다. 분명 오줌을 누었는데도 잔뇨감으로 한참을 그러고 있었다. 결국 오줌은 더 이상 나오지 않았다.

"체크해야 되죠?"

"네."

마침 간호보조사가 지나가자 간병인이 물었다. 쉽게 잠들지 못했다. 사람 꼴을 갖춰가는 동안 거의 토끼잠으로 일관했다. 자야지, 하며 가까스로 잠이 들기도 했다. 그러나 눈을 감으면 수많은 차량들이 온몸으로 달려들었다. 그 차들은 뱀이 되었고 도끼가 되었다가 귀신이 되기도 했다. 또 하늘로 올라가지 못한 중음신中陰身들이 밤이고 낮이고 머리를 푼 채 춤을 추며 울어댔다.

"구만리 장천 왜 하늘로 올라가지 못하고 서러운 넋으로 귀신들은 왜 허공 속을 떠도는 것인지."

꿈인가 했다. 꿈은 아니었다. 꿈속을 헤엄치듯 비몽사몽간에 정신을 놓지 않으려 애썼다. 꿈을 깨면 전신에 소름이 쫙 끼치고 식은땀이 솟았다. 몸에 부착된 여러 가지 의료 기기들이 하나둘씩 떨어져 나갔다. 허망한 육신은 또 어디론가 실려 가는가. 검진 받으러 간단다. 의식이 돌아오고부터는 '김산님 MRI, 자기공명 영상실로 검사받으러 가실 게요.' 하고 이동하기 전에 의료진들의 말에 손을 들어 '육탈肉脫의 과정이라고요? 이제 곧 저도 저의 시체를 내려다보는 거예요?' 하는 헛소리로 의사 표시를 했다.

"자아, 김산 님 준중환자실로 이동하겠습니다."

꿈의 세상에서 꿈꾸는 꿈은 꿈이 아니고 꿈꾸지 않는 꿈이 꿈이라는 걸. 이미 몇 생이나 그러고 살았던가. 관음도 꿈이요 미륵도 꿈이라. 시是도 꿈이요, 비非도 꿈. 꿈 또한 꿈이거늘. 이곳이 바로 생사의 바다를 건너는 연꽃나라 극락이요, 우리의 몸이 바로 부처이건만.

뭔 놈의 암 환자들이 그리 많은지 준중환자실은 암 환자들 투성이였다.

"아, 그랬지. 엄마, 아버지의 염주, 삼촌의 유골을 찾아 바다에 뿌려 주고 서울로 오던 길이었지."

MRI 촬영기기 속에 갇혀 막막해하던 해인은 퍼즐을 맞추듯 잃어버렸던 기억들을 꿰어 맞추며 코를 훌쩍였다. 여전히 머릿속은 홧홧 뜨거웠다. 해인은 마른 침을 삼켰다. 고열과 경련 그리고 발작으로 몸이 다시 하늘로 치솟았다 땅으로 푹 꺼졌다.

"약 드셔야 합네다."

준중환자실로 옮기고 담당 간병인이 바뀌었다.

"……네."

해인이 손바닥을 내밀자 간병인이 약봉지를 뜯어 알약들을 쏟아 주었다. 이번 간병인은 내게 약을 먹이기 전에 꼭 손에 알약들을 놓아두었다. 입에 알약을 넣고 간병인이 '물이요' 하면 허공에 손을 내밀어 물컵을 받아 쥐고 약을 삼켰다. 아직 왼손은 쓰지 못했다.

"침대 눕히겠습네다."

부축하던 간병인이 어깨를 어루만지고는 새처럼 종알댔다. 목소리의 억양으로 60대 초반 연변 출신 여자라는 걸 알 수 있었다. 침대를 눕히자 이번에는 기계음이 들려왔다.

"내가 왜 여기에 누워 있지. 왼손엔 바코드가 박힌 환자 팔찌를 차고. 아닌데, 이건 아닌데. 여긴 내가 누워 있을 곳이 아닌데. 왜 앞이 전혀 보이지 않는 것이지. 도대체 앞으로 뭘 어떻게 해야 하는 거지?"

바짝 긴장한 채 어둠속에 꼬물거리던 해인은 신음했다.

제대로 살아본 적이 있던가. 머릿속의 생각들이 해인을 놓아두지 않았다. 무소유, 소욕지족과 언행일치의 생을 추구한다 했지만 얼마나 나약하고 비열하고 비겁했던가. 해인은 속이 부글부글 끓어올라 미간을 잔뜩 찌푸렸다. '그놈의 업보를 끊어내고 잘라 내지 못했어. 내 생은 온통 실패한 것들뿐이야' 숨을 내뿜던 해인은 그만 헛기침을 삼켰다. '내 인생 빡빡

문질러 다 지워버리고 싶어' 기침을 하는 바람에 기침을 삼킬 때마다 골머리가 흔들렸다. 그 어떤 욕망에 사로잡혔던가. 살아 내려고 죽지 않으려고 이렇게 아등바등 진통제를 맞는 꼴이라니. 눈 뜨고도 코 베어 가는 세상, 그들과 공범이 되거나 봐도 못 본 척 외면해서 눈뜬장님이 된 것이겠지. 그러기에 이런 벌을 받은 것일 게다. 무명無明이란 바른 것이 무엇인지 알지 못하는 것, 밝음이 없는 것, 어두운 암흑, 그리고 바른 것을 구분하고 가려내지 못하는 것임을.

"수정체, 망막을 다치셨답네다."

간병인이 수건으로 손, 얼굴, 발을 닦아 주며 말했다.

상실감, 무력감에 조금씩 두 눈에 열이 오르고 검은 안개가 낀 듯 뻑뻑해왔다. 그러다 눈알이 아리다가 빠지듯 아파오기도 했다.

"장님이라."

간병인은 어깨를 탁 한번 쳐주고는 옆 베드의 환자에게로 갔다.

황당해하며 달랠 길 없는 분노로 소리도 치고 '왜, 하필 나야?' 하며 억하심정으로 몸부림치며 괴성을 질러보았지만 소용없었다. 터지려는 눈물을 꾹꾹 참으며 '하필이면 내가 왜?' 하고 터져 나오는 신음은 허공에 흩어질 뿐이었다. '내 몸, 그리고 마음을 통해 살아냈던 인생들' 하며 원망도 하고 탓하기도 해보았지만 마음속으로 외치는 울부짖음은 그저 열에 들뜨게 할 뿐이었다.

'마음이 몸뚱이의 주인이고 씨앗이다, 비몽사몽간에 눈에 보이는 것들 다 헛것인데 뭐. 생명은 크든 작든 그 존재가 끝없이 빛나는 거야. 내가 밝으면 상대가 밝고, 모든 생명이 밝은 거야. 너는 왜 너를 파괴하며 살려고 하니?' 하던 삼촌 스님의 말이 떠올랐다.

순간, 해인은 미간을 찌푸렸다. 토마토 냄새가 났다. 해인은 토마토 냄새가 나는 천연화장품을 쓰는 여자를 알고 있었다. 지혜였다. 그러나

긴 생머리에 크고 깊은 눈을 가진 지혜에게 나던 내음은 이런 짙은 향내는 아니었다.

"그런데 왜 하필이면 내가 다친 것이야. 그 누구를 해코지한 적도 없고, 남의 돈도 떼어먹은 적도 없는데. 왜 이리 세상이 엿 같은 거지? 도대체 누구에게 불평하고 누구를 원망해야 하는 건지?"

오랜 시간이 흐른 것 같았고 그렇지 않은 것도 같았다. 의사는 발작하는 해인을 보고 '눈이 멀었다고 인간의 자격이 박탈당한 건 아니라고' 말했다. '이것도 꿈인가?' 하며 해인은 코를 벌름거렸다. 여자는 옆에 서 있기만 했지 아무 말도 하지 않았다. 분명 기초 화장만 하는 간호사는 아니다. 토마토 이파리 냄새로 보아 고급 화장품인 걸 느낄 수 있었다.

하늘이 보고 싶었다. 해가 떠오를 때 그리고 해가 질 때의 그 노을빛. 사람들의 색깔과 온갖 움직임이 빚어내는 풍경들을 이제 볼 수 없다. 뱀같이 미끄러져 왔다 미끄러지듯 온몸을 감싸는 추억들. 걸어왔던 구불구불했던 길들. 죽을 줄 모르고 죽은 이들이 어디 한 둘이었으랴. 허수아비 모양 감각이 없는 몸과 감각이 있는 몸은 달랐다. 와들와들 떨어도 그래도 살아 있지 않느냐, 특유의 병원 냄새가 훅 달려들었다.

여자는 토마토 냄새만 남기고 보험회사 직원을 따라 나갔다. 적요 속에 꿈틀거리던 해인은 순간 묘한 감정에 휩싸였다. 의사는 호흡도 운동이라고 했다. 위생가운, 위생장갑을 낀 간병인은 침대를 세워 기대게 하고 저지방 멸균 우유, 반찬 없는 흰 죽, 물을 줄 때도 수분 섭취량을 적었다. 또 소변줄에 연결된 주머니에서 소변량을 체크하는 모양이었다. 혈압이 140에서 160을 오간다고 했다. 정상이 얼마냐니까 120~130대라고 했다. 몸의 감각이 하나둘 통증으로 돌아오고 있었다. 배가 고팠다. 얼마 만에 배고픔을 느끼는 것인지. 해인은 '고깃 덩어리가 느끼는 식욕이라' 하며 입술을 실룩였다.

“하늘과 땅이 맞닿던 산, 숲 사이로 하늘이 보이고 나무가 보이고 새가 보이고 꽃이 피고 새 울음소리 들리던 산이 그리워.”

간병인은 NASA에서 개발했다는 분사형 샴푸로 머리를 감기고 가글을 입에 넣어주고 고개를 옆으로 돌리게 해서 그 물을 흘리게 해 주었다. 그렇게 반병신이 되고 눈이 멀었는데 치의, 먹물 옷을 걸쳤던 고깃덩어리들이 배가 고픈 것이다. ‘이 얄궂은 기분은 뭐지?’ 유동식 음식 속에는 프로바이오틱스라고 장운동을 돕는 성분이 들어 있어 소화와 배설, 배변활동은 걱정하지 않아도 된다고 했다. 그러나 이제 목에 구멍을 뚫어 꽂았던 L튜브는 제거되었다. 해인은 야릇한 감정에 휩싸였다. 준중환자실로 내려오고 ‘내가 지혜를 사랑했던가?’ 하는 엉뚱한 생각에 빠졌다. 해인은 숨을 크게 들이켰다. ‘너는 먹는 것도 별로 없는데 머리카락 손톱 발톱만 자라네? 먹고 싸고 지금 너 뭐 하는 짓이냐?’ 는 듯한 간병인의 말이 지혜가 하는 말로 들렸던 것이다.

무구無求였다. 무구는 문자를 통해 깨달음을 찾거나 부처나 보살을 구하지 말라는 뜻이다. 부처를 구하면 부처를 잃게 되고 구불구법 즉求佛求法卽 조지옥업造地獄業, 부처를 찾는 즉시 지옥에 떨어질 것이라는 얘기다. 무구는 차별경계를 갖지 않는 일념심一念心으로 이행상응理行相應 호석삼업護惜三業하여 궁극의 이상경인 조불造佛의 경지로 나가는 것이라 했다. 무소구행無所求行 유구개고有求皆苦를 씨불이던 나는 어디에 갔는가. 빨리 가려면 혼자 가고 멀리 가려면 함께 가야지, 라는 말이 떠올랐다. 조지조불造地造佛의 날, 앉아 죽고 서서 죽고 엎어져 죽고 드러누워 죽을 텐데 일체 제법이 다 공하거늘 내가 구하는 건 무엇이었던가. 이제 어떻게 할 것인가.

“이제 욕창은 걱정하지 않아도 됩네다.”

억양과 말투로 보아 툭하면 손바닥으로 엉덩짝을 때리고 으름장을 놓던 간병인이다.

무슨 말인가 했더니 보험회사 직원이 다녀간 이후로 침대 밑에 까는 시트가 욕창 방지용 시트로 바뀔 것이라고 했다. 시간에 맞추어 공기가 들어오고 나감에 오른쪽 왼쪽으로 몸을 인위적으로 돌려 눕게 해 주지 않아도 된다는 얘기다. 추억이 어디에서 와서 어디로 가든 개똥밭에 굴러도 이승에 남아 있게 되지 않았느냐고 퉁얼거리며 욕창 방지 시트를 깔았다 해도 운동을 게을리 해서는 안 된다고 한다. 왜 이리 시간이 가지 않는 것인지.

의식이 돌아오고부터는 간병인의 태도가 바뀌었다. 옆에 오면 '아이고 이 원수야' 하며 흘기듯 내려다보며 다짜고짜 엉덩이를 철썩철썩 때리며 짜증부터 내던 간병인이었다. 간병인이 그럴 때마다 별달리 잘못한 것도 없는데 괜스레 움츠러들곤 했다. 무미건조함 속에 한동안 말을 잃어버린 실어증 환자처럼 굴었지만 시간이 흐를수록 자연히 신음 소리가 입 밖으로 튀어져 나왔다.

"스님한테 그 어떤 한이 있으신 거 같은데."

"한없는 사람이 어디 있겠어요? 여기까지 오는 동안 죽을힘을 다해 살아왔을 뿐입니다."

"스님 얘기를 했더니 만나 보고 싶은 사람이 있답니다."

"그게 누구인지?"

"저의 친 오라버니에요. 불심으로 똘똘 뭉친 백 거사님."

"오라버니가 왜…… 저를."

해인의 말에 간호실장이 희미하게 웃었다. 조용히 웃으며 대답을 잘라먹던 간호실장이 목소리 톤을 바꿔 이제 운동 기능 회복을 위해 재활운동이 시작될 거라 했다.

"저도 불자에요. 그러나 개인적으로는 스님이라 부르겠지만 공무상으로는 환자로 대할 거예요. 이제 김산님은 작은 행동 하나를 위해서도 장애가 없는 사람들보다 열 배 백 배의 노력을 하셔야 할 거고, 간단한 일에도 훨씬 더 많은 공을 들이셔야 할 겁니다."

간호실장, 백 교수는 보람을 느낀다는 듯 과장되게 말을 건넸다. 해인은 어떤 운동이냐고 반문하려다 그만 두었다.

이렇게 될 줄 몰랐다. 누가 어영부영하다 보니 여기까지 왔다, 했던지. 아직도 남은 이승. 벌벌 떨던 시간을 되돌릴 수 있다면. 심장이 고동치고 금세라도 터져버릴 것만 같았다. 고속버스를 타고 서울로 올라갈까 했는데 삼촌의 뼈를 바다에 뿌리며 소주 한 병을 마신지라 얼굴이 불콰했고 입에서 술 냄새, 쿠린내가 났다. 밤을 꼬박 새웠기에 잠 좀 자려고 마침 길가에 선 택시 기사에게 얼마냐 물어 보았는데 이십오만 원이라고 했고 마침 지갑에 그만한 돈이 들어 있었기에 덜컥 올라탔던 게 비극의 발단이었다.

"왜 그랬을까, 하룻밤 바닷가에 숙소를 정하고 파도 소리를 들으며 자려고 했는데."

사고가 난 건 눈 깜짝할 찰나였다. 쿵, 하는 그 짧은 순간 그 누구의 잘못이랄 것도 없는 운명, 그만 불가피한 필연이 되고 만 것이다. 돌이켜 보니 한숨만 나왔다.

"어째서지?"

해인은 씹어 뱉듯 얼굴을 찡그리며 나직이 뇌까렸다.

"나도 몰라."

혼자 묻고 혼자 대답해 보지만 가슴에 열불이 일어나고 다시 가슴이 찌릿찌릿해져 왔다. 어릴 때부터 어떤 결과에 대한 체념이 남달리 빠른 편이었는데도 내려놓자, 두자, 비우자 해도 마음대로 되지 않았다. 단순히 승복을 입고 술 취한 모습을 사람들에게 보이기 싫었을 뿐이다. 남의 물건을 도둑질 한 적도 없고 남에게 해코지한 적도 없는데 왜 이런 나쁜 일들이 몰아닥치는 것일까. 이게 다 인연 과보라 한다면 너무 잔인하지 않은가, 해인은 침을 꿀꺽 삼켰다. 중환자실에 있을 때 이빨이 딱딱 마주치는 소리를 내면 보조 간호사가 와 입에 마우스피스를 끼웠다, 뺐다 했다. 몸에 달린 줄들이 중환자실에 비하면 반의 반으로 줄었지만 아직도 몸 곳곳에 주렁주렁 줄들이 달려 있었다.

해가 뜨는 곳에서 해는 떠올랐을 것이다. 십 분에서 삼십 분 단위로 자다 깨다의 반복이었다. 세상과 이어 주는 통로가 눈이 아니라 귀가 되었다. 점차 귀가 쫑긋거리고 청각이 예민해지고 있었다. 왜 이리 해가 뜨는 게 보고 싶을까. 창가 옆 베드였다. 동편 하늘에 번지는 붉은 햇살이 병실로 퍼지고 있다는 걸 얼굴 살갗, 피부를 통해 느낄 수 있었다. 의사는 무엇보다 안정이 중요하다 했다. '지겨워. 지쳤어.' 해 보지만 통증에서 벗어날 수 없었다. 참아도 가끔은 눈물이 흘러나왔다. 햇살을 피부로 느끼다니, 해인은 형벌 같음에 침을 삼켰다. 완연히 봄기운을 느낄 수 있었는데 목이 부어 있었다. 코에 연결된 산소줄, 링거줄, 동맥관에 연결된 줄, 소변줄. 몸에 달라붙어 있는 줄들만 빼면 간병인이 휠체어에 태우고 복도로 휴게실로 여행시켜 준다는 약속을 했다.

해인은 하얗게 웃었다. 몽롱함 같은 것들도 머릿속에 아지랑이로 맴돌았다. 십분은 지났을 텐데 무례한 간병인은 침대를 비스듬히 해 놓은 채 돌아오지 않는 것이다. 삐딱해져 쏟아질 것 같은 몸뚱어리. 햇빛과 함께 바닥으로 굴러 떨어질 것 같다. 순간 롤러코스터를 탄 아이처럼 주먹을 꼭 쥐고 있을 뿐이었다.

해인은 옆 베드에 누운 환자들의 신음과 불규칙한 호흡 소리를 음악처럼 들으며 자벌레처럼 몸을 움츠렸다 폈다 했다. 몸을 묶은 벨트가 풀린다 해도 죽지는 않을 거라는 생각에서였다.

한참이나 더 있자니 간병인이 와서 자세를 바르게 해주고 갔다.

이번에는 의사가 다가왔다. 의사는 의식이 있다면 손가락과 발가락을 죽을 만큼 힘을 줘 움직이라고 했다. 삶과 죽음의 경계는 넘어 섰다는 것이다. 준중환자실 상주 간호사가 볼펜을 눌렀다 뺐다를 반복하는 소리가 영 귀에 거슬렸다.

"인생, 왜 이리 울보가 된 거지."

새가 하늘을 날면 새들에게 손을 흔들어 주곤 했었다. 가을 논에 두 팔 쫙 벌리고 선 허수아비를 보면 서 있느라 고생한다고 손 흔들어 주곤 했다. 그러나 이제는 새도 허수아비도 하늘도 보이지 않았다. 짐승의 혓바닥 같은 어둠뿐이었다. 정신이 들자 누에처럼 병실 풍경이 되어 점점 더 혼자 노는 시간들이 길어져 가고 있었다.

혼자 할 수 있는 건 아무것도 없었다. 목에는 우주인과 같은 목 보호대가 가슴에는 가슴 보호대가 부착되어 있었다. 양다리, 왼손은 팔등까지 깁스되어 있다. 숨을 들이쉬고 내쉴 때마다 해인은 고통스러웠다. 저균식 음식을 섭취하고 나면 노란 위액까지 쏟아져 나오고 구토로 머릿속, 뱃속은 온통 난리판이었다. 숨결이 거칠어졌다. 이윽고 그 숨결이 통증이 되었다가 신음이 되곤 했다. 이게 무슨 꼴인가. 살았다고, 다 살아 있는 건가.

"지금 몇 시나 되었지?"

낮인지 밤인지 구분이 되지 않았다. 간호사, 간병인, 청소부 아주머니의 발자국 소리, 근무자들의 대화를 가만히 들어 봐도 몇 시이고 무슨 요일인지 알 수 없었다. 지금 몇 시인가 무슨 요일인가는, 그리 중요하지 않았다. 잠시 궁금했을 뿐. 뒤죽박죽 엉망진창이 된 생生 어디 만큼에 다다라 있는가. 사라질 목숨, 왜 이 시절이 이리도 공허한 것이지. 악몽을 꾸고 있는 거 같았다. 꿈이었으면, 이게 꿈이라면 얼마나 좋을까.

"각막 이식 수술 신청을 해 드렸습니다."

"……네."

간호실장의 말에 해인은 말꼬리를 흐렸다. 해인의 목소리는 갈라지고 터져 있었다.

안과 의사가 내미는 종이에 사인을 하라고 해서 숨을 고르던 해인이 손을 잡고 짚어 주는 곳에 사인을 했던 것이다. 오랜 산중 생활의 여파인지 필요 없는 말은 입 밖에 잘 내지 않았다. 그렇게 고통의 신음 소리 외에는 이렇다 할 감정을 내보이지 않는 해인에 비해 의료진들은 피곤함 속에서도 친절하고 상냥했다. 볼 수는 없지만 입가에 다정한 미소가 배어 있는지 의례적인 치료인지 정성을 다하는지 해인은 피부로 느낄 수 있었다.

꿈이라면 깨면 그만인 것을, 해인은 '귀신이 덧들린 게지' 하고 원망하듯 뇌까렸다. 시간이 멈춘 듯 화면이 정지된 듯 해인은 거친 숨소리를 내뱉었다. 눈앞의 현실이 믿기지 않았다. 빛도 어둠도 없이 벌써 두 달째라고 했다. 몸을 뒤척이던 해인은 벌레처럼 겨우 몸을 돌려 누웠고 무거워지는 마음을 다독였다. 천식 환자처럼 쌕쌕거리는 숨소리가 해인의 귓가에 맴돌았다. 나라고 고집하고 나라고 할 수도 없고 내가 아니라고 해도 아닌. 그렇다면 지금의 나는 누구란 말인가.

목 보호대는 뺐는데 가슴 보호대, 두 다리는 아직 깁스가 되어 있었다. 깁스 된 다리 속이 근지러웠다. 무언가 등긁개, 효자손이라도 있으면 집어넣어 벅벅 긁고 싶었지만 부르르 떨 뿐이었다. 아프고 먹고 자고 싸고의 반복되는 날들이었다.

"보이다가 보이지 않으면 답답하실 거예요. 정신적 트라우마로 일시적 장애를 앓으실 수도 있고요."

"네. 세상을 볼 수 있었다는 게 크나큰 축복이었네요."

해인은 혼잣말처럼 더듬거렸다. 머리가 핑글 돌았다. 그러나 예전처럼 그렇게 긴장하지 않았다. 통증과 피로감은 여전했지만 오히려 조금씩 여유를 찾을 수 있었다.

'이제 소경, 점쟁이 노릇이나 하며 살면 되죠.' 하고 해인의 목소리가 떨려서 나왔다. 말을 해 놓고도 '저의 슬픔이며 어리석음이 쪽팔리네요' 하며 상상도 못한 엉뚱하고 우스꽝스런 자신의 말에 쓴웃음을 삼켰다.

"예, 그래도 님은 음악 소리와 새의 노랫소리, 그리고 오케스트라의 선율을 들으실 수 있어요."

뜬금없이 무슨 오케스트라? 해인은 미간을 찌푸렸다.

"……다시 눈 뜰 수 있는 가능성은 전혀 없는 건가요?"

"아니에요, 왼쪽 눈의 프로테지는 떨어지지만 오른쪽 눈은 가망이 있습니다. 각막 이식 수술 순서를 기다려 봐야죠. 지금은 마음의 눈을 갖고 보시는 수밖에. 스님이라고 하셨죠? 집은?"

"네……. 저는 혼자입니다."

"……정형외과에서 연락이 왔는데 좌슬, 핀을 박는 6차 수술이 성공적으로 끝났답니다. 이제 일반 병원으로 옮기셔야 합니다. 여긴 수술 전문 병원이라서요."

"누가 몸뚱이에는 내가 없다 했던가……."

해인은 입맛을 쩝쩝 다시다 닥쳐온 시련에 끙 신음을 삼켰다.

어디로 가나. 안심입명처安心立命處는 어느 곳이란 말인가. 수술 전문 병원이어서 병실이 부족해 원래 수술이 끝나면 개인병원이나 요양병원으로 옮겨야 한다는 것이다. 핀 박은 곳은 상태를 보아 핀 대신 인공뼈로 나중에 재수술을 받아야 한다고 했다.

"보호자……분 누구 없으세요?"

"……."

백 간호사, 백실장이 딱하다는 듯 물었다.

"간호실장님. 퇴원, 다른 병원으로 옮기는 데 꼭 보호자가 있어야 해요?"

"네. 법적인 문제가 따르게 돼요, ……여러 절차가 있어서요."

"……제 걸망에 지갑이 있을 거예요. 부탁 좀 드리겠습니다."

"네."

"죄송하지만 도연이라고 쓰인 메모지에 전화번호 있을 거예요. 제가 여기 있다고 전화 좀 걸어 주실 수 있어요?"

"도연 스님이시라……. 네, 그러죠."

그렇게 연락한 지 벌써 일주일이 넘었는데도 소식이 없었다.

아프고 장님, 병신이 되는 건 팔자라 쳐도 도연에게서 연락이 오지 않는 게 더 서글펐다. 해인은 숨을 크게 들이켰다.

"이랬거나 저랬거나 그럭저럭 살아왔는데. 왜 이리 침울해지는 거지."

조바심이 일었다. 보호자를 부르라는 거였다. 그동안 혼자서도 잘 해냈다. 피붙이라고 삼촌이 있었다 하지만 불귀의 객이 된 처지였다. 봄에 꽃 필 때도 혼자였고 꽃이 질 때도 혼자였다. 혼자서도 잘 놀았다. 멀쩡한 척 평범한 척 살았다. 홀로 가고 홀로 오는 길, 홀로 잠들고 홀로 깨어야 하는 삶이었다. 해인은 도연 스님을 생각했지만 가슴이 부우옇게 흐려졌다. 연락을 주지 않는다면 할 수 없는 일이었다. 성진 사형 스님도 그랬고 삼촌 지효 스님도 인연이 얽히면 뼈아픈 상처가 되곤 했던 까닭만은 아니었다.

그때였다. 해인은 토마토 냄새를 다시 맡을 수 있었다. 토마토 냄새가 나지막이 한숨 쉬는 소리가 들려오는 거 같았다. 그 여자다. 그 여자가 여기에 왜 서 있을까. 해인은 고개를 갸웃했다. 그러나 이내 병실을 나가는 토마토 냄새의 또각거리는 구둣발 소리가 들렸다. 환청인가. 분명 환청은 아니었다. 지난번 보다 냄새는 진하지 않았다. 순간 해인은 그 여자가 얼마나 거기에 서 있었는지 몰랐다. 도연의 등장에 대한 희망과 절망이 참으로 통속적이라는 마음이 들었다. '지혜인가? 설마.' 지혜에게는 연락할 방법도 없었다. 해인은 속으로 어이없어하며 보이지 않는 눈을 끔적거렸다.

"선재야, 이모 알지?"
"응, 신문사 사회부 기자였다며. 엄마 언니."
"응, 소식이 끊겼네. 연락이 닿질 않아. 나가면 꼭 좀 찾아 봐라."

어렸을 때는 절집 생활 적응하기도 바빴고, 커서는 중노릇 하는 데도 허덕거렸다. 해인은 그렇게 엄마와의 약속을 지키지 못했다. 머릿속에서 지울 수 없었던 불효자의 한. 굳어 가는 뼈마디 추억 속을 헤집던 엄마와 아버지를 가슴속에 넣어 가두어 두었다. 서른일곱 해가 지나도록 까무룩 잊었다. 그렇게 당신들이 오래 마음속에 갇혀 있었으니 얼마나 답답하였을까.

콧물이 주르르 흘러내렸다. 감기 기운이 있었다. 아침에 간병인이 병실 창문을 열어놓고 침대를 거꾸로 놓았던 탓인가 보았다. 여전히 눈을 감으면 죽은 이들이 너울너울 춤을 췄다. 환자들의 숨소리, 냉장고 돌아가는 소리, 긴 병원 복도를 끌고 가는 발자국 소리, 죽은 넋들이 해인의 머릿속이며 가슴속을 헤적여 놓았다.

정형외과 주치의가 이주, 보름 내에 병원을 옮겨야 한다는 마지막 통보를 해 주고 나갔다. 목줄에 매인 개처럼 낑낑거리던 해인은 입으로 신음 소리를 내비쳤다. 병원을 나간다면 어디로 가야 하는 건지. 갈 만한 병원은 어디 있는지. 몸 상태가 아직 엉망진창인데 병원까지 옮기라는 말에 격앙된 감정이 치솟아 올랐지만 어쩔 수 없었다.

퇴원 환자에 대한 교육이라며 퇴원은 2주 후인데도 간호실장은 식단, 생활, 복약 등에 대해 조곤조곤 설명해 주었다.

"보호자가 안 오시면 저희 오라버니라도?"

"……네, 지난번에 불심이 깊다 하시긴 했지만 뜬금없이 간호실장님의 오라버님이라뇨?"

"대원사 지운 큰 스님이 사숙 스님 되시죠?"

"……그걸 어떻게?"

"저도 기억이 가물가물했는데 도연 스님 말씀하실 때 알아봤어요. 저하고 저의 오라버니 재적 본찰이에요."

"아, 네. 세상 ……참 좁군요."

"이번 어머님 제사 때에 저의 오라버니에게 스님이 저희 병원에 입원하셨다니까, 뵙고 싶어 하시더라고요. 불심이 깊으신 분이에요. 스님 친견하고 싶어 하던데."

"……그래도 아직은."

태어나서 해인이 그 누구를 기다려 보기는 처음이었다. 혼자였어도 부족하거나 넘칠 것도 없는 생이었다. 도연을 기다리면서도 지혜를 떠올리곤 했다. 사랑했던가. 좌우간 해인은 조금 더 기다려 보자며 입맛을 쩝 다셨다.

"꿈夢도 생시生時도 아닌 때에 너의 안심입명처安心立命處는 어디인가? 어디에서 몸을 편안히 하겠는가?"

어디에선가 노스님老師이 묻는 거 같았다. 철렁 가슴이 내려앉았다. 안심입명처安心立命處가 없었다. 쥐어짜는 듯한 고통이 밀려왔다. 주거 부정, 주소 불명으로 살았다. 해인은 잠시 화면이 정지된 듯 꼼짝 않고 누워 있었다. 운행하려고 주차되어 있는 차를 빼려고 후진하다 뒤차를 들이박고 '어쩌지?' 하는 것 같은 기분이 들었다. 부모 형제를 버리고 입산한 몸이었다. 보리심을 발하는 것이 출가이며 출가는 그것으로 다 된 것이다라고 경전에 씌여 있는데, 혼자 살기, 혼자 놀기에 도가 텄는데 왜 이리 허둥대는 것이지? 했다. '어떻게든 되겠지.' 했는데 어질어질했고 자꾸만 몸은 가라앉았다. 얼굴이 어두워진 해인은 백치처럼 버버거렸다.

"적당한 사람 또 누가 없을까?"

꿈자리는 여전히 뒤숭숭했다. 여보세요, 거기 누구 없소? 하는 노래의 가사가 떠올랐다. 이모 말고 또 누가 없을까. 발버둥치는 가운데 해인은 딸꾹질이 나왔다. 딸꾹질할 때마다 온 세계가 흔들렸다. 죽고 싶었던 적이 한 번이라도 있었던가. 없었다. 해인은 죽는다면 지금이 딱인데 하는 마음이 들었다. 그냥 죽어 버리고 싶은 마음에 어금니를 꼭 깨물었다. 깊은 잠을 이루지 못했고 밥도 목구멍으로 넘어가지 않았다.

"왜요?"

"밥 냄새에 토할 거 같아요."

하루에 한 끼 정도를 먹을까 말까였다. 해인이 거른 밥은 식사 때마다 도와주러 왔던 간병인이 꼬박꼬박 먹어 치웠다. 왜 이리 덧없고 초라해지고 비굴해지는 건지. 그동안 승려로서 구도자로서 가졌던 자부심이 우스워졌다. 잠들고 깨면 지옥 같은 날들이었다. 어떤 마음으로 살았던가. 입술은 찢어졌고 뼈마디는 부서졌다. 기저귀를 찬 채 이렇게 그래도 살아야 한다? 해인은 숨을 크게 들이켰다. 볼 수 있을 때 실컷 세상을 보아 둘 걸. 그런데 이상했다. 분노가 일지 않았다. 다만 이 불행은 내가 선택하고 결정한 건 아닌데 하면서도……. '곳곳이 총림이요, 쌓인 것이 밥이려니 대장부 어데 간들 밥 세 그릇 걱정하랴. 그런데 왜 이리 막막한 것이지' 해인은 혼잣말로 연신 중얼거렸다.

갑자기 지혜가 보고 싶어졌다. 그러나 해인은 불분명한 발음으로 '사랑보다 인연이 더 무서운데.' 하며 흠칫 몸을 떨며 탄식했다.

해인은 아침에 먹은 걸 토해 내며 배를 움켜쥐고 오전 내내 괴성과 같은 신음을 내지르며 설설 기었다. 설사가 쏟아져 나오는 거였다.

"보리심과 대비원력을 내어 입산한 출가사문의 마음 자세와 행동거지가 이게 뭡니까? 업장을 벗어내기는커녕 복덕을 쌓지 못하고. 그래 스님의 끈기가 이거밖에 되지 않는단 말인가요."

주치의는 차가운 눈빛 목소리로 따져 묻는 거 같았다. 첫째도 안정, 둘째도 안정, 셋째도 안정하라 했지만 몸도 마음도 안정이 되지 않았다. 그 말에 심리적 안정과 위안은커녕 속이 메슥거렸고 울컥울컥 울분을 토해 냈다. 교통사고로 인한 트라우마가 생겨 한동안 괴로워 할 것이라고 하였다.

움츠렸던 몸을 펴며 해인은 수계받을 때를 떠올렸다.

"너는 삼보불보, 법보, 승보를 믿느냐?"

"네, 믿습니다."

기가 죽어 더듬듯 해인이 대답했다.

"업장을 소멸키 위해 참회정진 하겠는가?"

"네."

"어떠한 상황에서도 해탈을 증득키 위해 수행정진 하겠는가?"

"네."

"그러면 됐다. 너는 무엇이든 할 수 있고 너는 무엇이 되든 될 수 있다. 부처가 꿈이라 해도. 그게 꿈이고 우리들의 희망인 것이다. 네가 무엇이든 하고 무엇이든 나는 너를 응원해 줄 것이야."

노스님이 계를 주시겠다며 목욕을 재개하라 했다. 해인은 몸을 씻은 후 법당에 올라가 마음속으로 부처님과 신장님께 신심을 뿜어내며 참회의 삼배를 올렸다.

“모든 인연이 구족되었거늘 애착을 끊고 해탈을 구하나이다. 일체중생 제도하기 원하옵니다.”

“무명초 거둬내고 육정과 육진에 벗어나 삼보 전에 주인공이 꿈만 꾸거라. 무한광명 삼천대천 세계를 환하게 비출지어다. 옴 살바모자모지 사다야 사바하.”

해인은 노스님의 축원을 떠올리며 침을 꼴깍 삼켰다.

“왜 이리 내가 낯설고 혼란스러운 것이지?”

해인은 어지러움 속에서 생生을 앓는 헛기침을 삼켰다. 벽에 틈이 있으면 바람이 들어오고 마음에 틈이 있으면 마魔가 들어오거늘.

병원, 생生과 사死가 오가는 환자 단 한명의 목숨도 잃지 않도록 의사가 최선을 다하는 것처럼 승려, 구도자라면 상구보리 하화중생上求菩提 下化衆生, 중생들의 아픈 마음을 달래주고 죽은 사람은 좋은 곳 갈 수 있도록 염불을 외워 줘야 하거늘 이렇게 환자로 드러누워 자책하고 신음하는 꼴이라니, 하며 해인의 상심은 깊어만 갔다.

오전에는 날이 맑은 것 같더니 오후가 되자 비가 내리기 시작했다. 마음속의 그 뭔가 허물어질 것들이 다 허물어지고 난 이후였다. 해인은 길게 한숨을 내뿜었다. 빗속에서 어렴풋이 목탁 소리를 들은 거 같았다. 순간, 비릿한 비 냄새를 맡으며 복잡한 감정이 들었다. 툭하면 지혜가 ‘벼엉신, 밥통’ 하듯 빗소리가 파도 소리가 ‘병신, 쪼다, 멍청이’ 하는 파도 소리로 변하더니 빗물처럼 스르르 소름 돋는 뱀이 되어 몸속, 마음속으로 기어들어와 분탕질치는 거 같았다.

“뭐 도와드릴 거 없어요?”

백 간호실장이 다가와 물었다. 혼자 환자와 병실 상태를 점검하기 위해 회진을 도는 모양이었다.

"혹시 이곳에 법당이 있나요?"

해인이 목탁 소리를 들은 거 같아 신음처럼 물었다.

"네 있어요. 병원 불자회에서 자원봉사도 해줘요……. 연락해 드릴까요?"

"네 그래 주시면……. 보고 싶네요."

따져 보니 삼촌의 사십구재도 그냥 보낼 수밖에 없었다. 삼촌은 사십구재나 천도재 같은 거 할 생각하지 말라 했지만. 원각회, 병원 불자회의 도움으로 부처님 전에 향불 사루고 다기 물 한 잔 올릴 수 있었다.

그저 숨을 할딱이며 절도 못하고 두 손 가슴에 모으며 묵언으로 합장 기도를 올리는데 향불에서 타오르는 연기만 오롯이 한 줄로 하늘 향해 올라가고 있으리라.

"스니임."

"……."

휠체어에 실려 다시 병실로 돌아와 보니 도연이 병실에서 기다리고 있었다.

"왔어?"

도연이 다가와 해인의 손을 잡았다.

"어떻게 된 거에요?"

"어쩔 수 없었어."

"예. 소식을 들었지만 늦었습니다. 죄송합니다, 저 이따 가봐야 해요, 스님."

해인이 도연의 손을 슬그머니 놓았다.

"간다고?"

"미안해요."

"네 잘못이 아니야. 바쁜데 불러서 미안해. 내가 부를 사람이 스님 밖에 없었어."

도연이 나타나자 해인은 야릇한 흥분으로 가슴이 두근거렸다. 마치 죽은 엄마가 살아 돌아와 '집에 가자' 하는 거 같았다. 아무리 생각해 보아도 참으로 기막힌 운명이었다.

"사흘, 돌아올 게요. 그나저나 육신의 눈이 보이지 않으신다니 이제 심안으로 보셔야겠습니다."

"히이……."

"차라리 더 편한 세상 아닌가요? 이꼴저꼴 안보고. 그러니 평상시 서둘러 염라대왕을 만나려 하지 말고 살아 부처님도 뵙고 극락에서 사셨어야죠."

"그럼, 이놈아, 내가 살았던 곳이 지옥이냐?"

말은 그렇게 했지만 도연의 질타에 해인이 힘없이 웃었다. 부처가 되고자 했으나 부처보다 귀鬼나 마魔에 가까워졌다.

"복 받으신 거예요. 진짜 세상 보기 좋은 기회를 얻으신 거죠. 저 역시 이 세상 도처에서 쉴 곳을 찾아보았지만 전 아직 주거 부정, 그런데 스님은 이렇게 병실 한구석 베드 하나를 차지하고 계시네요. 수행처로 이보다 나은 곳이 어디 있겠어요? 저도 심안心眼의 눈으로 세상 보는 법을 다시 배우겠습니다."

"……."

그렇게 말이 많지 않은 도연이었는데 위로하려 드는 모습이 역력해 보였다.

"모든 사람중생이 '아는 불성佛性'을 머금어 붓다와 다름이 없건만, 무지와 착각에 빠져 거꾸로 뒤집혀, 거칠게 나와 남을 헤아려, 제가 지은 업보의 구덩이에 빠져 돌이켜 살필 줄을 모르네요. 조급한 마음부터 버려야 하거늘. 부지런하기는 했지만 지혜가 없어 동쪽으로 가려고 하면서 서쪽으로 가고 있습니다."

"죽어버리고만 싶어."

"서쪽으로 가시겠다……. 죽고 싶다고요? 쌀값도 비싼데. 죽으시죠. 근데 왜 이리 나약해지신 겁니까?"

"내가 잘못 살았어."

"스님은 이제 눈에 보이지 않는 걸 보실 수 있을 겁니다. 과거는 지나갔고 미래는 아직 오지 않았어요."

"다 개수작이야."

"……."

하찮은 목숨이나마 부지하고 살아남은 해인은 도연에게 어리광을 부리는 듯했다. 그동안 그저 아프기만 했고 무섭기만 했었다. 그런데 도연의 목소리를 듣자 형언하기 어려운 벅찬 감동으로 격정에 사무치는 자신 앞에 해인은 속으로 '아이고 이 속물아' 하며 숨을 크게 들이켰다.

"마음의 문을 여십시오. 진리의 문을 열어보자고요. 자아, 우리 스님. 포기하지 않으실 거죠?"

"……그러면 안 되는데 자꾸 나약해지네."

"……여실지견如實知見, 직면한 참모습을 제대로 보셔야지요. 삶, 늙음, 죽음, 슬픔, 비탄, 고통, 근심, 절망 등의 괴로움의 속박에서 자유하고자 하는 이들이 수행자라 하지 않았는지요. 괴로운 느낌과 접촉해도 우울해하지 않고 피곤해하지 않으며 슬퍼하지 않고 통곡하지 않으며 미혹에 빠지지 않는. 그게 속인과 출가자와 다른 점이라 하지 않았는지요."

"내가 직접 아파보니까……. 그거 다 개풀 뜯어먹는 소리더라고."

해인은 일부러 어린 아이처럼 어깃장을 놓았다. 외로움도 서러웠지만 중환자실, 그리고 준중환자실의 암울한 분위기에 짓눌려 견디기 어려웠다. 준중환자실은 중환자실처럼 면회 시간이 따로 있는 게 아니었다.

"……왜곡과 모순과 혼란, 즉 양변, 양극단을 벗어나게 되면 자연스럽게 이해·실현·증명되도록 된다고 제게 말씀하신 걸 잊어버리셨는지요. 또 마음의 한 문門을 열어젖히면 이치가 저절로 드러나고反情理自顯, 드러난 이치에 따르면 자기 생각이 저절로 사라진다據顯理情自亡고도 말씀하셨잖아요. 그러니 죽겠다는 헛소릴랑 꺼내지 마시고 기운 있으시면 염불, 불경 한 조각이라도 더 외우세요."

"그게 다 똥 밟는 소리라니깐. 너무 아프니까 신음 소리밖에 안 나와."

도연이 와주어 든든했다. 도연도 알고 있었다. 죽어가는 삼촌 옆에 있을 때 삼촌도 그랬다. '넌 툭하면 관세음보살이라고 불 명호를 삼키더라. 난 너의 그 불명호가 가장 시끄럽더라. 내겐 아주 폭력적이었어.' 라고 말해 해인의 말문을 막곤 했었다.

해인이 입원하고 가장 많은 말을 한 날이었다.

도연의 등장만으로도 해인은 살 것만 같았다. 더구나 '걱정 마세요, 원하신다면 언제라도 극락정토로 보내드릴 게요' 그러더니 어떻게 죽을 것인가를 궁구하지 말고 어떻게 살 것인가를 고민하라고 했다. 그 말에 해인은 픽 웃었다.

도연이 사정이 있다며 '그래도 사제師弟인데 사형 스님을 이렇게 죽게 방치해 둘 순 없겠죠?' 하며 사흘 후에나 와서 병간호를 해주겠다며 병실을 나갔다. '짜식, 내가 너에게 버릴 수 없는 물건 같은 존재냐?' 하다가 어떻게 하면 죽을 수 있을지, 목을 매달을까, 병원 옥상에 올라가 뛰어 내릴까, 나를 존엄사 안락사시켜 주어야 하겠지라고 생각하며 팔다리 가슴 머리가 배배 꼬여가던 해인은 숨을 나지막하게 들이켰다.

입술에 물집이 생겼다. 가만히 두지 못하고 해인은 이빨과 혀로 꾹 꾹 문질렀다. 야리야리한 아픔이 전해져왔다. 기어코 물집이 터졌다. 아리고 쓰렸다.

"삼보에 귀의하겠느냐?"

"네."

고등학교 2학년이 되자, 지월 큰 스님, 노스님의 정식 상좌가 될 수 있었다. 노스님이 해인에게 근엄한 표정으로 물었다.

"그래, 사미계를 받고 절대의속絶對依屬할 수 있겠느냐?"

"불교는 정말 어렵고 복잡하네요. 그놈의 절대의속이라는 게 뭐에요?"

"절대복종이다."

"……네? 그건 아닌 거 같은데요."

"그래, 사생死生을 걸고 수행하지 못하겠다는 거냐?"

"지금은 번뇌 속박을 벗어나고자 하나, 죽고 살기로……는. 제 마음이 언제 바뀔지 몰라서……요."

"왜, 삼법인 사성제와 팔정도가 마음에 들지 않아?"

"……. 전 지금 오고 갈 곳이 없어서 절로 들어온 거거든요."

"그게 다……. 불연인 게야. 인과라는 거야. 수행자란 집착된 생활을 경계하는 일이야. 화두를 듦은 번뇌를 정리해서 번뇌 중에 보리菩提를 얻어 원융圓融의 생활로 나아가고자 함이지."

"……"

"그렇게 상구보리 하화중생에 자신이 없는 거냐?"

"예, 상구보리 자각각타上求菩提 自覺覺他, 자리이타自利利他는 자신 있는데 하화중생 각타下化衆生 覺他는 좀 껄적지근해요. 그리고……. 노스님을 과연 제 스승으로 받아들여야 하는지도……모르겠고요. 전 이제 절에 들어 온 지 얼마 안 되거든요."

해인이 농담하듯 실실 말했다. 그러자 '이놈이…….' 하며 노사는 지팡이로 해인을 찌르는 시늉을 했다. 해인은 움찔하고 잽싸게 피했으나 노스님이 다시 입을 열었다.

"왜, 절깐에서 도망가려고?"

노스님도 장난 섞인 말로 응대를 해주었다.

"누가 때린다거나 도둑질을 시킨다거나……. 피를 뽑아 팔라 한다면요."

"……너의 원인因과 조건緣이 합당하구나. 이놈아, 그런다면 나라도 도망가겠다, 이 색色꾼 놈아."

노스님은 뭐 이런 놈이 다 있어? 하는 눈으로 해인을 빤히 내려다보았다.

비가 내리고 있나 보았다.

생각의 줄기들이 싹을 내고 잎을 내고 번뇌의 줄기들이 가지를 펼치고 있었다. 또 하나의 생각들이 욕정처럼 솟아나고 있었다.

"동생 스님이신가 보죠?"

"……아, 네. 시끄러우셨죠?"

"대화를 들으며 제가 스님 편이 되더라고요."

"아, 예."

"지금 창밖으로 비가 내리고 있어요. 저는 이진구라고 합니다. 제 집사람이 그러던데 닭띠로 갑장이시라면서요?"

도연이 볼일을 보고 오겠다면서 준중환자실을 나갔다. 그때 옆 베드에 일주일 전 새로 들어온 환자가 말을 걸어왔다. 해인은 '아, 네' 하고 민낯을 보인 기분에 성의 없이 답했다. '세상이 왜 이래?' 하며 옆 베드의 환자에게 신경 쓰지 못할 정도로 길고 힘든 두 달이었다.

"스님이시라고?"

"히이, 스님이었죠. 이젠 그냥 어벙저벙해 하는 속물덩어리, 법우님과 똑같이 병을 앓는 환자일 뿐이에요."

"……어디가?"

"교통사고요. 다발성 골절에 눈이 먼. 님은 어디가……?"

해인이 의례적으로 물었다. 준중환자실에 내려왔어도 옆 환자와 이렇게 대화를 나누는 건 처음 있는 일이었다.

"배에 무슨 종양이."

"예……."

이진구라는 이름의 환자 말을 들은 해인은 자신도 모르게 끙 신음을 삼켰다.

"아…… 답답하시겠습니다."

"히이, 네. 깝깝하네요. 눈에 보이는 건 뭐고, 눈이 보이지 않는다는 게 뭔지, 하면서도 이젠 길들여져 자꾸 귀로 코로 세상을 넘겨 보려하네요. 코로 큼큼거리고 귀를 쫑긋거리면서요."

말하는 해인의 심사도 복잡했다.

"어쩌다가?"

"예. 지난 겨울 빗길 블랙 아이스 때문에. 미끄러졌는데 뒤차들이 속도를 줄이지 못해 덮치고 또 덮쳤다네요."

해인이 풀죽은 목소리로 말했다.

"……거 머시기 각막 수술이라는 게 있다더만."

"네. 저도 신청했어요. 양쪽 다. 그런데 공여자는 일 년에 한 삼백 명, 수술한다고 대기하고 있는 사람이 3천5백 명이나 된대요. 제가 다치기 전에 이 세상에 눈 먼 이가 그렇게 많은 줄 미처 몰랐어요."

"……네. 눈이 보배라고 했잖아요. 뭐라더라, 맞아. 몸이 천 냥이면 눈은 구백 냥. 얼마나 갑갑하겠어요?"

"아, 예. 처음엔 환장할 거 같더니 차츰 익숙해져 가고 있어요. 뭐 돈 있는 사람은 중국까지 가서 각막 이식 수술하고 온다던데……. 전 절간에 살던 중놈이었던지라 그럴 돈도 대책도 없고요. 그런데 법우님은 어디가 아프셔서?"

"뭐라더라, 고도위상피이형성증? 말로는 위 점막 세포가 암의 직전 단계로 변해 있는 상태라는데 내가 보긴 암인 거 같아요. 마누라하고 자식들이 나 몰래 쉬쉬하면서 진단서를 받아가지고 보험금을 3천만 원이나 탔다는 걸 보면."

"……좌우간 우리 싸워서 이겨나가자고요. 쾌유를."

애써 태연한 표정을 지었지만 해인은 에취, 하고 재채기를 했다. 뭐랄까, 동병상련 동지 같은 마음이 들었다. 한 번 재채기를 할 때마다 머리며 온몸이 흔들려 기진맥진 녹초가 되었다. 지난밤 이진구라는 환자가 통증을 이기지 못하고 계속 신음을 내지르는 바람에 한 잠도 이루지 못했다. 대화라는 걸 얼마 만에 해보는 건지 몰랐다. 목이 칼칼했다. 늘 가습기를 틀어놓는데 오늘따라 보조간호사가 가습기를 틀어주지 않고 그냥 나간 모양이다.

"스님은 어때요?"

"뭐가요……. 아, 저요. 죽지 못했으니 사는 거죠, 뭐. 히이……."

'음' 하고 해인은 혀 짧은 신음 소리를 냈다.

"그럼 스님, 저같이 살지 못해 죽는 이들을 위해 기도해 주실 거죠……?"

뜬금없이 죽음, 기도라는 말에 해인은 대답을 하지 못하고 한참을 뭉그적거렸다. 그 바람에 이진구라는 환자와의 대화가 잠시 끊겼다.

"그래요. 기도 올려드릴게요. 그런데 우리 싸워서 이기자고요."

"저도 가끔은 담배 태우거든요. 제 몸이 좋아지면 스님 우리 휠체어

타고 병실 밖 흡연 장소에 가서 담배 한 대 피워요."

이진구 환자가 분위기를 바꾸려는 듯 화제를 바꿨다.

"예. 전 담밸 안 태우지만 몸을 움직일 수 있다면 법우님을 위해 함께 나가서 담밸 태울 게요."

"스님 뭐, 하나 물어보아도 돼요?"

"아프지 않게 살살 무신다면."

해인의 말에 이진구 환자가 희미하게 웃는 것 같았다.

"영어 잘하세요?"

"예. 조금요."

해인의 말에 희미하게 웃는 눈치였다.

"룰 아웃 말리그넌시가 뭐에요?"

"……글쎄요."

해인은 옆 환자가 눈치 채지 못하게 한숨을 내쉬었다. rule out malignancy. 룰 아웃의 뜻은 가능성이 적으면 제외할 병명이라는 뜻으로 그러니까 대충 맞춰 보면 외증, 외상을 확인해 본다, 악성 종양을 의심해 본다라는 뜻일 것이다.

"……rule out 이면, 룰을 벗어났다, malignancy가 무슨 뜻인지 모르겠네요."

그러나 해인은 뜻을 알고 있었다. 진찰, 기초 검사 등으로 가능성 있는 질환들을 예상하고, 가능성이 적은 질환을 목록에서 제외해서 결론을 내리는데 확실한 진단명은 아니지만 단순 폴립, 용종 비나인benign이 아니라 악성 종양, 암일 가능성이 높다라는 뜻이라고 솔직히 말해 주지 못했다.

해인은 검사를 위해 이동하다가 아침 회진을 마친 의료진이 이진구 환자의 부인, 동생, 형들과 나누는 대화를 들었던 것이다.

"왜 스님이 되었어요?"

이진구 환자의 물음에 해인은 목이 콱 막혀 왔다. 불자라면 승려에게 물어서는 안 될 질문이 세 가지 있었다. 나이가 몇 살이냐, 고향이 어디냐, 왜 중이 되었느냐는 물음이었다. '심심해서요.' 하고 해인이 웃으며 말했다. 해인의 농담에 옆 베드의 환자도 피식 웃었다.

"제…… 기도 정말 많이 해주실 수 있어요?"

"……네. 그러고 말고요."

'웬 기도 타령?' 그동안 해인이 통증을 이기려고 옹알이하듯 '관세음보살, 관세음보살, 관세음보살' 하는 소릴 수도 없이 들은 모양이었다. 하도 듣다 보니 자기도 통증이 오면 자신도 모르게 '관세음보살' 하고 기도를 하고 있더라는 말에 해인은 하얗게 웃었다.

"스님, 스님은 해탈하셨는지요?"

"해탈은요. 늙고 병들고 죽는 일만도 보통일이 아닌데요. 입산한 지 20년. 그저 승가에 누를 끼치지 않고 불법 망치는 마구니, 땡추 땡중 아닌 것만으로도 다행으로 알고 살았어요. 그저 업이나 짓지 않고 살려고 애쓰면서 살았는데요."

"……해탈은 언제 하실 건데요?"

"……히이, 이제 겨우 좌절과 절망을 수용했을 뿐이에요. 눈이 안 보이니 열반해탈도 안 보여요. 눈깔에 뵈는 게 없는가 보죠?"

해인의 말에 옆의 옆 베드 환자는 재밌다는 듯 희미하게 웃었다.

"병원을 나가시면 어디로 가려는데요?"

"그러네요. 갈 곳이 없어 막막하네요. 그동안은 바랑 하나 걸러 메고 산 따라 물 따라 천지사방 자유인처럼 헤매고 돌아다녔는데……. 종헌종법에 의하면 눈 먼 봉사는 더 이상 승려로 인정해 주지 않거든요."

"……그래도 성불하셔야죠."

"히히, 스님네들 불자님네들 모두가 다 부처되기 위해 아등바등 세상 절벽을 뛰어 넘으려 하지만 어디 그게 쉬운가요? 물론 누구나 다 깨치면 부처가 되겠지만요. 다만 죽음은, 열반은 또 다른 윤회의 시작이라는 것만 이제 좀 알 거 같아요."

"누구든 살아온 만큼의 부처가 그 속에서 자라고 있겠죠. 다음 생에 축생으로 태어나지 않고 다시 사람으로 태어났으면 좋겠어요……."

문득 해인은 옆의 옆 이진구 환자의 입에서 나온 말로 꾹 입을 다물어 버렸다.

그때 멀찌감치서 간호사가 다가오는 소리에 두 사람의 대화는 이내 끊어졌다.

"내일 오전에 일반 병실로 내려가실 거예요."

간호사가 다가왔다. 간호사가 링거 수액을 조절해 주며 말했다.

가야할 때가 언제인가 알고 가는 이의 뒷모습이 아름답다고 했던가. 다시 중환자실로 가지 않고 일반 병실로 내려가는 해인을 부러워하는 환자를 두고.

모두가 태어나고 모두가 죽는 것을. 생각이 거기까지 미치자 갑자기 서글퍼졌다. 해인은 한동안 꼼짝도 하지 못했다.

"정들자 이별이라더니 진짜 그러네요."

"스님, 무덤에 미리 들어와 이렇게 드러누워 있는 기분이에요. 제 기도 꼭 잊지 말아주세요."

이진구 환자가 나지막하게 말했다.

"제가 아파 마른 뼈를 드러내고 피를 졸이며 신음하느라 저 때문에 잠도 편히 주무시지 못하고. 많이 불편하셨죠. 제게 허물이 있었다면 용서해 주시기 바랄게요."

"네, 저도 스님과 함께 했던 시간 저승에 가서도 잊지 않을게요. 그리고 극락왕생 제 기도해 주시는 거."

"……극락왕생요?"

종말로 치닫고 있는 환자의 그 말이 가슴 아프게 다가왔다. '법우님도 중생, 저도 중생일 뿐이에요. 병에 갇힌 어두운 밤에 갇힌 병이라는 업보의 바다에 갇힌 희망에 갇힌 장님일 뿐입니다. 장님을 보고 있는 자는 눈이 있는 사람인지라, 장님을 보고는 스스로 그 마음에 위태롭게 여기는 것이지, 정작 장님은 위태로운 줄을 알지 못하는 법이거든. 장님은 위태로운 것이 보이질 않는데, 무슨 위태로움이 있겠습니까?' 하고 하마터면 해인은 이진구 환자에게 생뚱맞은 소릴 할 뻔했다. 환자의 부인을 떠올렸다. 그의 딸은 울고불고 난리를 쳤지만 면회를 하러 들어와서도 그의 부인은 결코 울지 않았다. 슬픔의 힘인가 보았다. 떨어지는 꽃을 보며 열매 맺기 위한 고통이라는 듯 꼭 손을 잡은 환자의 부인은 이진구 환자의 얼굴이며 머리, 손등을 쓸어주다가 손등을 손바닥으로 치다가 나가곤 했다. 눈이 보이진 않아도 소리, 목소리의 울림, 떨림만으로도 세상을 볼 수 있었다. 순간 해인은 옆 베드 환자의 부인으로 인해 양명원에 두고 떠나왔던 엄마를 떠올리며 회한에 잠겼다.

3

낙타야 어서 가자

3
낙타야 어서 가자

"몇 살이야?"

"여덟 살요."

양명원陽命院 생활 지도사 선생님이 물었고 까만 눈망울을 굴리던 선재가 대답했다.

"이름은?"

"강선재요."

"앞으로 넌 여기서 살아야 해."

"……예."

"피 검사하고 몇 가지 간단한 검사를 할게."

"네."

그때 상근 간호사가 혈압기와 주사기를 가지고 들어왔다. 토니캣 tourniquet, 기저귀 줄로도 쓰이는 노란 고무줄로 왼손 손목을 묶더니 피를 뽑았다.

팔짱을 끼고 서 있던 생활 지도 선생님이 몇 가지를 더 물은 후 선재의 얼굴 사진을 찍었다.

아침도 굶었고 점심도 굶었다. 선재가 엄마 아빠랑 살고 싶었던 곳은 결코 양명원이 아니었다. 양명원은 한센병 환자들의 집단 수용 지역이었다. 열이 있는가, 체온을 재고 피를 뽑고 엑스레이를 찍고 난 후 검사가 끝나자 물을 끓여 컵라면을 내밀었다. 잔뜩 웅크리고 있던 선재가 허겁지겁 담당 생활 지도 선생이 내미는 컵라면을 국물도 하나 남기지 않고 먹었다. 엄마는 중방이라는 곳, 아빠는 상방이라는 곳으로 이송 격리되었다.

'엄마, 거적때기 움막이면 어때. 우리 아무도 없는 산속에 가서 살자' 했었다. 선재는 코를 훌쩍였다. 실탄을 든 군인들이 경비를 섰다. 그러나 양명원은 아니었다. 강제 이주된 양명원, 햇빛 밝은 곳, 햇살 보육원이라 했지만 사람들은 무명원無明院이라 불렀다. 어둠 속. 호랑이 담배 피던 시절에는 가마니도 짜고, 산에서 송진을 따는 강제 노역을 하기도 했다고 한다. 알 수 없는 감염병 환자들의 집단 거주지, 대규모 양계 단지가 있었다. 세 구역으로 나뉘었다. 맨 윗구역은 격리 구역으로 왼쪽 하방은 잠복기 환자들의 구역이었다. 감염병의 잠복기는 사람마다 달랐다. 균이 코 점막에 침범하면 딱지가 생기며 코막힘, 출혈 등을 일으키고 피부에 침범하면 전신에 양쪽 대칭적으로 발진이 넓게 퍼졌다. 또, 눈에 침범하면 홍채염이나 각막염을 일으킨 환자들에겐 신체에 피부염 같은 것들이 퍼져 나타나고 증상이 나타난 피부 부위는 무감각 또는 과다 감각 상태가 되는데 특히 말초 신경으로의 침범이 심한 특징을 보였다.

식구들 중 말짱한 건 선재뿐이었다.

양명원 환우들 중 술을 마시고 제초제를 먹고 자살하는 이들도 있었다. 숨이 콱 막히는 것 같았다. 상상할 수 없는 고통과 슬픔의 세월 속에 대마초를 말아 피우는 사람들, 심지어는 마약을 하는 사람들도 눈에 띄었다. 곳곳에 양귀비를 길렀고 꽃망울이 맺히면 면도칼로 그었다. 처음엔 하얀 진액이 나왔는데 그것들을 한 곳에 받아 두었다. 그러면 하얗던 진액들은 까맣게 변했다. 매일 싸움박질에 거친 욕설과 고성이 난무했다. 생지옥이었다. 자살도 하지 못한 사람들이 미치지도 못한 사람들이 절망하지도 못한 사람들이 그래도 목숨을 이어가고 있었다.

양명원의 전 이름은 무명원無明院이었다. 늘 배가 고팠다. 각 구역마다 철조망이 쳐져 있고 군인들이 초소를 세웠으며 총을 들고 보초를 섰다. 하지만 도망가지 못하게 방호복을 입고 경비만 섰지 원내 질서를 위해 구역 안에까지 들어와 설치지는 않았다. 선재는 탄식과 눈물의 그 병명을 알지 못하는 병에 걸린 나환자의 아들, 미감아였다. 아빠가 먼저 그리고 엄마가 나중에 전염된. 어느 날 방호복을 입은 경찰들과 의료진들이 신발을 신은 채 집으로 쳐들어 왔다. 엄마, 아빠, 그리고 선재의 앞에 총부리를 대고 체포해 강제 격리했던 것이다. 상처받은 짐승처럼 꺼억 꺼억 울어대던 선재는 요동치던 가슴을 달래며 숨을 낮게 들이켰다. 이송되어 한 달에 한 번 면회실에서밖에 볼 수 없는 엄마. 잡혀 올 때 아우성치고 너무 악을 쓴 나머지 시뻘개진 얼굴로 허연 게거품을 물었던 엄마였다. 배고픔도 서러웠지만 외로움도 음산한 양명원의 분위기도 견디기 어려웠다. 그러나 마음만 먹으면 경비가 허술한 철망 밑을 뚫은 개구멍으로 들어가 중방 앞에서 소리치면 만나 볼 수도 있었다. 어리석은 마음, 어두컴컴한 마음을 무명無明이라 했던가. 어차피 가야할 길이 칼날 위였던가, 어둠이었던가. 세상에 대해 무지한 것, 무자각한 걸 불각不覺이라 했던가.

수세미 같은 하늘 아래 천형에 걸린 이들이 하루에도 몇 명씩 신음하다 죽어나갔다. 손가락 발가락 떨어져 나가는 와중에서도 아이들은 태어났고 성장했으며 그 아이들을 위해 자혜원 햇살 보육원이 운영되고 있었다. 한센병은 완치가 가능했지만 꼭 장애가 있다고 했다. 눈과 신경 계통으로 합병증이 와서 장님이 되거나 손과 발이 굽거나 떨어져 나가는 장애를 겪는 이들이 많았다. 완치가 되어도 절룩거리는 사람들. 5m, 10m도 이동하지 못하는 어른들이 많았다. 그렇게 일그러지고 문드러져 손가락과 발이 떨어져 나가 사회 복귀가 거의 불가능했다. 살아남은 이들의 거개는 의식주가 해결되는 양명원을 나가려 들지 않았다.

"엄마, 나 도망가고 싶어."

양명원에서 못된 형들에게 담배빵을 당하던 날이면 기분이 참 개같았다. 절망과 두려움으로 엉기적엉기적 걸으며 혼자 울었다. 너무 쓰라렸다. 상처가 곪는지 진물이 질질 흘렀다. 가슴 짓눌리는 기막힌 운명이었지만 고자질할 수도 없었다.

"엄마, 나 토낄 거야."

"여기를 나가면 어쩌려고?"

"끔찍해. 죽을 거 같아."

엄마는 도망치려는 선재를 말렸다. 도망치는 건 어렵지 않았다. 학교에 갔다가 수업이 파하기 전에만 달아나면 되었다. 선재는 절름거리는 엄마 앞에서 입술을 깨물고 앉았다. 양명원에 들어오고 한 번도 웃어본 일이 없었다.

실제로 미감아 수용 시설 자혜원에서 도망간 아이들도 많았다. 누구는 소매치기가 되었다고도 하고 어떤 여자애는 창녀촌에 끌려가 어린 창녀짓을 하고 있다고도 했다. 점점 더 뭉툭해져 가는 아버지의 손과 발을 보면서도 49계단 앞에서 펨푸짓(호객)을 하는 친구의 말을 듣고 선재는 도망 갈 엄두를 내지 못했다. 조금이라도 더 엄마 아빠의 곁에 살고 싶었다.

해인은 숨을 크게 들이켰다. 문둥이 마을, 막막함 속으로 처량맞게 비가 쏟아져 내리고 있었다. 달그락거리며 창문 틈으로 들어오는 바람에 비가 묻어 있었다. 밤일까 낮일까. 못나고 뒤엉켜 웬 설움이 이리 많은지 몸이 왜 자꾸 늘어지는 걸까. 무엇이 이리도 가슴을 압박하는 거지. 내게도 빛날 때가 있었던가. 찬란한 때가 있었던가.

"배후 조종자들이 누구예요? 내가 나가서 목을 따버릴 게요."

엄마가 눈을 무섭게 부릅뜬 채 독기를 품으며 아버지에게 말했다.

빗소리가 귓속을 파고들어 왔다. 얼굴을 일그러뜨린 아버지는 '당신이 대적할 수 있는 놈들이 아냐' 하며 고개를 푹 수그렸다. 오랜 침묵 끝에 격앙된 감정을 추슬렀는지 아버지는 담배를 꺼내 태워 물었다. 그러나 체념한 표정이었다.

가늠해 보면 중환자실에 오래 누워 있었다. 죽을 고비를 넘기고 한동안 허기를 느끼지 못했다. 얼마 만에 느껴보는 배고픔인지. 길거리에서 파는 떡볶이와 순대, 어묵이 먹고 싶었다. 그리고 해인은 밤하늘의 별을 떠올렸다. 퇴근하는 아빠를 마중 가는 날, 엄마는 하늘을 가리키며 '저게 개밥바라기별이야'라고 말했다. 길거리에서 선재가 포장마차를 가리키며 '저거' 하면 순대며 떡볶이며 튀김들을 봉지에 싸서 집에 가지고 와 아빠랑 함께 먹곤 했다. 궁핍한 시절이었지만 그렇게 쪼들린 살림살이는 아니었다. 아빠는 비가 오는 날이면 포장마차에 앉아 소주 한 병을 마시기도 했다. 그러면 엄마와 해인은 떡볶이와 어묵을 먹으며 아버지를 기다렸다. 가끔 아버지는 엄마에게 소주잔을 건네기도 했다. 비가 오거나 바람이 부는 날이면 그렇게 아버지와 엄마랑 소주라도 한 잔 걸치고 싶다는 생각에 해인은 풀썩 웃었다.

준중환자실로 옮기고는 그래도 옆에서 죽어 나가는 사람은 없었다. 그저 하루 종일 드러누워 있을 뿐인데 일반 병동으로 옮기고 나서 심한 피로감과 함께 온몸으로 근육통이 밀려왔다.

"천천히 먹어라. 체할라."

엄마는 옷에 고추장 국물을 흘리면 으이그 하며 물수건을 내밀었다. 초등학교 선생님이었는데도 엄마의 요리 솜씨는 썩 괜찮았다. 엄마의 일품 요리 중 순대와 어묵을 넣은 떡볶이의 맛은 잊을 수 없었다.

일반 병동으로 옮기자 불편하지만 두 손을 쓸 수 있었다. 의사가 왼팔의 깁스를 풀어주었다. 하지만 팔꿈치가 펴지지 않았다. 씩씩거리며 연방 신음을 내뿜던 해인은 추억에 잠겨 자신의 손에 혹 물집은 없는지 진물이 나오진 않는지 잠에서 깨면 쓸어보곤 했다. 더듬이처럼 더듬더듬거리며 '국이 어디 있나, 밥은' 해가며 꾸역꾸역 먹었다. 누에처럼 먹고 누에처럼 자고 누에처럼 번뇌하고. 먹고 싸고 망상에 떨던 뻐다귀에게도 차츰차츰 살집이 붙어가고 있었다.

오르막이 있다면 내리막도 있었다. 여러 날이 지나는 동안 차츰 뜻대로 마음대로 몸이 움직여지기 시작했다. 그래도 가끔 주체할 수 없는 통증이 엄습해 오기도 했다. 의사는 교통사고 후유증으로 인한 섬유 근육통이라고 했다. 거동을 하지 못하는 건 둘째 치고 무엇보다 세상을 다시 볼 수 없다는 게 가장 기막힌 일이었다. 아, 그냥 하룻밤 바다에서 잤더라면. 택시를 타지 말고 그저 바닷가 모래사장에 앉았다가 고속버스를 타고 올라갈 것을. 대체 이게 무슨 일이람. 잠이 들라치면 유리창 파편들이 눈을 찌르는 환상에 해인은 얼마나 치를 떨어야 했는지 몰랐다. 또다시 정신이 흐리멍덩해지고 뒤죽박죽이 되었다.

이 생각 저 생각에 잠기다 보면 갑자기 관자놀이에 피가 끓었다. 내가 누구에게 해코지한 적이 있던가. 그 누구를 손해 보게 한 것도 없는데. 왜 이 모양이지. 온몸은 식은땀으로 젖었고 헛게 보이기까지 했다. 엄마가 보이고 아버지가 보이고 쌀랑쌀랑하던 노스님도 보이곤 했다.

"아, 오온. 육체에 그만 내가 갇히고 말았구나."

이제 한센병은 발병해도 알약 네 알만 먹으면 99.99% 낫는다고 했다. 해인은 보이지 않는 눈을 지그시 감았다. 엄마, 아빠랑 함께 갔던 포장마차에서는 떡볶이를 달라 하면 어묵 국물은 그냥 주었다.

그 짭조롬한 어묵 국물맛을 떠올리고 있는데 간병인이 다가왔다. 새벽 다섯시 반이었다. 해인은 간병인의 심기를 건드리지 않으려 애써 봤지만 소용없었다. 일단 간병인은 해인의 환자복 바지 끈을 풀어 벗기고 몸을 옆으로 굴려 비스듬히 세웠다.

"이렇게 좀 해보라우."

"……."

"가만히 좀 있어보라우."

연변 출신이라는 60대 중반의 간병인은 '넌 이제 끝났어, 인생 조졌다고' 할 때마다 습관적으로 해인의 엉덩이를 찰싹찰싹 때렸다. 몸을 마음대로 가눌 수 없는 걸 어쩌란 말인가. 양발이 깁스되어 있었고 가슴에는 아직 보호대가 채워져 있었다.

지금 꿈을 꾸고 있는 건가 했지만 꿈이라기에는 너무 끔찍했다. 간병인의 손이 거칠었지만 다른 방법이 없었다. 볼품없이 누운 채 하하 하고 거친 숨을 내쉬던 해인은 어금니를 지그시 깨물었다. 움직일 수 있지만 움직여지지 않는 몸. 깜깜할 뿐 세상은 보이지 않았다. 도뇨관導尿管을 떼어냈다. 오줌을 질질 싸고 만 것이다. 괄약근도 그렇고 오줌보가 조절이 되지 않은 채 배설되는 거였다. 간병인이 거웃을 그리고 항문과 그 부근을 물티슈로 닦아주고 있었다. 더러워진 기저귀를 접어 테이프를 붙인 후 쓰레기통에 버리고 분으로 발라주었다.

"인상 쓰지 말라우. 힘 빠진다우."

치모와 성기 부위 아래 담배빵이 북두칠성처럼 다섯 개 늘어진 허벅지와 엉덩이에. '스님이라는 게 왜 이리 징징댑니까?' '이 좋은걸. 아깝다.' '중이었다지……. 아이고, 이 상처는 뭐고. 가여운 중님아. 어쩌면 좋으냐.' 하며 쫑알거렸다. '산다는 게 다 그렇지, 뭐' 하며 장갑도 벗고 맨손으로 벌레 씹은 얼굴을 한 해인의 엉덩짝을 마지막 한 대 짝하고 더 때렸다. 간병인은 기저귀를 반으로 접었다. 그리고 몸을 굴려 새 기저귀를 반으로 폈고 몸을 반대쪽으로 눕히고 다시 새 기저귀를 채워주었다. 환자복까지 새로 갈아입히고는 '끝, 이제 뽀송뽀송. 아침밥 나올 때까지 조금 더 잘 수 있겠습네다. 쿨쿨 잘 자라우.' 하곤 멀어져 갔다.

현재는 즐겁지만 미래는 괴로운 법, 현재는 괴롭지만 미래는 즐거운 법, 현재도 괴롭고 미래도 괴로운 법, 현재도 즐겁고 미래도 즐거운 법이 그것이다.

양명원陽命院에는 대규모 양계 단지가 들어서 있었다. 돼지도 길렀고 토끼도 길렀다. 세 구역으로 나뉘었다. 맨 윗구역인 상방은 격리 구역으로 중환자들 76명이 거주했고, 중간은 중방으로 46명이 거주했다. 나종, 한센병의 잠복기는 결핵의 잠복기보다 두 배 정도로 길었다. 나병균이 코점막에 침범하면 딱지가 생기고 코막힘, 출혈 등을 일으키고, 피부에 침범하면 전신에 양쪽 대칭적으로 발진이 넓게 퍼졌다. 또, 눈에 침범하면 홍채염이나 각막염을 일으킨 환자의 경우에는 한 개 이상의 경계가 뚜렷한 피부염이 신체에 비대칭적으로 퍼졌다. 증상이 나타난 피부 부위는 무감각 또는 과다 감각 상태가 되는데 특히 말초 신경으로의 나병균 침범이 심한 특징을 보였다. 중방의 오른쪽은 하중방으로 불리었는데 전염성이 없는 나환자 경력자들 22명이 집단 거주했다.

하방은 의료진들과 환자 가족들이 머무는 곳이고 46명이 거주했다. 산 맨 밑 지역은 일반인 해방 구역으로 달걀 및 생산된 상품들을 상차하는 곳, 교회, 보육원 자혜원慈惠院이 위치하고 있었다. 선재는 자혜원 기숙사에서 살았다.

해인은 지도 교사의 지시대로 말똥말똥한 눈으로 그렇게 눈치만 살피다가 앉으라면 앉았고 일어서서 따라오라면 따라갔다. 환우들이 직접 지은 벽돌 블록, 슬레이트 지붕 집이었다. 건축 기술도 별로 없었다. 환우들은 닭장도 집들도 뚝딱뚝딱 지어냈다. 그러나 벽에 고름도 피도 덕지덕지 묻어 있지 않았다. 강제 격리된 자혜원 아이들은 거칠었다.

산 아래 큰 길 건너편에 있는 일반 학교에 다녔다. 반 아이들이나 학교 아이들은 양명원 아이들에게 감히 덤비지를 못했다. 아버지는 양명원의 윗녘 상방에 어머니는 중간녘, 중방에 살았다.

먼저 전염된 건 아버지였다. 아버지는 경찰관이었다. 외할아버지가 검은 양복을 입은 사내들에게 잡혀가고 무슨 이유에서인지 파직당했다. 그리고 보름 후 가족들은 벽이 온통 흰 곳으로 격리 수용되었다. 그리고 아버지는 눈썹이 빠지고 피부의 근육들이 문드러지기 시작했다. 어머니는 나병 환자가 아니었다. 그러나 아버지에게 전염된 보균자였다. 감염되었을 때 처음엔 아무 증상이 없었다. 나병의 잠복기는 짧으면 보름, 길면 5년, 20년가량 지속된다고 했다. 피부에 나타나는 침윤浸潤· 구진丘疹· 홍반紅斑· 멍울結節 등과 지각 마비知覺痲痺와 함께 눈은 함몰되고 코와 귀,

손가락이 썩어 문드러져 나갔다.

자혜원은 햇살 보육원이라 불리기도 했다. 이감된 후 사흘이 지나자 허둥대던 선재도 겨우 정신을 차릴 수 있었다. 무뚝뚝하고 속내를 잘 보이지 않는 아버지보다 정 많고 포옥 끌어 안아 주는 엄마가 좋았다. 선재는 엄마에게 반짝이는 기쁨이었고 희망이었다. 봄이었고 하늘엔 흰구름이 뭉실뭉실 떠갔다. 쓸고 닦고 선재에게 입맞춤해 주던 엄마에게는 선재가 오직 미래였다. 기쁨이었고 즐거움이었다. 그러나 선재는 엄마의 기쁨도 즐거움도 희망찬 미래도 되지 못했다.

사건의 발단은 종숙이 누나 때문이었다. 종숙이 누나는 5학년이었던 선재보다 세 살이 많았다.

"얘, 너 이리 와봐. 내 노예해라."

종숙이 누나가 껌을 씹으며 선재를 불렀다.

종숙이 누나는 얼굴이 하얗고 얼굴형은 달걀형으로 이목구비가 뚜렷한 편이었다. 예쁜데 얼굴에 주근깨가 살짝 있었다. 앞머리가 있는 긴 생머리, 쌍꺼풀 없는 작고 가는 눈에 오뚝한 코, 큰 입. 지날 때 가끔 선재를 불러 사탕을 주기도 했고 초콜릿을 내밀기도 했다.

자혜원에서 선배의 말은 하느님 같았다. 낯가림이 심한 선재였지만 선배의 말을 잘 듣지 않으면 자혜원 생활이 만만치 않다는 걸 선재는 알고 있었다. 그날은 선재를 데리고 하방 양계장 뒤쪽 무덤가로 끌고 갔다.

"앉아 봐."

악연은 그렇게 시작되었다. 가슴이 두근거렸다. 서툴고 유치했다. 숙소로 돌아온 선재는 종숙이 누나를 떠올리며 몸을 뒤척이다 잠이 들었다.

"이렇게 해봐."

종숙이 누나는 능숙했다. 종숙의 머릿결에서 샴푸 냄새가 났다. 머리카락에서 나는 싸구려 샴푸 냄새 때문에 선재가 얼굴을 찌푸렸다. 그 싸구려 냄새가 선재의 인생을 온통 변하게 했고 달라지게 만들었다. 그러지 않아도 마음의 공황 상태에 놓였던 선재는 엉킨 입술 속에 거침 숨소리를 토해냈다. 키득대던 종숙의 부드러운 손이 선재의 바지춤으로 슬그머니 들어왔다. '누나 이러지 마.' 했는데 물끄러미 바라보던 종숙이 누나는 점점 더 이상한 짓을 요구했다. 가슴을 만져 달라느니 이렇게 저렇게 종숙이 누나의 품을 파고들게 만들었다. 뭔가에 홀린 듯 배추벌레 같던 고추가 딱딱해졌다. 선재는 가쁜 숨을 헐떡이며 야릇한 표정을 짓곤 했다. 누나의 부드러운 살결 속에서 한순간 눈을 감은 채 부르르 선재는 몸을 떨었다. 그러나 황홀했던 순간은 짧은 순간들이었다.

"야, 너 이 개새끼."

"……."

엉거주춤 일어나는데 종숙이 누나의 오빠인 고등학교 1학년 종찬이 형이 나타나 선재의 얼굴을 발로 걷어찼다. 그날 이후, 잔병치레가 잦고 유독 소심하던 선재는 매일 얼굴이 상처투성이가 되어야만 했다.

"야, 너 이 새끼. 저기 철봉 밑의 가방 있지? 가서 필통 가져와. 육성회비 노란 봉투가 있으면 굿Good이고."

아이들은 철봉 밑에 가방을 두고 축구 골대 주위에서 공을 차고 있었다.

"싫어."

"뭐 이 새끼, 싫어?"

선재는 학교를 나와 햇살 보육원으로 올라가다 뒷산으로 끌려갔고 엎드려뻗쳐를 하라면 엎드려뻗쳤다. 대가리 박아를 하라면 머리를 땅에 박아야 했다. 한 놈이 진정 슬픈 얼굴을 하고 있던 선재의 가슴을 샌드백처럼 가격했다. 한 놈이 지치면 그 다음 놈, 그 다음 놈이 지치면 그 다음 놈. 선재는 넘어지고 쓰러졌다. 그러면 발길질이 날아왔다. 그렇게 맞고 나면 본드를 바른 비닐봉지에 얼굴을 처박고 본드를 빨아야 했다.

맞으면서도 종숙이 누나의 교복 블라우스 단추를 떨어뜨리게 한 걸, 가슴을 빨던 걸, 가랑이를 벌리고 '올라와' 하던 손톱으로 선재의 등을 후벼 파던 누나를 떠올렸다. 처음엔 금방 사정했다. 두 번째는 첫 번째보다 더 오래갔다. 끝나고 나서 누나가 '쌔애끼' 하며 머리통을 살짝 한 대 때렸다.

"왜 그래?"

"……."

눈을 가늘게 뜬 엄마가 물었다.

귀신을 속여도 학교 선생님을 했던 엄마를 속일 수는 없었다. 굳은 얼굴을 한 선재를 엄마는 도끼눈으로 쳐다보았다. 가슴이 먹먹해 고개를 들지 못하고 있는 선재를 엄마는 다그쳤다. 그냥 죽어 버리고만 싶었다. 눈에서 불똥이 튀었고 종찬이 형을 죽여 버리고 싶었다. 어른 같은 건 되지 않아도 된다고, 어떻게 하면 종찬이 형을 죽일 수 있을까. 그것만을 골똘히 생각했다.

"말해."

"제 친구가 죽었어요."

"……니가 죽였어?"

선재는 고개를 내저었다.

"그럼, 누가?"

"종찬이 형이……. 파묻었어요."

엄마는 한동안 고개를 숙이고 아무 말도 하지 못했다. 분하기도 하고 속상하기도 하고 이대로 가다간 죽을지도 모른다는 생각까지 들었다.

"너 옷 좀 벗어봐. 아까 보니 다릴 절던데."

해인은 엄마에게 바지를 벗어 보일 수밖에 없었다.

엄마의 얼굴이 갑자기 흙빛으로 변했다. 갈비뼈에 금이 갔는지 숨쉬기가 거북했고 담뱃불로 지진 자국들이 곪고 있었다. 선재는 그만 엄마 앞에서 펑펑 울어 버렸다.

"……이놈의 새끼. 얌전한 고양이 부뚜막에 먼저 올라간다더니."

"미안해, 정말 잘못했어요. 엄마아."

엄마는 아무 말 없이 하늘만 한참을 쳐다보고 있었다. 땅바닥에 털썩 앉아 있던 선재는 고개를 푹 수그렸다.

놈들은 무덤가에서 강제로 본드를 흡입하게 했다. 해인이 비틀거리다 넘어지면 발로 차고 쓰러져도 발로 걷어차고 침을 퉤퉤 뱉었다. 다른 보육원으로 가 엄마 아빠랑 떨어져 살고 싶지 않았다. 그래서 괴로웠지만 악착같이 숨겨왔다. 하지만 이리저리 끌려 다녔다.

그 어느 곳에도 마음 둘 곳 없는 괴로운 시간들이었다. 맞을 때마다 숨이 끊어지는 것 같았다. 그냥 어디론가 아무도 모르는 곳으로 달아나고도 싶었다. 엄마를 속이고 그냥 자혜원을 탈출하려 했지만 엄마와 아버지를 두고 도망갈 수는 없었다. 사건은 일파만파로 커졌다. 상방에 있는 아버지에게로 전해지는 건 순식간이었다. 하굣길에 칼을 가지고 종찬이 형을 죽여 버리려고 했지만 칼을 뺏겼다. 오히려 실컷 두들겨 맞더라는 소식이 전해진 거였다. 하굣길 민가에서 생활 지도사 선생님의 인솔이 없는 날이면 '저기 슈퍼에 가서 아이스크림 훔쳐 와'라고 했고 아이스크림을 훔쳐오지 않았다. '싫어. 그 대신 죽여. 차라리 날 죽이라고.' 하고 반항하다 죽기 일보 직전까지 맞았다. 놈들은 하나둘이 아니었다. 매일 떼로 덤벼들었다. 무기력해지고 깜짝깜짝 놀랐다. 먹는 것도 자는 것도. 병든 닭처럼 시름시름 앓을 수밖에 없었다.

사실을 확인한 아버지가 '찢어 죽일 놈들' 하며 뭉그러진 주먹으로 땅바닥을 쳤다. 한 번 내려친 아버지는 눈에 불을 켜고 연신 소리치고 짐승 같은 소리를 내지르다 몸을 벌떡 일으켰다. 눈빛이 변한 아버지의 복수는 그야말로 무시무시했다.

낫을 들고 종숙이 누나의 아버지에게 달려들었다. 그래도 경찰관 출신이었던 아버지였다.

"네놈들 목줄을 다 따버릴 거다."

아버지는 시퍼런 조선낫을 들고 일주일간을 그렇게 양명원 원장, 그리고 종찬이 아버지를 쫓아다녔다. 비록 나환자 신세가 되긴 했지만 그래도 아버지는 경찰 출신이었다. 연관된 모든 이들 모두를 목 따 버리겠다며 뛰어 다녔다. 양명원 원장, 그리고 종숙이 누나 아버지는 아버지에게 싹싹 빌었다고 했다. 아버지가 난리법석을 치른 다음에야 해인은 오른쪽 허벅지 사타구니의 곪아가던 상처도 치료받을 수 있었다. 사건의 내막은 종숙이 누나는 햇살 보육원의 다른 아이들은 물론 심지어 자원봉사자로 온 이에게까지 꼬리를 쳤고 종숙이 엄마와 아버지는 그 보호자들에게 협박 갈취를 일삼았다고 했다. 그쯤 기초 생활 수급자라는 제도가 발효되었는데 그 수급비를 조직폭력배 출신인 종숙이 아버지가 딸을 내세워 덫을 놓았다는 것이다. 그때 아버지는 단종 수술을 받았다. 단종 수술을 받으면 정부에서 보상금을 준다고 했다. 아버지가 단종 수술을 받자 보상금으로 큰돈을 받았다는데 아버지가 경찰 출신인 걸 모르고 못된 형들과 누나를 접근시켰다는 것이다. 낙태와 단종이 강요되던 시절이었다. 한센병은 유전이 되지 않는데도 단종 수술을 강요했던 것이다. 시체 썩는 지독한 냄새와 피고름은 계속되었고 짓무른 피부들은 검게 변했다.

종숙이 누나와 종찬이 형, 그리고 그들의 아버지는 양명원에서 소록도라는 섬으로 쫓겨났다. 원장과 아버지 사이에 어떤 거래가 있었는지 소년 암매장 사건은 더 이상 수면 위로 떠오르지 않았다. 무단 점거하고 있는 양명원의 부지는 국유지였다. 그쯤 정부가 거의 무상에 가깝게 양명원에 불하해 준다고 하는데 소년 살인 사건이 불거지면 원장이 곤란하다며 난색을 보였다고 했다. 그 대신 해인을 양명원에서 조용히 내보내는 걸로 합의한 모양이었다.

살기도 힘들었지만 죽기는 더 힘들었다. 사고 이후 선재는 양명원에서 달걀을 싣고 내려가던 트럭에 몸을 던졌지만 트럭 기사, 양씨 아저씨가 핸들을 산 쪽으로 돌려 선재는 죽지도 못했다. 따귀를 두 대나 맞고 욕설을 배 터지게 들었다. 만일 아버지랑 양씨 아저씨가 친하지 않았다면 선재도 소록도로 쫓겨났을 거라 했다. 종찬이 형이 소록도로 쫓겨났어도 그 형 친구들이 매번 선재를 산으로 불러냈다. 아버지가 멋지게 복수를 해 주었지만 강제 전출된 종찬이 형 친구들이 가만히 있지 않았다.

결국 선재는 그 사건으로 자혜원에서 왕따 당하기 일쑤였다. 주먹으로나 덩치로나 형들과 누나들을 이길 수 없었다.

"새끼야, 너 같은 새끼는 여기서 말려 죽이는 건 일도 아냐."

선재는 선배들의 윽박지름에 미쳐버릴 것만 같았다.

"선재야. 너 이러다 지레 죽겠다. 너 삼촌한테 갈래?"

"……엄마."

"그래, 네가 가서 스님이 되어 우리를 위해 기도해 줘라."

멀리 떨어져 앉았던 아버지는 성경을 찢어 대마초를 말아 피우며 큼큼 헛기침만 삼켰다.

상방과 중방, 하방이 교차되는 산마루턱에 앉은 선재는 불편한 얼굴을 하고 있다 결국 쭈뼛거리며 울기 시작했다. 엄마의 눈에도 눈물이 맺혀 있었다. 아버지는 늘어진 몸으로 '다 잘 될 거야.' 하며 알 듯 모를 듯한 헛웃음만 날렸다. 엄마가 흐느껴 울기 시작했다. 아빠의 친동생이 스님이라고 했다.

"가라. 가서 다 잊고 살아라."

"……."

아버지의 말끝에는 신음이 달려 있었다.

"그래, 여기. 양명원을 나가는 순간부터 너는 다 잊어버리고 행복해야 하는 거야."

엄마도 거들었다.

"……절에 들어가면 엄마, 우리 엄마 울지 않게 해 달라고 부처님한테 빌게."

미안해하던 눈빛의 선재의 목소리가 떨렸다. 그때 백년도 더 묵었을 참나무에서 까마귀 새끼들이 깍깍 울음을 떨어뜨렸다.

"……이제 엄마 아빠는 없는 사람이다. 앞으로는 너만 생각하고 살아."

선재는 엄마의 말에 가슴이 막막해졌다. 또래 아이들보다 키가 컸다. 얼굴은 해사했고 사내아이치곤 손가락이 희고 길었다. 엄마의 이목구비가 오목조목하듯 잘생긴 엄마의 얼굴을 빼닮았다.

얼어붙은 얼굴로 서 있던 선재는 하늘을 올려다보았다. 하늘은 구름 한 점 없이 푸른 봄날의 하늘로 까마귀들이 빙빙 날아다녔다. 슬픔이 차올랐다. 오늘은 또 누가 죽어 불태워지려나. 얼굴이 화끈거렸다. 연락이 닿은 삼촌이 오기로 했다는 것이다. 엄마와 이별해야 하는 아침. 선재는 '도대체 어디서부터 잘못된 걸까' 했는데 엄마는 자꾸 '괜찮다, 네 잘못이 아니야'라고 했다. 엄마가 괜찮다고 했지만 선재는 결코 괜찮지 않았다.

"엄마아."

"……어서 돈 집어넣어. 통장하고 도장도."

누가 볼까봐 엄마가 해인을 채근했다. 통장 속에는 아버지가 단종 수술을 하고 받은 돈도 들어 있다고 했다. 양명원 내에 우체국도 농협 분소도 있었다.

아버지는 얼굴을 찌푸리고 입을 앙다문 채 지근거리에서 선재를 내려다보며 손을 흔들어 주었다. 그 손짓에 선재는 '아빠, 미안해요'라는 말이 저절로 속으로 기어 들어갔다.

"널 공부시켜 대학까지 보내 준다고 했어. 노스님이 약조하셨대. 삼촌 말 잘 들어. 수급 카드를 목숨처럼 잘 지니고 있고. 나도 여기서 돈이 들어오는 대로 너한테 보내줄 테니까."

"……."

"잘 살아야 해. 니가 잘 사는 게 효도야. 찾아올 생각일랑은 하지 말고."

"엄마아."

이별은 짧았다. 아버지는 썩어가는 손으로 '너 하나를 위해 너 하나만 바라보고 살았는데 너를 책임져 주질 못하는구나. 미안하다. 훌륭한 사람이 되거라' 하며 바보같이 서 있을 뿐이었다. 어깨를 들썩이는 걸로 보아 아버지가 흐느끼고 있다는 걸 알 수 있었다.

"아주버님. 우리 선재 잘 부탁해요."

"팔자대로 살겠죠, 뭐……."

삼촌 스님이 어머니에게 퉁명스레 말했다.

그렇게 엄마는 발그스레한 얼굴로 마지막 헤어지면서도 선재를 안아주지 않았다. 혹시라도 호흡으로 선재가 전염될까 보아서였다. 가슴이 세차게 뛰었다. 가슴이 덜컥 내려앉았다. 일요일이어서 하방 교회에서는 찬송가 소리가 교회당 밖까지 울려 퍼지고 있었다. 순간 산중턱에서 아버지가 내려다보고 있다는 걸 느낄 수 있었다. 아버지가 처음부터 다 보고 있었던 것이다. 선재는 멈춰 섰고 그냥 땅바닥에 엎드려 절을 올렸다. 주위에 선 아이들과 뭉툭한 손, 뭉툭한 발을 가진 사람들이 선재의 이별을 그저 바라보고 서 있을 뿐이었다.

"엄마, 좋아하는 인절미 꼭 사가지고 오께. 엄마도 울지 말고."

"다른 삶을 살고 싶었는데, 내가 중이라니, 절이라니."

양명원을 나가면 삼촌에게서 도망치리라 선재는 마음먹었다.

갑작스런 이별 앞에서 선재는 어찌할 줄 몰랐다. 그래도 살아 보려니 자꾸 눈물만 비어져 나왔다. 양명원만 나간다면 무엇을 해도 성공할 자신이 있었다.

"짐은?"

"……."

가져갈 것도 없었다. 선재는 학교 아이들에게 인사나 하고 가면 안 되겠냐고 했지만 엄마는 엄마가 사 준 한글과 영어로 된 갈매기의 꿈, 어린 왕자, 국어사전, 영한사전, 옥편이 들어 있는 걸 보더니 '아이고 이 불쌍한 놈아' 하며 울음을 터트릴 뿐이었다.

"엄마."

"……."

엄마가 선재를 이 세상에서 가장 슬픈 눈으로 바라보았다. 달려가 덥석 안기고 싶었다. 그러나 엄마와 선재의 사이에는 3m의 거리 간격이 놓여 있었다. 이미 아침에 내쫓기듯 세상으로부터 도망 온 엄마는 고의춤에 핀을 꽂은 주머니에서 고무줄로 두르고 비닐봉지로 싼 지폐 뭉치를 꺼내 선재의 앞으로 던져 주었었다.

"가, 가서 잘 살아."

"……."

엄마가 울음을 삼키며 말했다.

화단에는 막 맨드라미며 채송화 같은 빨간 꽃들이 삐죽삐죽 올라오고 있었다. 굽이굽이 양명원을 걸어 나오는 길은 구불구불했고 가파르기만 했다.

삼촌은 정통 스님이 아닌지 '오늘은 이별하기도 죽기도 딱 좋은 날이로구나' 하더니 척 담배를 태워 물고 뻐끔뻐끔 담배 연기를 푸 내뿜었다.

"재난을 만나야 하는 시기에는 재난을 만나고 재난에 임해서 죽음을 맞으면 죽으면 되는 거고."

한 번 터진 선재의 눈물은 그칠 줄 몰랐다. 엄마는 눈물을 훔치며 '어여 가'라고 여전히 거리를 두고 멀리 선 채 재촉했다. 그때, 한 스님이 자혜원, 햇살 보육원으로 올라오는 게 보였다. 목사님과 신부님들, 수녀님들은 양명원을 자주 들락거렸지만 스님들은 거의 올라오지 않았다.

봄이라 했지만 바람은 차가웠다. 고개를 푹 떨어뜨린 채 등을 보이고 엉기적엉기적 걷던 선재가 산을 내려가다 돌아보고 몇 걸음 더 가서 뒤돌아보았다. 한 무리의 아이들이 저만치서 길 떠나는 선재와 승복을 입은 삼촌을 부럽다는 듯 바라보고 서 있었다. 보육원 비탈길 아래 모퉁이를 돌아 사라질 때까지 엄마는 그렇게 서 있었다.

선재는 미간을 좁혔다. 단지 친구를 도와주려 했던, 엄마 아버지에게도 비밀로 했던 그 대가는 혹독했다. 정착촌에서 어울려 살지 못했다. 가슴이 방망이질치기 시작했다. 선재는 어찌할 바를 몰라 움찔움찔했고 숨을 죽인 채 돌아보고 다시 돌아볼 수밖에 없었다. 사람들이 미치거나 하나 둘 죽어나갔다. 도둑질이 벌어졌고 도둑질로 싸움이 크게 일었고 살인이 벌어졌다. 자혜원에서는 죄를 지어도 자혜원 안에 있는 독방에 갇힐 뿐이었다. 죽어도 임시 화장터에서 시신을 태웠다. 선재는 입술이 타들어 갔다. 머리털이 곤두섰고 전율이 온몸으로 퍼졌다. 자원봉사자들이 들락거리기 시작했고 공동 식사가 시작되었다. 하방에서 음식을 준비하면 중방으로 상방으로 음식이 배달되었다. 삶과 죽음이 공존하는 공간, 삶과 상실의 공간. 그저 병들었다는 이유로 소외된, 망가져 스스로 파괴할 줄밖에 모르던 거적때기, 움막에서 숨어 살던 불가촉천민들이었다. 목숨을 부지할 뿐이었다. 죽을 수 없으니 격리되어 사는 사람들, 단념할 수 없으니 버티는 사람들, 핏발 선 눈에는 슬픔밖에 보이지 않았다.

울음 속의 길은 멀었다. 삼촌은 초소를 벗어나자 '입춘이 지났는데 내 가슴에 봄은 아직 오지 않았구나. 빼앗긴 들에 봄은 언제 올 건지' 하고 혼자 중얼거리듯 뇌까렸다. 느긋한 표정이다.

"삼촌, 작은 아버지."

"이놈아……. 날 스님이라고 불러라."

입을 크게 벌리고 하품을 하던 삼촌이 짜증스레 말했다. 삼촌의 그 말에 선재는 갑자기 바보가 된 기분이 되었다. 그리고 한 십 분은 서로 말없이 그저 길을 걸었을 뿐이다.

"사람은 부모로부터 몸을 받고 나왔지만 언젠가 부모로부터 떨어져 나와 살게 된다. 자식은 부모 품을 떠나야 사람이 되는 거야. 자아, 그럼 우리도 그럼 사람 되러 부처가 되러 가보자고."

타박타박 걸었다. 걷다가 선재가 멈춰 섰다. 얼마나 부루퉁한 얼굴로 땅만 쳐다보고 서 있었을까. 삼촌, 지효라는 스님이 선재를 보고 또 재촉했다.

"빌어먹을 청승맞게 비는 왜 내리고 지랄이냐?"

삼촌이 구겨진 감탄사를 삼켰다.

"……길은 길에 연결되어 있지만 길에 속하지 않는다. 땅은 똑같은 하나이지만 씨앗이 다르므로 그 길 위에 핀 싹도 다르고, 잎도 다르고, 꽃도 다르고, 열매도 다르다."

"……네?"

선재가 두 번째로 입을 열어 물었지만 삼촌은 이렇다 저렇다 아무 말도 하지 않고 그저 앞서 걸을 뿐이었다.

"……사람들은 왜 병들고 죽어요?"

선재가 삼촌에게 세 번째 물었다.

"생로병사라는 걸 피하는 사람이 있더냐? 천하권력이라던 진시황도 죽었고 천하절색이었던 양귀비도 죽었다. 너도 죽고 나도 죽을 것이다. 절에 들어가면 그 답을 연구해 봐. 왜 사람들이 고통받는지."

선재는 한숨을 푸 내쉬었다.

들어도 그만, 안 들어도 그만인 말이다. 닭은 새벽 낮으로 울기나 하지. 그랬다. 양명원 개들은 짖지 않았다. 자꾸 짖으면 그 다음날 보이지 않았다.

"너 아니?"

"……."

"사자신충獅子身蟲, 사자가 죽을 때는 몸속의 작은 벌레들 때문에 죽는단다."

"네……?"

"건강할 때는 벌레들이 몸에 붙어도 이겨내지만 세월이 갈수록 면역력이 떨어져 고해의 벌레들을 이겨낼 힘이 없어지는 것이야."

선재는 입을 꽉 다문 채 비가 내리는 하늘을 올려다 볼 뿐 아무 말도 하지 않았다. 막상 양명원을 나왔지만 삼촌은 도망갈 틈을 주지 않았다.

엄마는 초등학교 선생님이었다. 엄마는 가수들보다 노래를 더 잘 불렀다. 메조소프라노로 성악을 전공하고 싶었지만 할아버지의 반대로 교육대에 진학해 초등학교 교사가 되었다고 했다. 그랬다. 평상시 엄마는 하루에 한 곡씩 노래를 부르게 했다. 동요도 가곡도. 흘러간 노래 뽕짝도 좋았고 올드 팝송도 가르쳐 주었다. 엄마는 피아노 반주를 해줬고 피아노 옆에 선 선재는 퇴근하고 돌아와 한잔 술을 즐기는 아빠를 위해 노래를 부르곤 했다. 또, 한 편씩 시를 쓰게 했으며 크레용으로든 수채화 물감으로든 그림도 한 장 그려야 했다. 그렇게 엄마는 그것들을 모아 멋진 표지로 묶어 선재에게 시집을 내주었고 화집도 만들어 선물하곤 했다.

"조건 따라 있는 것, 지어진 것들은 그러하다. 불교는 그 가운데 해탈과 열반이 있단다. 만족하지 못하기에 채우려 해도 채워지지 않는 것이다."

"……."

"우리들 인생길. 그 길을 가는 자者가 바로 지구별 여행자이고 구도자이다. 그러므로 너도 나그네, 나도 나그네. 우리는 모두 나그네 구도자이며 구원자인 것이야."

"……."

삼촌, 지효 스님의 말들이 귀에 들어오지 않았다. 허섭쓰레기 휴지처럼 구겨지고 버려진 기분만 들었다.

"자유인이 되어야지. 내 안에서 나의 할 일, 사랑과 평화, 자비를 구하는 게 구도이며 구원이다. 그것이 생生이다. 나는 나의 안식처다. 다른 누가 나의 안식처가 되어줄 수 있단 말인가? 의심을 제거하고 바로 보라. 나는 너다."

선재는 긴장했던 모양이었다. 몸이 더 움츠러들었다.

"뱀이 이슬을 먹으면 독이 되고 젖소가 물을 먹으면 우유가 돼요. 나는 되는 게 하나도 없는 놈이에요."

"……너의 마음에 갇히지 마라."

삼촌이 담배꽁초의 불을 손가락으로 퉁기고 다가가 발로 밟았다. 선재의 손톱은 길고 까만 때가 끼어 있었다.

"나, 라고 할 만한 것이 세상에 아무것도 없다는 사실이었다. All

created things. 세계는 네가 태어나기도 전에 이미 존재해 있었어. All created things are impermanent. 나에겐 이미 창조된 것들은 괴로웠다. All created things are sorrowful. All the elements of being are non-self. 모든 창조된 것들은 실체가 없단다."

지효라는 법명의 삼촌은 아버지의 자랑이었다. 아버지는 툭하면 '그놈이 중만 안 되었으면 한자리 해먹을 놈이었는데' 했다. S대 법학과 출신이라고 했는데 아버지의 말대로 어느덧 이미 해인의 마음을 사로잡는 구석이 있었다.

"우리가 환경과 생애에 있어 조건 지어진 것에서 조건 지어지지 않은 곳으로 가고자 함이 바로 사는 길, 수행, 해방, 깨달음, 행복으로 가는 길이다. 은인은 내가 아니라 바로 너다. 육신에 갇히지 말고 마음의 감옥에도 갇히지 마라. 괴로움에도 물들지 않는 수처작주, 선적禪的 주체자가 되는 일. 조건 지어진 그 어떠한 것으로부터의 자유."

"노가리 풀지 마세요. 저 조금 이따가 삼촌에게서 도망칠 거예요."

"도망쳐서는 뭐할 건데……?"

"기숙사 있는 공장에 들어가 기술을 배우든지요. 돈도 많이 벌 거예요."

"그래, 잘 생각했다. 그러지 않아도 혹 하나 생겨 이거 어쩌나 걱정도 되고 귀찮았는데."

"……."

삼촌의 말에 선재는 기운이 싹 빠져 달아났다.

"너는 어디로든 가고 무엇이든 할 수가 있어. 도망을 가든, 날 따라 나서든 희망에 대한 믿음을 버려서는 안 돼. 세상살이에 곤란함이 없기를 바라지 마라. 근심과 걱정, 고통과 두려움으로 우리가 사는 것이다. 이래도 한 세상 저래도 한 평생. 대신 열여덟 살까지는 절밥 먹고 살아라. 그 다음부터는 니가 알아서 하도록 해."

삼촌이 귀찮다는 듯 신경질적으로 말했다. 해인은 침을 꿀꺽 삼켰다. 삼촌은 천재라고 했다. 그러나 선재가 보기에는 천하에 재수 없는 사람 같았다. 어린 선재의 마음을 꿰뚫고 있었다. 선재는 귀를 쫑긋거리며 눈을 반짝였다. 우리나라에서 최고로 좋은 대학을 다니다 학내 시위로 수배당해 도망 다니다 절집으로 스며들었고 당신에게는 딱 안성맞춤이라며 스님이 되었다고 들었다. 뒤웅박 팔자, 어디 간들 다를까. 벌레처럼 몸을 움츠리고 걷던 선재가 사람들이 힐끔거리거나 말거나 또다시 담배를 태워 무는 삼촌을 올려다보았다. 목소리와 하는 행동이 아버지와 똑 닮아 있었다.

"괴롭지 않은 사람은 아무도 없다. 나의 문제를 해결하기 위해서 수행하는 것이다. 괴롭지 않은 사람이 어디 있겠느냐. 생로병사 애별리고生老病死 愛別離苦다. 사람이면 누구나 다 외롭고 괴롭게 적용되는 진리. 법칙이지. 그것 또한 자연의 이치, 도道라고 하는 것이다."

"……."

삼촌은 남의 말 이야기하듯 '도망가도 난 너를 붙잡지 않는다. 네놈 인생은 네놈 인생, 내 인생은 내 인생' 하며 지나가는 사람들이 보든 말든 담배 연기를 푸 내뿜었다. 여전히 선재는 묵묵부답, 그저 음울한 표정을 지으며 삼촌을 따라 걸을 뿐이었다.

"보통 우리가 알고 있는 수행이란 모르는 것을 아는 것도 있지만, 알고 있는 걸 바르게 행하는 것이다. 네가 착하고 바르게 성장만 해도 너희 엄마 아빠의 기쁨이 될 거다."

흘긋 삼촌이 선재를 건네다 봤다. 그때 포장되지 않은 길로 버스가 꽁무니에 먼지를 단 채 길가의 미루나무 사이로 달려오고 있었다.

"스님."

"응, 왔어?"

도연이 다가와 해인의 앞에서 합장하며 고개를 수그렸다.

"좀 알아봤어?"

"다들 국립 재활원을 추천하네요."

"……그나저나 아무래도 나는 그냥 여기서 콱 뒈져 버렸으면 좋겠다."

"크으…… 왜요?"

"이거 봐. 이렇게 링거 맞은 손등이 퉁퉁 부었잖아."

"헐. 겨우 그거 가지고. 왜 이리 겁쟁이가 되셨어요?"

도연이 쿡 웃었다. 해인도 따라 웃었다. 웃음 뒤에는 우울 그리고 환幻이었다. 허깨비들이 자꾸 눈에 어룽거렸다. 끔찍했다. 남은 생 깔끔하게 살고 싶었는데 후지다. 의사는 병이 있다면 약도 좋아지고 의술도 옛날과 달라 반드시 치유 방법이 있다고 했지만 공염불 같은 말이었다. 각막 이식 밖에 방법이 없다는 거였다. 그래도 견딜만했는데 상황이 점점 더 복잡해지고 있었다. 어쩌다 딸꾹질이나 트림 기침을 하게 되면 엄청난 고통이 전신을 엄습해 왔다. 슬픔이 아름답다고 힘이 된다고 누가 말했던가. 통증은 몸과 마음을 흔들어 갈피를 잡지 못하게 했다. 통증, 아픔은 그렇게 열에 들뜨게 만들고 정신을 오락가락하게 만들었다. 인생이 뒤죽박죽 엉망진창으로 꼬였다. 꼬졌다. 사람이 아니라 동물적 본능만 남았다. 참혹했다. 마음은 어디가고 병든 몸뚱이만 남은 것일까. 끝이 보이지 않았다. '여기는 내 자리가 아닌데' 하던 해인은 가슴이 미어지는 것 같았다.

"과연 내가 구도자 수행자였단 말인가."

비명과 같은 신음을 내지르던 해인은 이를 악물었다. 다 잘 될 거야, 괜찮을 거야, 했지만 괜찮지 않았다. 순간, 승복과 가사장삼을 쓰레기통에 던지며 '어떻게 죽을 것인가'로 어떻게 살 것인가, 양과 질의 삶을 가르쳐주던 삼촌이 떠올랐다. '오늘 죽으면 좋고. 내일 죽으면 더 좋고.' 어떻게 그런 경지까지 오를 수 있을까.

"해열제 주사하겠습니다."

간호사가 말하더니 열이 많이 올랐다고 링거액이 달려 있지 않은 오른 손 손목을 알콜솜으로 닦았다.

"진짜라니까. 사는 게 너무 지겨워."

간호사가 주사를 놓고 나가자 조용히, 그리고 그저 바라만 보고 우두커니 서 있을 도연에게 해인이 입을 열었다.

"스님, 지혜 오라고 할까요……?"

"……."

명랑하게 살고 싶었는데, 그래도 유쾌하려고 애썼는데 그 노력들이 신음되어 허공으로 사라진 날들. 불안, 과민, 예민함이 고열과 함께 경련으로 오곤 했다. 환청, 환각, 환상과 함께 금방 탈진했고 쉽게 정신을 잃곤 했다.

"여기서 모든 걸 끝장내고 싶어."

구토가 나고 속이 메스꺼워 입을 비틀며 말했다. 자꾸만 죽어버리고 싶어졌다. 다 싫었다. 다 귀찮아. 생의 슬픔 고통 같은 것들이 굳어 업보의 개줄에 묶인 거 같았다. 이제 깨달음 부처는 실현 불가능한 꿈이 되었다. 그러나 보나마나 같잖다는 눈빛을 하고 서 있을 도연의 '비록 실현 불가능한 꿈이라 할지라도 부처처럼 부처로 사는 건 가능하다'는 말이 목에 걸려 목을 조르는 업보의 인드라 망이자 끊어 낼 수 없고 걷어 낼 수 없는 쇠사슬 같았다. 삼촌, 지효 스님의 '그냥 죽으면 끝이다. 사리를 찾으려 뼛가루 쑤시지 마라'라는 그 말을 듣지 않아서 이 지경이 된 것인가.

그때였다. 누군가 다가오는 소리가 들렸다.

원각회, 병원 불자회, 자원봉사자 대표라는 이가 육십 대 초반 간호사를 보고 실장님, 실장님 하고 부르는 걸로 보아 간호실장이고 병원에 딸린 대학병원의 간호학과 교수라는 걸 알 수 있었다.

"스님."

"예."

"이 분은 오지혜 간호사 선생님이세요. 제가 부탁했어요. 재활병원에 계시다 오셨어요. 스님께 점자를 가르쳐드릴 수 있다네요. 법명은 연화심이랍니다."

"……점자는 배워서 어디다 쓴데요?"

해인은 잠시 침묵을 지켰다. 그 이름을 듣는 순간 해인은 숨이 멎는 것 같았다. 뇌리 속에 축적되어 있던 망각되지 않는 아버지, 엄마, 삼촌, 도연 그리고 또 한 명의 여자를 떠올린 것이다. 지혜, 반야의 이름만 들어도 막막했다.

"……몇 살이세요?"

해인이 아는 반야, 지혜의 나이보다 열 살이 어렸다. 종숙, 지혜라는 비슷한 이름만 들어도 해인은 온몸에 열이 올랐다. 그러나 순간, 생각이 더 복잡해졌다. 해인은 '그동안 내가 몹시 외롭고 몹시 위태로웠구나' 하는 마음에 끙 신음을 삼켰다. 그 이름만 들어도 머리와 몸통과 다리의 뼈들이 다 녹아내리는 거 같았다. 세상이 다 무너져 내리는 거 같았다. 숨쉴 때마다 신음 소리가 배어나왔다.

이상한 무력감, 자의식의 과잉, 그 자책은 점점 더 심해져갔다. 구도의 갈망과 본원적인 욕망 사이에서 괴로워하던 해인이었다. '찌꺼기, 잉여, 리메인더remainder' 하며 칙칙해진 마음으로 이렇게 된 현실에 도통 실감이 나지 않았다. 어찌하면 죽는가, 투신하는 방법, 목을 매다는 방법, 여러 가지 방법들을 고려하며 단지 열심히 살아보려고 한 세상에 대해 탄식했다.

"나는 움직일 수만 있으면 나가서 죽을 거야."

해인의 말에 도연이 피식 웃는 눈치였다.

무엇이 이리도 삶을 짓누르고 있는 것인가. 해인은 미친 듯 웃음을 흘렸다. 구도자로써의 치열했던 삶을 잊어 가고 있었다. 죽고 난 이후의 삶, 이전의 삶도 아니고 어떻게 살아내야 하는가는 그리 중요하지 않았다. 그놈의 사고가 느닷없이 왜 내 삶을 망가뜨려 놓은 건지. 사고가 남긴 풀리지 않는 의문과 추억에 대한 그리움 속에서 헤맬 뿐이었다.

"점자요?"

"네. 눈이 멀어도 장애를 가지고 혼자 사셔야 하잖아요. ……좋은 법이 생겼어요. 스님 같은 경우에는 활동지원사가 하루 절반 정도를 돌봐주는. 정부가 장애인들의 탈 시설을 독려하고, 지역사회 자립을 도와준다고 만든 법이랍니다. 스님께서 병원을 옮겨 가시더라도 도움을 주시기로 했어요."

"……."

"저희 어머니가 전맹이세요."

돌봄 간호사가 만 원짜리 지폐를 내밀었고 그 돈을 만지작거리자 욕망이 사라진 참에 기분이 새로워졌다. 만 원권 지폐 오른쪽 밑 부분에 오돌토돌한 점이 세 개가 만져졌다. 눈이 보였을 때는 세종대왕 뒤의 만 원권 지폐 속 그림이 일월오병도라는 병풍 그림이 들어 있다는 것도 몰랐다. 위조지폐를 식별할 수 있는 홀로그램, 돌출은화, 요판 미세문자가 있다는 것도. 맹인을 위한 교육을 받던 해인은 혹시 활동 지원사라는 여자가 지혜가 아닐까 하는 생각이 들었다. 설마 했지만 분명 해인이 아는 지혜의 목소리가 아니었다.

"제가 돈 만지는 법, 휴대폰 자판, 컴퓨터까지 일러드릴 수 있어요."

심한 상실감 무력감에 빠졌던 해인은 고개를 갸웃했다. 오지혜 간호사에게서 나는 독특한 내음 때문이었다. 그러나 해인은 그저 입맛을 쩝 다셨을 뿐이었다. 지혜라면 성격상 이렇게 속이고 나타날 리 만무하다는 생각에서였다. 사람마다 성격이 다르듯 목소리가 달랐다. 아무리 눈이 멀었다 할지라도 지혜의 가늘고 짧은 목소리를 구분 못할까 하는 마음에서였다.

병원을 나가게 되면 신체활동, 가사활동, 사회활동이 불편한 이들에게 활동지원사는 세끼 식사를 챙겨주는 것은 물론이고 병원 오가는 것도 도와준다고 했다. 자신의 몸무게보다 무거운 휠체어도 밀어줘서 인근 복지관과 자립생활센터에 가서 친구도 사귀고 점자 교육도 받을 수 있다고 했다.

해인은 참으로 못난 내 얼굴 못난 모습이구나 하며 나지막이 한숨을 들이켰다.

"……네. 볼록 인쇄라고 만져 보시면 오돌토돌한 감촉을 느낄 수 있어요. 맹인들을 위한 배려에요."

이 간호사의 음성은 낮고 또렷또렷했다. 목소리에 생동감이 있어 발랄한 목소리였다. 몸이 축축 처졌는데 목소리를 들으니 기운이 생기는 거 같았다. 또한 톡톡 튀듯 밝은 목소리의 발성이어서 천천히 입을 벌리고 또박또박 모음을 신경 써서 정성스레 소리를 냈다. 명쾌하고 정확한 발음이었다. 바른 자세의 여자를 상상하게 했다. 그러나 지혜의 목소리는 약간 쉰 듯한 허스키였고 코맹맹이 소리에 말을 질질 끄는 스타일이었다.

비밀은 돈의 오른쪽 밑 부분의 동그란 점자 표시였다. 실제로 만져보니 있었다. 1,000원권은 1개, 5,000원 권은 2개, 10,000원권은 3개, 5만 원권은 선 5개로 구분할 수 있게 점자 표시가 되어 있었다. 해인은 환자복 호주머니 속에 하루 종일 누운 채 5만 6천 550 원으로 동전 만지기 놀이를 하며 씩 웃었다. 하루 종일 컴컴한 세상에 살다 돈을 헤아릴 수 있다는 건 새로운 눈뜸이었다.

"스님, 이제 액수도 구분할 줄 아시고 사람 되셨습니다. 다 포기하고 인생 끝내고 싶으시다더니. 그런데 스님이 지금 배우시는 거 그거 돈 헤아리는 법입니다."

도연이 비아냥거리듯 말을 던졌다.

"뭐……?"

해인은 지폐들을 만지작거리며 코를 큼큼거리다 쓸쓸히 웃었다. 갑자기 돌봄 간호사로부터 삶에 대한 희망과 욕정이 살아나는 기분이었다.

그동안 줄곧 선방에 있었기에 해인은 별로 여자들을 대할 일이 없었다. 그러나 병상 생활을 시작하며 여자들과 접촉이 잦아지자 어머니에 대한 생각, 지혜에 대한 마음들이 새록새록 새로워졌던 것이다.

"가로로 동그라미 두 개씩 세로로 세 줄, 초성 일렬 오른쪽에 찍으면 ㄱ이 되는 거예요, ㄴ은 동그라미 일렬 두 개에 다 찍으면 ㄴ이 되고요, ㄷ은 일렬 오른쪽에 콕, 이열 왼쪽에 콕 찍으면 돼요."

해인은 돌봄 간호사가 가고도 마음속으로 동그라미 여섯 개를 그렸다. 무조건 외우는 수밖에 없었다. 진도가 잘 나가지 않을 때 돌봄 간호사는 해인에게 불편함과 부담감을 주지 않으려고 애쓰는 모습이 역력했다. 외우는 건 해인에게 누워서 떡 먹기였다. 다른 할 일이 없었던 까닭만은 아니었다.

"모음은 ㅏ는 일열 왼쪽 2열 왼쪽 3열 오른쪽, ㅑ는 1열 두 쪽 3열 왼쪽. 그럼 가는 동그라미 여섯 개에서 일렬 오른쪽 찍고 일열 왼쪽 2열 왼쪽 3열 오른쪽이면 가가 되는 거죠."

해인이 맨 먼저 배운 건 전화기 키패드였다. 키패드를 외우는 동안은 누추함과 무력감 같은 잡생각이 들지 않았다. 표준화로 기종이 달라도 글자 자판과 숫자 자판은 동일하다는 거였다.

"내가 모르는 세상이 한두 개가 아니군."

고통 속에 매몰되어 있었다는 듯 혼잣말을 하던 해인은 고개를 왼쪽 오른쪽으로 돌려보았다. 오 간호사는 처음이었는데도 은근 세상 속으로 다시 나아갈 수도 있겠다는 기대감을 갖게 하는 여자였다.

"이 프로그램은 전맹자들을 위한 프로그램이에요. 삶에 애착을 갖게 하는, 정신적 외상外傷을 가진 전맹 환자들의 치유 프로그램이기도 하죠."

순간, 해인은 '벙어리가 꿈을 꾸면 누구랑 얘기하지?' 하는 화두를 떠올렸다. 소통하지 않는 세상은 고립, 단절, 두절이라는 거였다.

입원을 하고 처음으로 외출을 했다. 장애인 등록증이 발급된 것이다. 도연이 주민등록상의 거주지를 대원사로 이전해 준 것이다. 관할 동사무소를 찾아가니 네모난 카드 하나를 내밀었다. 복지카드와 복지 직불카드가 합쳐진 거라고 했다. 해인은 침을 꼴깍 삼켰다. 본인이 직접 수령해야 한다는 것이다. 도연이 직접 차를 운전해 말소된 주민등록을 살렸고 카드까지 신규로 발급받았다.

"어때요, 다시 세상 밖으로 나오시니?"

"……."

달라진 것도 변한 것도 없었다. 그저 귀를 곤두세우고 도연이 하자는 대로 따를 뿐이었다.

"담배, 담배 한 대 태우고 가자."

"스님, 담배 안 피우셨잖아요."

"어, 어떤 한 분 때문에 피우기로 했어."

차의 휘발유 냄새 때문에 구토가 나고 속이 메스꺼웠다. 담배를 사고 불을 붙여 입에 물었지만 이내 담뱃불을 꺼야만 했다.

"이제 핸드폰 사러 가요."

"……."

대답 대신 해인은 별 바쁠 것도 없다는 듯 늑장을 부렸다.

관음사로 막 들어섰을 때 노스님 한 분이 빗자루로 절 마당을 쓸고 있었다.

"이 아가 그 아냐?"

눈 위의 피부가 눈가로 내려앉는지 눈두덩이 시큰거려왔다.

지독한 경상도 사투리였다. 선재는 법당 지붕의 기와들을 올려다보았다. 천년도 넘은 절이라고 했다. 검은 기와들이 조르라니 올려져 있었는데 그 기와 가운데 풀들이 군데군데 솟아올라 자리잡고 있었다.

"법당의 대들보로 쓰이게 해주세요."

삼촌이 읊조리듯 말했다.

"대들보면 어떻고 서까래면 어떠냐……?"

노스님이 삼촌의 말을 잘라먹었다.

"……아이가 참 영특합니다."

엄지손가락을 내밀어 보이던 삼촌이 선재를 보고 눈을 찡긋해보였다. 노스님이 마음에 들어 한다는 얘기였다.

"밥은 묵었나?"

"예. 삼촌이 짜장면 사주셔서 맛있게 먹었습니다."

"중상승려相이긴 한데 중이 되긴 아까운 상호相好다."

"……."

선재가 옆에 눈 똘망똘망 뜨고 서 있는데도 대선사大禪師, 효당 지월知月 노스님은 선재의 상호가 큰 인물이 될 관상이라며 반겼다.

"들어가세요, 인사 받으셔야죠."

"인사는 뭐, 보면 인사지."

노스님은 두 사람이 합장을 하고 서 있는 데도 마당 쓸기를 멈추지 않았다. 선재와 삼촌은 그렇게 서 있을 수밖에 없었다.

"어쨌던둥 그래, 우리 이번 생生 고해를 건너가 보자고."

노스님이 선재에게 말하듯 중얼거리며 앞섰고 그 뒤로 삼촌 지효 스님, 그리고 합장을 한 선재가 노스님의 거처인 무설당으로 따라 들어섰다. 노스님이 좌복에 앉자 선재는 삼촌에게 배운 대로 삼배를 올렸다. 노스님은 다기 잔에 맛도 없는 보이차를 우려 내밀었다. 사중 스님들이 다 모였다. 선재는 스님들 모두에게 정성스레 삼배를 올렸다. 맨 마지막에 하마터면 선재는 중심을 잃고 비틀해서 고꾸라질 뻔했다. 겨우 균형을 잡은 선재는 무릎을 꿇고 앉아야 했다. 사숙, 사형, 사제, 이젠 산중 식구가 되는 거라고 했다. 하반신의 근육들이 당기고 저렸다. 삼촌이 삼분에서 오 분만 뒤틀림을 참으면 '편히 앉아'라고 할 거라 했지만 노스님의 입에서 그 말은 떨어지지 않았다.

"절은 처음이냐?"

"네. 머리에 털 나고."

노스님이 물었고 선재가 대답했다.

"절에서 살기 힘들 걸, 아마 거의 다시 태어나듯 해야 할 거다. 이 세상이라는 법당의 대들보가 되도록 해라."

노스님의 목소리에서 부드럽고 인자함이 배어 나왔다.

열린 문밖은 바야흐로 봄이 다가오고 있었다.

쭈뼛거리던 선재는 고개를 들지도 못하고 있었다. 마음이 뒤죽박죽이 되어 얼굴은 일그러진 채였다. 대들보는커녕 아궁이의 지푸라기로 군불이라면 모를까, 속으로 그런 생각을 했다.

"노사를 만나면 두 손을 가슴에 모으고 이렇게 합장하는 거야. 합장이란 두 손바닥을 모으는 거지만 우리의 흐트러진 마음을 모은다는 뜻도 있어. 노스님이 '들어가자' 할 때까지 합장하고 서 있거나 앉아 있어야 해. 기다리다 쓰러지는 한이 있더라도. 아니면 차수라고 해서 두 손을 맞잡은 채 가슴에 대고 서 있거나 앉거나."

관음사에 당도하는 동안 이미 세 번 네 번 삼촌에게 교육을 받았던 선재였다. 절밥을 얻어먹고 살려면 절집의 예의를 지키며 살아야 한다는 삼촌에게서 엄숙함이 깃들어 있었다.

"그래, 너는 무문관으로 올라간다고?"

"……와도 온 바가 없고 가도 가는 바가 없습니다."

"허허, 지랄하고 자빠졌구나."

노스님의 말에 사중寺中식구들이 미소지었다.

"쯧쯧쯧. 눈이 있어도 보지 못하는 놈 귀가 있어도 듣지 못하는 놈 같으니라고. 사람이면 왜 사람이고 부처면 왜 부처인줄 알아야지. 쯧쯧쯧. 걱정이로고. 눈에 보이는 허상만 보고 그 속의 것을 보지 못하다니. 이 놈아, 그래 이 아이를 나한테 맡겨놓고 네놈은 사라지겠다고? 염병할 놈 같으니라고."

"그러면 어쩝니까……?"

"니 지난번에 내캉 간 데 있지. 거기나 드가가 무문관에 들어간 듯 복원불사나 하고 살아라."

"……."

삼촌은 아무 대답도 하지 않았다.

그렇게 삼촌은 이튿날 선재를 관음사에 맡기고 며칠 걸릴지 모른다며 걸망을 멘 채 훌쩍 떠나가 버렸다.

"여기가 너의 방이다. 점심은 묵었나?"

정작 절 안내를 해준 건 몸집이 크고 눈이 부레부레 했는데 피부는 거

무튀튀하고 손바닥이 솥뚜껑만한 성운이라는 법명의 스님이었다. 슬슬 눈웃음치며 말하는데 목소리가 경박해 보였다.

"……."

노스님은 무설당, 당신의 방 앞쪽에 있는 하나를 선재에게 내주라고 했다. 노스님이 하얀 북채 같은 것으로 마루 봉당에 매달아 놓은 요령을 한 번 쳤다. 이십 대의 스님 한 분이 방에서 쪼르르 나왔다. 선재에게 방을 안내했던 바로 그 스님, 성운 스님이었다. 이제 노스님이 요령을 치면 선재가 노스님 앞으로 달려 나가야 한다는 것이다.

"이 아이 여서 살 끼다. 이제 네놈의 짐이 조금 덜어지겠구나. 주지한테 인사시키고. 해우소며 공양간 법당 산신각 그 의미와 쓰임, 또 유래, 부처님 법도에 관해 좀 가르쳐 줘라."

선재는 자기가 바로 위의 사형이라는 성운이라는 스님을 쫄레쫄레 따라가 주지 성진 스님의 방 문 앞에 섰다.

"스님, 스니임."

"뭐야?"

"새로 오신 행자님 인사드리러 왔는데요."

드르륵 주지채 방문이 열렸다.

"삼배 해라."

성운 스님이 합장을 한 채 말했다.

"네. 강선재라고 합니다."

"사숙, 지효 스님 아니었으면 널 받지 않았을 거다. 쫓겨나지 않으려면 열심히 해."

순간 선재는 얼어붙는 거 같았다.

선재의 위아래를 쓸어보는 그 눈빛이 예사 눈빛이 아니었다. 불행해지면 절밥 먹게 된다고 절집에서 사는 게 결코 만만치 않을 거라더니. 그랬다. 구원은 없었다. 아버지는 언제나 위압적이었다. 아버지도 조금만 수틀리면 소리부터 질렀다. 날카로운 아버지의 눈빛을 닮은 스님이었다.

"너, 지효 스님 아들은 아니지?"

"……."

주지 스님은 무언가 못마땅하다는 듯 눈썹 위께를 손으로 득득 긁으며 생뚱맞은 소리를 내질렀다. 멀뚱히 선재와 성운이 방 안에 서 있자 앉으라는 말도 없이 '알았어. 나가봐' 할 뿐 너 같은 놈은 안중에도 없다는 투였다. 공양간에 가서 공양주 보살님에게도 인사를 했다. 매 식사 때마다 공양주 보살님을 도와야 한다고 했다. 60대 초반의 공양주 보살님은 얼굴에 심술이 덕지덕지 붙어 있어 꼭 빵덕어미 같았다. 역시 경상도 사투리를 썼는데 무슨 말인지 도대체 알아먹지 못하는 경우가 많았다. 바보 얼간이처럼 서 있던 선재는 마치 못 올 데를 온 것처럼 쭈뼛쭈뼛하며 두 손을 가슴에 모으고 그저 눈치로 때려잡으며 꾸벅꾸벅 절을 할 뿐이었다.

관음사는 천년이 넘은 사찰이었다는데 법당만 그렇고 요사채는 신식이었다. 불사가 끝난 지는 얼마 되지 않았다고 했다. 방 안에 화장실 목욕탕까지 달려 있어서 따순 물이 나왔다. 혼자가 된 선재는 그냥 방 안에 누워 있었다. 두 다리 사이에 얼굴을 파묻고 쪼그리고 앉았거나 웅크리고 누워만 있었다.

"야야."

"……."

그러나 선재는 방 안에서 나오지 않았다.

사흘째 되던 날, 노스님이 방 안에 들어와 지팡이로 선재의 옆구리를 쿡 쑤셨다.

"와, 절깐이 네 마음에 안 드나?"

꿈틀했다. 선재는 묵묵부답이었다. 꼼짝도 하지 않았다. 사흘 동안 선재는 밥도 먹지 않았고, 방 안에서 한 발짝 밖으로 나가지도 않았다.

"야야, 니 이발소 가면 그런 시 몬 읽어 봤나? 삶이 그대를 속일지라도 슬퍼하거나 노하지 말라, 카는."

"……."

노스님은 방 안에 들어와 연신 선재의 몸뚱이 곳곳을 지팡이로 쑤셔 댔다. 노스님이 지팡이로 쑤실 때마다 선재는 움찔움찔 했다. 사흘을 울던 선재는 꿈틀꿈틀거릴 뿐 피할 기운도 없었다.

"선재야? 니 선재라 캤지?"

"……예."

"너, 여기서 잘하면 내 네놈 대학 보내줄 끼고 내 심부름 잘해주면 열여덟 살 되믄 마 중 안하고 니놈이 나가 살고 싶다 카믄 그렇게 해줄게."

선재는 노스님의 그 말에 '정말요?' 하며 고개를 들고 눈을 동그랗게 떴다.

"이놈이 속고만 살았나? 그러니 어여 이거 묵어라."

그러나 선재는 노스님이 공양주 보살에게 말해 성운 스님이 가져다 쓴 죽을 쳐다만 볼 뿐 움직일 줄 몰랐다. 입술과 눈두덩이는 퉁퉁 부어 있었고 겨우 숨만 쉬고 있을 뿐이었다.

"안 묵고 뭐하나?"

선재는 눈만 꿈적거릴 뿐이었다.

"바다로 가야지."

"바다요? 바다는 왜요?"

"이 세상이 바다니까."

"하필이면 왜 바다예요?"

"바다는 살아 아우성치니까."

"……."

"내 다시 말하지만 네놈 공부하고 싶다 카믄 공부 가르쳐 줄끼고 대학 가서 박사 따고 싶다 카믄 내 뒷바라지 다 해줄 수 있다. 네놈이 하늘에서 별 따오라 카믄 내 별도 따다 줄 끼다. 근데 요즘 와가 내 몸이 쪼매 안 좋다. 갈 때가 된 기라. 그카이 네놈이 날 좀 도와도고. 다만 내가 성질이 더러워 일이 아주 빡센 줄만 알고. 그것만 약속하믄 된다."

노스님이 선재를 그윽한 눈으로 쳐다봤다.

노스님이 선재를 무장 해제시키는 순간이었다. 이번에는 지팡이 대신 새끼손가락을 내미는 거였다. 선재는 노스님을 보았다. 무섭고 두렵기만 했던 절집에 들어와 각을 새우던 선재였다. 어여, 해서 선재가 노스님에게 손가락을 내밀었다. 순간 그리고는 '야, 이 색꾼놈아. 빨리 안 묵나?' 하며 지청구를 해댔다. 선재는 '좋아요. 그래요.' 하며 거래가 성사되었다는 양 숟가락을 받아들였고 허연 흰죽을 끌어 당겼다.

죽을 뚝딱 비우고는 물끄러미 노스님의 눈을 바라보았다. 노스님의 색꾼이라는 말에 색, 섹, 콩, 붕가, 슴가, 라면 먹고 갈래? 그딴 야한 단어들을 떠올렸다. '노스님은 알까? 허벅지에는 담배빵이 있고 양명원에서 문수와 보현이를 도망시켰던 일을. 삼촌이 다 말했을까? 노스님도 여자랑 해봤을까? 물어 볼까. 노스님도 해보셨어요?' 그러나 선재는 차마 그 말을 입 밖으로 내지 못했다.

문수를 도망시켰다. 다음 날 선재는 종숙이 누나의 호출을 받았다. 햇살 보육원 뒷산 무덤 주위는 죽은 듯이 고요했다.

"너 문수 어디로 내튀었는지 알지?"

"몰라요."

"너 이리 와봐."

바보처럼 서있던 선재는 명령에 따라 처음엔 그냥 옆에 앉을 수밖에 없었다. 햇빛은 쏟아져 내렸다. 눈이 부셔 선재는 눈을 감았다. 입 안으로 부드럽고 매끈한 그러나 개 혓바닥같이 미끌미끌한 감촉이 밀려 들어왔다. 종숙이 누나의 혀였다. 그리고 다음날에도 손을 잡혀 끌려갔고 그 다음날은 종숙이 누나의 얼굴을 쓰다듬어야 했다. 덜컥 겁이 났지만 그 다음날은 손을 가슴에 가져다 댔고 그 다음날은 종숙이 누나의 손이 사타구니 속으로 들어왔다. 거절할 수 없었다. 누나의 손길, 또 손에 닿는 누나의 피부살결 감촉이 좋았다. 심장이 뛰었다.

"얘, 재미없다. 너 내 목 좀 졸라봐라."

그 말을 처음 들었을 때 이건 아닌데, 했다.

"죽으믄 어떻게 해?"

"죽어도 좋아. 그래도 해줄 거지?"

그때 선재는 누운 채 종숙이 누나의 목을 졸라주다 옆으로 픽 쓰러져 핏빛 노을을 보았다.

"누나 나 이제부터는 누나를 보지 않을 거야. 만나지도 않고 이건 아니야."

"그럼 안 돼. 그러면 넌 죽어."

"죽어도 좋아."

"그러지 마. 나를 배신하면 그럼 너는 죄를 짓는 거야. 배반하면 벌을 받아야 해. 니가 그러면 난 널 가만 두지 않을 거야. 널 찢어 버릴 거라고."

선재는 종숙이 누나의 그 말에 부르르 진저리를 쳤다.

"사람 몸 받아 이 세상에 오기 어렵고 사람 중에 남자로 태어나기 어렵고 사람으로 태어나 부처님 법 만나기 정말 어렵거늘 이렇게 우리가 인연이 닿았지 않느냐."

아침이면 노스님과 마당을 함께 쓸었다.

"선재야, 내 너의 법명을 생각해 봤는데 해인海印이라 캐라. 뜻으로 하면 바다에 도장을 찍는다는 거고 더 큰 뜻으로 하면 우주의 일체를 깨달아 아는 부처님의 큰 지혜를 말한다. 알긋나?"

"……."

선재는 법명法名을 받아도 잠깐 멈춰 섰을 뿐 그저 묵묵히 비질을 할 뿐 아무 대답도 하지 않았다.

"큰 길에는 문이 없는 법이다."

"……."

"선재야, 야 이놈아. 그렇게 설렁설렁 하지 말고 마음의 묵은 때를 벗겨내야지. 니놈이나 나나 업장이 두터워 빗자루질을 많이 해야 된다고."

"아 글쎄, 스님요. 저 어젯밤에 때 타월로 빡빡 목욕했거든요."

"허허 그놈 참. 그래 선재로고 선재야?"

노스님이 웃으며 선재를 건네 봤다.

"해인아."

그제야 장난기를 걷어낸 노스님이 선재를 불렀다.

"……예. 노스님"

"사흘을 버티면 한 달을 버티고 한 달을 버티면 일 년을 버틴단다. 잘 적응하거라."

"네, 스님. 그런데 뭐 하나 물어봐도 돼요?"

"죽으면 진짜, 극락 천국이 있는 거예요?"

"그럼."

"개코나. 다 구라 아니에요? 사람이 죽으면 그걸로 다 끝이지. 천당극락은……?"

"그러냐, 넌 그게 다 스님들 목사님, 신부님들이 먹고 살려고 만들어

놓은 거 같아?"

"……."

노스님의 말에 해인은 아무 대답도 하지 않았다.

"스님, 그런데 사람들은 왜 병들고 죽어요?"

"내 아직 삶도 제대로 모르는데 죽음을 어찌 알겠노. 내 죽어보지 않아서 모르겠다. 니놈이 나중에 죽어보고 내게 말해 줘도 되고."

해인은 노스님의 말에 쿡 웃었다.

사방이 거의 산으로 둘러싸인 관음사는 그리 큰절은 아니었다. 강원도라지만 강 하나만 건너면 오른쪽으로 경기도, 왼쪽으로는 충청북도의 접경에 자리한 절이었다. 스님이 다섯 명이 사는 그리 작은 절도 아니었다. 옛날에는 참 못살고 가난한 절이어서 노스님과 삼촌 스님이 직접 집집마다 거리마다 탁발을 다녀 먹고 살았다는데 지금은 읍내에 신도시가 들어서고 산업단지와 대단위 아파트 단지들이 들어서자 신도가 늘어 제법 살 만한 절이 되었다 한다.

선방 수좌라는 지월 스님의 맏상좌 성호 스님은 수좌 스님으로 많은 이들에게 존경받는다 했고, 둘째로 주지 스님인 성진 스님이 있는데 종단 대학의 교수직을 하다 내려와 주지를 맡고 있다고 했다. 그 밑의 성운 스님은 부전으로 법당에서 기도와 염불 불공을 도맡아 했다. 성운 스님은 법당 밖에서 만나면 '선재선재, 행자행자, 안녕안녕' 하고 반복법을 써가며 손을 들어 반갑게 맞아주곤 했다. 또 그 밑으로 노스님의 막내 상좌 성찬 스님이 계시다는데 승가대 재학생으로 개운사에 있다는 학교에서 숙식을 하느라 초파일이나 절집 4대 명절이나 노스님 생신 때만 온다 해서 아직 한 번도 보지 못했다.

어린 나이에 할 수 있는 게 아무것도 없을 때가 많았다. 그러나 조금씩 성장하고 커 가다 보면 네가 할 수 있는 것들이 점점 많아질 것이라고 노스님이 말했다.

입산 이후 은사인 지월 대선사, 노스님과 보낸 짧은 시절이 좋았다.

"엄마, 아빠는 잘 계실까."

해인은 혼자 중얼거리는 횟수가 늘었다. 점심 공양을 마치고 공양주 보살님이랑 설거지와 공양간 청소를 다하고 나왔다. 노스님의 맏상좌인 성호 스님이 절 내려가는 오른쪽에서 산을 개간해 밭을 만들고 있는 게 보였다. 절간에 들어온 지 둘째 주가 되는 날이었다.

순간, 해인은 걸음을 멈추었다. 그렇게 해인이 성호 스님에게 다가가게 된 건 스님이 절 앞의 묵정밭을 객토하던 날이었다.

해인은 성호 스님이 특이하게 보였다. 첫날 무설당에서 사중 식구들이 다 모였는데도 성호 스님은 코빼기도 보이지 않았다. 있어도 없는 것 같고 없어도 있는 것 같았다. 선방 수좌라는데 손수 흙을 묻히며 밭을 일구고 있었다. 해인은 관음사에 오고 한동안 벙어리처럼 지냈다. 누가 말을 붙여도 두 손을 가슴에 모으고 합장만 꾸벅 할 뿐 말을 잘 섞지 않았다. 그 바람에 주지인 성진 스님에게는 건방지다, 버릇없다는 얘기까지도 들었다.

"스님, 사십구재가 뭐에요? 그리고 왜 제祭가 아니고 재齋에요?"

밭에서 일 하고 있는 성호 스님에게 다가가 합장 인사를 한 후 해인이 물었다.

"그건 어디서 들었어?"

해인 같은 건 거들떠보지도 않을 줄 알았던 성호 스님이 물었다.

"자비행 보살님이라고 어머니가 돌아가셨다고 어제 재를 지냈는데 공양주 보살님한테서요."

해인은 그때, 반야라는 여자 아이가 세상 무너진 것처럼 울던 모습이 눈에 선했다. 반야라고 했는데 3학년이라고 했다.

"음……. 제祭는 제사를 말하는 거야. 그런데 절에서 올리는 재齋는 영가, 죽은 이들의 음식과 염불로 복덕을 북돋아 주고 공덕을 회향해 드려 좋은 과보를 성취케 해주는 일종의 추모야. 산자와 죽은 자들의 잔치, 불공. 축제인 것이지."

"잔치요……?"

"응, 불교에서 죽음은 벽이 아니라 새로이 열리는 문이라고 봐. 몸을 바꾼다고나 할까. 그것도 다 너의 말대로 일체유심졸라인 것이겠지만. 죽어도 끝이 아니라고 보는 거야. 혼백魂魄이란 말이 있잖아? 일반적으로 우린 넋이라고 해. 사람의 몸에 있으면서 몸을 거느리고 있는 정신, 영혼이라고 하는 거야. 사람이 죽으면 영혼은 혼과 백으로 나누어진대. 그렇게 혼은 하늘로 올라가고 백은 백골이 되어 불로 태우거나 땅에 묻는 거지. 그렇게 6도로 간다고 해. 지옥, 아귀, 축생, 수라, 인간, 천상. 죽고 난 다음에는 다시 태어난다는 환생, 윤회의 수레바퀴에 탄다고 보는 거야. 전생의 업보에 따라 우리가 금생에 낳듯이 현생의 업보에 따라 내생이 결정지어진다는 거야. 다시 몸을 바꿔 태어난다는 거. 환생이라는 거지. 그런데 이 부분에서 난 좀 그래."

"……."

"또 해탈해서 열반에 들어가면 윤회를 멈출 수 있다고 해. 우리가 살아 있다는 걸 생유生有라 하고 생물학적 죽음을 선고받고 49일간을 중유中有의 중음세계로 올라가는 거야. 우리가 전설의 고향 같은데 보면 넋이 중음을 떠돈다고 하잖아, 왜. 우리의 병들고 낡은 육신에서 나온 영혼이 중음에서 또 다른 세상을 향해 가는 그 중간 단계 기간을 아비달마 비바

사론이란 경전에 보면 칠칠일 그러니까 49일로 보는 거야."

"……."

"너 몇 살이니?"

"6학년……열네 살요. 먼발치에서나마 스님만 뵈면 안도감과 평화로움을 느끼곤 했어요."

눈물이 글썽했던 해인이 조심스레 대답했다.

"여긴 왜 왔어?"

"……살려고요."

"다리는 왜 절어?"

땅바닥에서 포릉포릉 날던 참새들이 나뭇가지로 올라가 깃털을 다듬다 흘끔 쳐다보았다. 마른 바랭이 풀대를 꺾어 손에 들고 있던 해인은 종찬이 형이 허벅지에 담뱃불로 지져서 그렇다고 말하지 못했다. 성호 스님은 그렇게 말이 없는 해인을 그윽하게 건네 봤다.

"다, 다쳤습니다."

"그래, 그래도 니 멋대로 살아봐. 멋지게. 하고 싶은 거 다 하고. 이젠 상처가 아물고 딱지가 앉았다. 너의 삼촌이 니 호적을 새로 만들려고 면사무소 직원을 만나러 내려가더라. 그래, 너를 내 상좌로 해달라는 너의 삼촌 부탁을 거절해서 미안하다. 그 대신 나도 이참에 너처럼 새로 살아볼까?"

"……."

해인은 성호 스님과 따라 저녁 예불을 준비하려 절로 올라가며 마주보고 웃었다. 봄이라지만 아직도 차가운 바람이 불었다.

산이 울었다.

"너 저 산이 왜 우는지 아나?"

"바람이 불어서요."

해인은 대답했다.

"바람은 왜 부나?"

"제 마음이 슬퍼서요."

해인의 말에 성호 스님의 눈길이 한참이나 해인의 눈에 머물렀다 거두어졌다.

"그럼, 이제부터는 슬퍼하지 않기다."

따스한 햇볕이 해인과 성호 스님을 비추고 있었다. 성호 스님이 그 따사로운 햇살 가운데 새끼손가락을 내밀었고 해인도 웃으며 손가락을 내밀었다.

그때 삼촌이 가파른 산길을 걸어 올라오는 게 보였다. 삼촌 방에 따라 들어오라고 해서 갔다. 배운 대로 무릎 꿇고 세 번 절을 받은 삼촌이 서류봉투 하나를 해인의 앞으로 휙 던졌다.

"넌 이제부터 강선재가 아니라 김산이다."

"네?"

"이게 니 새 호적이야. 오늘 새로 만들었다. 잘 간직하고 있어라. 전학하는 학교에서도 김산으로 행세해라."

"저, 강선재인데요. 제가 왜 김산을 해요?"

"다 방편이다. 개똥밭에 굴러도 이승이 안 좋으냐?"

그저 이름을 바꾸었다는 사실 뿐인데 삼촌으로부터 해인은 묘한 안도감을 느낄 수 있었다.

"고집 세고 말수는 적지만 다행히 네놈이 심성이 사납지 않아 절 식구들이 다 좋아한다는구나. 잘했다. 김산이라는 이름으로 내일부터 학교에 갈 수 있다. 학교는 읍내 나가는 길 삼거리에 있더라."

삼촌이 '이제 세상을 원망하지 말고 잘 살아봐. 알았지?' 하고 재촉하는 말에 '네' 하고 크게 대답했다. 왠지 삼촌의 다 잊고 살라는 말에 형언하기 어려운 벅찬 감동과 희열에 휩싸이는 것 같았다.

해인의 방은 안에서 잠글 수 있는 방이었다. 그 다음날이었다. 새벽 예불을 준비한다고 알람 시계를 옆에 둔 채 잠들었고 자명종 소리에 깬 해인은 씻고서는 방을 나왔다. 컴컴한 절간, 으스스 몸을 떨며 법당으로 들어가 촛불을 켜고 향을 피우자 성운 스님이 나와 새벽 도량석을 돌았다. 예불 준비가 끝나면 어둠속에서 성운 스님의 뒤를 졸졸 따라다녀야 했다. 산신각 예불까지 끝마친 것까지는 잘했다. 그때가 다섯시였다. 여섯시 반에 아침 공양이라는데 잠꾸러기처럼 깜빡 잠이 든 것이다. 그리고 공양주 보살이 문을 두드리고, 성운 스님이 문을 두드려도 어찌된 일인지 해인은 몸을 일으킬 수 없었다. 점심이 되고 저녁이 되어도 마찬가지였다. 입에서 말도 나오지 않았다. '아, 누가 들어와 나 좀 흔들어 깨워주지.' 해인은 마법에 걸린 듯 정신은 말짱한데 몸이 움직여지지 않았다. 이승과 저승 사이에 누운 채 그저 말똥말똥 눈을 뜬 채 어두워지는 허공만 바라볼 뿐이었다. '아, 내가 조금만 더 신중했으면, 조금만 더 침착했으면, 내가 조금만 더 지혜로웠다면.' 해인은 아, 이게 가위눌린다는 거구나. 이런 게 정신 나가는 거구나 하고 벌써 사흘째 꼼짝도 하지 않고 드러누워 있었다.

"열쇠 돌려봐라. 왜 이리 호들갑이냐?"

노스님의 다급한 목소리가 들려왔다. 방문이 열리고 노스님이 성큼 방으로 들어섰다.

"스님."

그러나 말이 입에서 뱅뱅 돌뿐 말이 입 밖으로 나오지 않았다. 노스님의 뒤쪽으로 성운 스님, 공양주 보살의 걱정스런 눈빛이 해인의 눈에 들어왔다. 해인은 '엄마. 엄마아.' 하고 울었다. 앓아 우는 해인을 공양주 보살이 안았다. 공양주 보살에게서 잠시 엄마의 냄새를 느낀 해인은 또다시 '엄마, 엄마.' 하고 얼마나 자신을 탓하고 원망했는지 몰랐다.

"……누구나 다 그럴 때가 있는 기라."

망설이고 망설이다 친구에게 편지를 썼었다. 어머니에게 편지가 오지 않는 거였다. 아빠가 돌아가시고 석 달 후에 엄마까지 돌아가셨다는 것이다. 자혜원에 있는 친구로부터 편지 한 통을 받은 거였다. 구차하고 한스러운 목숨이었다.

"이제 저는 어떻게 살아요……."

해인은 어찌해야 할 바를 몰라 울면서 말했다.

"니는 뭐든 다 잘 할 수 있다. 뭐든. 자제력을 잃지 마라. 니는 자유라. 꿈 꿀 수 있단 말이다. 놀아봐 꿈꿔 봐 춤춰 봐라. 살아 봐. 나와 네가 다른 건 하나도 읎다. 니나 내나 모두 다 한 나무에 핀 꽃이야. 일중일체 다중일 일중일체 함시방, 모든 문제는 마침내 니캉내캉 하나에 연결되어 있는 기라. 문제는 언제나 너 하나 전체인데 타인과 하나—너로 참 살고 우리—로 돌아가는 것이다. 생각은 니를 낳게 하는 것이야. 그러나 너의 속에서 나와 세상을 깨뜨려야 새 세상이 생기는 기라. 그 과정을 수행이라 카는 기다."

해인은 그렇게 말하는 노스님의 눈을 건네 봤다. 절 생활에 적응하려고 눈물겹고 피나게 노력해왔다.

"형식, 방식이 다를 뿐이지 사람들에겐 누구나 다 고통이 있어. 무엇이 네놈을 짓누르고 있는지 모르지만도 너만 아픈 게 아이다. 우리는 모두 아프다. 그래서 사바를 참고 사는 세상, 고해라 안 카나."

"……노스니임."

해인이 울먹이며 말했다.

노스님이 '고놈 참, 드디어 말문이 열렸네, 이놈아, 있는 그대로의 너를 인정해야지. 네놈이 너를 배려해 주지 않고 네놈이 너를 사랑해 주지 않는다면 그건 인간이 아닌 거다.' 하고 걱정스런 눈으로 해인의 눈을 들여다봤다.

끝도 없이 밀려오는 우울과 좌절을 딛고 가만히 노스님이나 삼촌을 바라보면 부처님에게 완전 미친 사람들 같아 보였다. 툭하면 반가부좌를 틀고 좌복에 앉았다. 한 번 앉았다 하면 절구통처럼 도통 움직일 줄 몰랐다. 백랍 같은 얼굴을 한 스님들의 절깐. 어떻게 하든 마찰과 갈등을 빚지 않으려고 스님들과 공양주 보살과도 멀찌감치 떨어진 채 안간힘을 썼다. 항상 두근두근 가슴이 벌렁거렸다. 노스님 말고는 다른 스님들에게서 인간미를 느낄 수는 없었다. 심지어 삼촌까지 어쩌면 남보다 더했으면 더했지 덜하지 않았다. 따스했지만 차가운 사람들. 그래도 영양결핍이었던 해인의 몸에는 살이 포동포동 올랐고, 허벅지의 상처도 나아 날다람쥐처럼 뛸 수도 있게 되었다.

어디선가 휘파람새가 울었다. 스님들이 귀신새라고도 불렀다. 짝을 찾는 거라는데 그 울음소리는 을씨년스럽기만 했다.

"선재야. 이겨내야 한다. 얕은 물에는 큰 고기가 놀지 못하는 법이야. 큰물에 큰 배를 댈 수 있는 기라."

길 떠나는 해인에게 아버지가 해준 말이었다. 얼마나 가슴 아팠는지 얼마나 울었는지 몰랐다. 절간은 할 일만 한다면 게으름 부리고 놀려만 하면 한 없이 놀 수 있고 먹고 자고 공부하기는 딱 좋은 곳이었다.

"버틸 거야? 못 버틸 거야? 절집은 길의 끝, 세상의 끝인 기라. 보란 듯이 세상에 살아봐야지. 길은 어디에도 없다. 그러나 길은 어디에도 있단다. 악착같이. 길을 찾아내야지. 비겁하면 비굴해져. 당당해야지. 얕은 물에는 큰 배를 댈 수 없단다."

노스님이 말했다. 살아야 한다는 세상에 대한 그 압박감. 머릿속이 복잡해졌다. 문득 해인은 울면서 아버지와 노스님의 말에 담긴 뜻이 비슷하다고 여겼다.

"스님 전 왜 이따위로 태어났어요?"

"그따위가 어때서? 우리들의 삶은 고통의 바다이기도 하지만 행복의 바다이기도 해. 태어남은 만남이고 나눔인 거야. 니가 너의 세상, 세계를 만드는."

"언제라도 전 울 준비는 되어 있어요. 하지만 우리 큰 스님의 제자인데 악착같이 버틸 거예요. 제가 원하고 바라는 일이 있거든요. 전 막가는 인생이라 눈에 뵈는 게 없거든요."

그랬다. 관음사의 지월 큰 스님, 노스님은 해인 스스로에게 그런 말을 하게끔 유도하고 있었다. 노스님이 붓글을 썼다. 명필이라고 했다. 노스님을 보러 오는 건지. 붓글을 받으러 오는 건지. 노스님은 붓글을 쓰기 전에 반드시 참선을 하곤 했다.

"놓아라. 두어라. 비워라. 지금 너는 너에게 너무 집착하고 있단다. 너는 지금 너 아닌 것들에 철저히 조건 지어졌다는. 그러면 괴로움이야. 벗어나야지."

"……."

"언제라도 울 준비가 되어 있다고? 미친놈, 울긴 왜 우냐? 웃어야지. 어쨌든 너의 인생. 답은 네가 찾아야지."

해인은 대꾸도 없이 고개를 한없이 떨어뜨린 채 숨소리만 쌔근거렸다.

"오온이 공해서 불행하다고 해서 슬퍼할 의무와 책임만 있는 게 아니라고. 네 인생을 즐겨야지. 너에게도 행복할 권리도 있는 거야. 다 색즉시공이지만."

노스님은 해인의 머릿속을 빤히 꿰고 있었다.

"공즉시색이 아니고요?"

"그렇다, 길은 어디에도 없다. 그러나 길은 어디에도 있다는 걸 잊어서는 안 된다. 세상 넓은데 어디 간들 우리 해골 하나 눕힐 곳이 없겠더나?"

"네."

해인은 어떻게 그 대답을 했는지 스스로 기특해했다.

"네가 바로 부처라고."

노스님의 말에 해인은 어이가 없어 픽 웃었다. 모자라고 부족한 모습을 다 드러내도 까다로운 노스님은 해인을 비하하고 조롱하고 무시하고 혐오하지 않았다.

"우리가 어디에 매달림 없이 진정으로 자유로워질 때 행복할 수 있는 거야."

"……."

해인은 '자유' 하며 고개를 갸웃했다. 무소유라고 해서 스님들은 일체 돈을 만지지도 않는 줄 알았다.

스님들에게도 월급이 있다는 것이었다. '이제 견습은 끝났다' 하며 봉투 하나를 내밀었다. 하나를 보면 열을 알 수 있다는 노스님의 결정이라고 했다. 해인은 그런 노스님의 등 뒤로 먹을 풀어놓은 듯한 어둠을 한참이나 바라보았다.

"수행자는 단순해야 한다. 복잡하게 살지 마라. 상처 없는 사람이 어디 있는가. 그게 다 똑똑한 게 문제다. 우리 이렇게 저렇게 살아도 쪽팔리지는 말자. 너는 너의 선택에 달려 있어. 어제까지의 너는 아버지 엄마의 아들이었지만 이제부터는 그게 아니고 너의 아버지, 너의 엄마라는 실상을 잊어서는 안 돼. 살불살조殺佛殺祖란 부처를 만나면 부처를 죽이고, 조사를 만나면 조사를 죽이라는 게 아냐. 살부살모殺父殺母란 사랑이라는 부모를 뛰어넘는 거야. 우리가 무엇 때문에 왜 사는지 알아야지."

잘못을 해도 이제 엄마 아빠에게 혼날 수 없었다.

일주문에 들어올 때부터 합장배례 해야 했다. 법당은 두말할 것도 없었다. 버림받은 떠돌이 개처럼 되지 않으려면 매사에 법과 규칙에 따라야 했다. 앉고 일어서고 신발을 벗을 때도 옷을 입을 때도 말하고 인사하고 쳐다보고 잠을 잘 때도 다 불편했다. 모두가 계율에 따라야 했다. 모든 것이 다 수행이라는 거였다. 살아 있는 것처럼 사는 방법이라는데 '뭐 이리 복잡해' 해인은 그렇게 살아도 죽은 것 같은 우울한 표정을 지으며 '그래 모든 것이 다 나의 선택이야' 하고 혼잣말을 하면서 침을 꿀꺽 삼켰다. 그러다 해인은 피식 웃었다. 실제로 스님네들은 성실하고 검소하고 선량하기만 했다. 삼촌의 '절집생활이 힘들긴 하겠지만 양명원에 비하면 다 아무것도 아닐 걸' 하던 말을 떠올렸다. 그제야 해인은 삼촌, 지효 스님 역시 많은 신도들에게 존경받고 있다는 걸 알 수 있었다.

그래도 가슴은 저릿저릿했고 낯설었으며 우울하기만 했다. 삼촌은 가호적을 전해 주며 삼년 후에나 온다고 했다. 무문관이란 곳이 어딘지, 삼년을 어떻게 버티지 하며 하루하루를 보냈다. '넌 이제 더 이상 물러설 곳이 없어. 보육원 고아원은 언제라도 가고 싶으면 갈 수 있어.' 해인은 그 말에 감정이 복받쳤지만 '도대체' 할 뿐 말을 잇지 못했다. 너의 슬픔이 힘이 될 거라느니, 그만큼 슬픔으로 배가 불렀으니 이제 너도 행복하게 살 권리가 있다던 삼촌에게 '그럼 왜 나를 데려가지 않고 혼자 떠나겠다는 거야, 나 혼자 어떻게 살아?' 하자 '다들 그렇게들 살아. 인마. 뭔 말이 많으냐? 그게 우리들 운명이고 팔자라는 거다'라고 하며 해인이 미련을 갖지 못하도록 딱 잘랐다. 소가 새끼를 낳으면 어미 소가 송아지를 핥아주지만 해인에게는 핥아줄 엄마, 아빠가 저 세상으로 가고 없다는 걸 직시하라는 애기였다. 한동안 해인은 가슴이 꽉 막혀 어쩌질 못했다.

"울지 마라, 선재야. 울면 힘 빠진단다."

어디선가 엄마가 말해 주는 듯 그 옛날 양명원으로 안개가 밀려오는 듯 했다. 안개 속에서 닭똥냄새와 닭 비린내가 훅 달려드는 것도 같았다.

스님들은 양명원을 들락거리는 목사님이나 신부님들과 달랐다. 휘익 밤바람이 안개를 스치고 지나가는 소리가 들렸다. 개인주의적이었고 순이기적이었다. 철두철미한 개인주의자들, 목사님들이랑 신부님들은 그래도 겉으로는 친절했다. 그러나 스님들은 불친절하고 딱딱했고 위악적이었다. 백랍 같은 얼굴로 필요 없는 말들은 거의 하지 않았다. 고역스럽지 않을 수 없었다. 신도들도 그랬다. 엄숙하고 냉랭하기만 했다. 관음사 곳곳은 바람과 구름처럼 쓸쓸한 것들만 오고갔다. 다람쥐도 외로워했고 나비도 잠자리들도 쓸쓸해했다. 외롭고 높고 쓸쓸한 사람들은 가끔 히스테리를 부렸다.

해인은 엄마에게만 사랑스럽고 어여쁜 아들이었을 뿐이었다, 슬픔과 어둠 속에 아무도 위로해 주지 않는 생이라는 걸 진즉부터 알고 있었다. 세상에 이런 세상도 있구나. 어찌 보면 스님네들이 신기하기도 하고 우러러보이기도 했는데 한편으로 보면 불쌍해 보이기도 했다. 꼭 이렇게 살아야 하나 하며 해인은 회의하기도 했는데 '고아원으로 가고 싶으면 언제라도 갈 수 있어. 울어도 잠깐 울다 말아. 계속 울면 힘만 빠질 뿐이야. 내가 많이 울어봐서 알지.' 하던 노스님의 말을 기억하며 헛기침을 삼켰다. 오는 사람은 반기고 가는 사람은 붙잡지 않았다. 순간, 해인은 속으로 '엄마' 하고 불러보았다. 엄마 생각만 하면 뱀이 된 듯 꾸물거려도 가슴이 아팠다. '여기서 살려면 단순해져야 해. 우린 사는 게 아니고 모두가 죽어가는 거야. 운명을 받아들이라고. 너도 혼자 놀다가 어른이 되면 그땐 니 마음대로 해. 절일이라는 게 한도 끝도 없었다. 결혼을 하든 살림을 차리든.'

하던 삼촌의 말이 떠올라 가슴이 또다시 막막해져왔다. 어지러움 속에서도 외로움에 부르르 몸을 떨었다. 잘 해도 칭찬 한 마디 없었다. 해인은 엄마가 그리웠고 그 그리움이 깊으면 깊을수록 자신이 미워졌다. 종숙이 누나는 말할 것도 없었다. 가끔 선재는 핑그르르 어지러웠다. 머릿속에서 별이 반짝거리는 것 같고 하늘이 노래지곤 했다. 엄마, 아빠까지 다 돌아가신 마당에 삼촌까지 무문관이라는 곳으로 가버린 관음사는 텅 빈 것 같았다. 튕 갑자기 머릿속에서 그 무언가가 끊어져 나가는 듯한 충격과 함께 현기증이 몰려왔다. 빈혈과 같은 어지럼증은 가만히 있으면 한참 후에는 정신이 맑아지곤 했지만 그렇게 해인은 얼뜨기처럼 관음사에서 가장 낮은 자리 가장 끝자리를 차지한 채 눈을 반짝거렸다.

'선재, 아니 산아. 해인아. 사숙님이 불자예송이라는 책은 줬지?' 하고 성운 스님이 물었다.

"예."

해인이 대답했다. 그쯤 삼촌, 사숙, 지효 스님은 한번 들어가면 나오지 않는다는 무문관이라는 곳에 들어간 게 아니라는 걸 알았다. 절에서 3킬로쯤 떨어진 빈 절터, 달랑 삼층탑 하나만 남은 폐사지에 텐트를 치고 살고 있다는 걸 확인할 수 있었다. 엄마 아빠가 돌아가시고 얼마나 그리워했던가. 삼촌이 무문관으로 들어가려 했던 건 방황하는 해인의 마음을 다 잡으려고 속가에 대한 정을 떼어내려고 한 결정이었다는 걸 해인은 알아차릴 수 있었다.

"부처님은 불쌍한 우리들 중생들을 위해 많은 깨달음의 길을 일러주었다. 염불도 그 중에 하나지. 니가 스님이 될지 안 될지는 모르지만 절에서 사는 동안은 절의 도리에 따라야 하니 너를 이제부터는 모두가 김 행자, 김 산이라고 부르기로 했지? 이젠 강 행자가 아니라 김 행자, 해인이라고 부르게 될 거야. 중이 되려면 참선뿐만이 아니라 염불도 할 줄 알아야 한다. 경전도 읽어야 해. 너는 이제 동자승으로 여길 들어오게 된 거니까. 부처님 법을 따른다는 건 보통 어려운 일이 아니란다. 수월한 공부가 아니야. 오늘부터 염불을 외우도록 해라. 불공을 할 수 있도록 모두 암송할 수 있어야 한다."

삼촌 지효 스님은 불자예송이라는 책을 주며 예불문과 반야심경 천수경이라는 경전을 외우라고 했다. 이미 예불문과 반야심경은 다 외우고 천수경은 3분의 1 정도를 외웠을 쯤이다. 노스님은 말만 잘 들으면 컴퓨터도 사준다고 했다.

관음사가 좋은 건 무엇보다 해인에게 내준 방에는 목욕탕도 있었고 따스한 물도 나왔다는 사실이었다. 버튼 하나만 누르면 방도 금세 따스해지는 거였다. 베개도 이불도 새것이었다. 해인의 꿈 중의 하나였다. 언제나 '옛날처럼 내 방이 있었으면' 했었다. 소원은 정말 이루어졌지만 엄마 아빠는 없었다. 양명원에서처럼 생활 지도 교사가 엎드려뻗쳐나 원산폭격 같은 건 시키지 않았다. 그것뿐만이 아니었다. 책상도 있었고 의자도 비록 나무로 짜 맞춘 거지만 침대까지 있었다.

문제는 있었다. 따스한 혼자만이 쓰는 방, 따스한 밥을 먹을 수 있지만 엄마 아빠 생각으로 잠을 이룰 수 없었다. 무섭고 두려움에 밤이면 오들오들 떨어야 했다.

"얘, 너 현계산 관음사에서 산다며?"

"……응."

"너 고아니?"

"아니……."

"그럼 너 스님 될 거니?"

"아마……그럴 걸."

짝꿍이며 반 친구 아이들이 '귀신 봤니?' 하며 궁금해 했다. 그러면 해인은 '이렇게 귀신을 쫓아내곤 하지' 하고 의기양양하며 입을 홀쭉하게 하고 손바닥으로 뺨을 톡톡톡 치며 반야심경을 외웠다. 그러면 친구들은 해죽거리다 '와아' 하고 콩콩거리며 웃음바다를 이루곤 했다.

그렇게 친구들과 재미있게 지내도 외로움은 밀려왔다. 자꾸 엄마 아빠가 생각나는 거였다. 늘 토마토 냄새가 나던 엄마의 냄새. '안 잤어? 아프다더니 좀 어때?' 이마를 짚어주던 엄마, 손을 잡아주던 엄마, 꼬옥 안아주던 엄마. 그 무엇인가가 가슴을 후벼 파듯 아파왔다. 길을 잃고 헤맸을 때 '어디로 갔던 거니? 널 찾으러 온 데를 다 헤맸단다.' 하던 엄마.

"이런 젠장."

해인은 아무도 듣지 못하자 혼자 다시 '졸라' 하고 침을 내뱉고는 어금니를 깨물었다. '너는 무엇이든 할 수 있고 무엇이든 될 수 있다. 네가 꼭 스님이 되지 않아도 된다.'라던 노스님의 말은 해인으로 하여금 활기를 찾을 수 있게 해주었다.

"사람으로 태어나기 어렵고 남자가 되기 어려우며 불법, 부처님을 만나기 어렵고 부처가 되기는 더 어렵다."

아침에 마당을 쓸려고 나가면 노스님이 부처님의 말씀을 전하곤 했다. 관음사가 좋은 점은 그 누구도 미감아였던 해인의 과거에 관해 가타부타 하지 않는다는 거였다.

"엄마, 아빠는 극락에 잘 가셨을까?"

숲속 계곡에서 따스한 바람이 계곡을 타고 내려왔다. 어디서 왔을까. 너럭바위에 앉았는데 다람쥐 한 마리가 삐끔 해인을 바라보고 있었다. '야, 너 뭐하니?' 해인을 쫑긋거리며 바라보다 꼬리를 위아래로 올렸다 내리기도 하고 입을 오물락조물락 쉬지 않고 움쭐거리면서 팔딱팔딱 뛰기도 했다. 또 다람쥐는 '나 잡아봐라' 하며 입을 삐죽거리다 두 손을 비비며 해인을 건네다 보았다. 그랬다. 해인이 다람쥐를 보는 게 아니라 다람쥐들이 해인을 구경하는 거 같았다. 관음사 다람쥐들은 희한하게도 사람들을 보고도 무서워하지 않았다. 성운 스님이 재를 지내거나 불공을 드리면 먹을 걸 놓아주어서인지 맑은 눈빛을 반짝이며 세수를 하듯 두 손으로 얼굴을 부비기도 했다. 손을 뻗으면 잡힐 듯이 그러나 '이리 와봐' 하고 손을 내밀며 살금살금 가까이 가려면 줄행랑쳐 멀리 달아나곤 했다. 해인은 눈망울 굴리며 살랑살랑 꼬리를 흔들며 까부는 다람쥐를 바라보곤 했다. 옛날 같았으면 땀을 흘리며 다람쥐 따라 사방팔방 온 데 다 들쑤시며 쏘다녔을 텐데. 종숙이 누나가 생각나면 '나쁜 년' 하고 그저 쪼그리고 앉아 죽은 듯이 산 밑을 내다보고 앉아 한숨을 내쉬었다.

그 날은 일요일이었다. 노스님과 함께 오롯한 산길을 산책하던 해인은 깜짝 놀라 걸음을 멈추었다. 구불구불한 산길을 막 꺾어들었을 때 독사 한 마리가 개구리를 삼키고 있었다. 뱀에게 물린 개구리가 비명을 질러대고 있었다. '아, 개구리도 우는구나' 해인은 난생 처음 보는 광경에 얼이 빠진 채 감탄사를 내뱉었다. 뱀이 개구리를 먹고 있었다. 뱀의 입속에서 참개구리가 날카로운 비명을 내지르고 있었다. 해인은 난생 처음으로 개구리 울음 소리, 비명 소리를 들을 수 있었다. 그건 마치 논에서 개굴개굴 우는 소리가 아니라 이잉이잉하는 비명으로 들렸다. 졸아붙은 해인이 한순간 짱돌을 집어 들었다. 빗살무늬의 밤색 독사의 몸통은 통통했고 길이는 짧았다.

"야야. 돌 내려놔라."

무슨 뜻인지 이해가 가지 않았다. 개구리가 뱀에게 잡혀먹고 있었다. 멍청히 서 있는데 노스님이 빙긋이 웃으셨다. 노스님의 그 웃음을 보고 짱돌로 독사를 찍어 죽이려 했던 해인은 들었던 돌멩이를 슬그머니 내려놓았다. 여전히 개구리는 비명을 내지르고 있었다.

"가자."

해인은 살생을 하지 말라는 노스님이 못마땅하다는 듯 괜히 풀을 발로 차며 걸었다. 개구리를 살려주고 싶었던 까닭이었다. 그저 쫄레쫄레 노스님의 뒤를 따를 뿐이었다. 종숙이 누나와의 일을 마치 아는 듯 늘 괴로움에 빠져 있는 해인의 꼬락서니를 보고 노스님이 말했다. 왜 그때 그렇게 얼어붙어 있었을까. '아이, 싫어' 하고 누나의 손을 뿌리치고 박차고 도망쳐 나왔어야 했는데 왜 크, 흐흣, 하고 기묘한 신음만 지르며 가만히 있었을까. 왜 그리 당황했던가. 누나가 손으로 허벅지를 쓰다듬었었을 때 그 손을 탁 치지 못하고. 벌떡 일어나 달아나지 못하고 다시 또 종숙이 누나가 부르기를 기다렸던가. 싫었다. 정말 싫었다.

그랬다. 그때는 여러 가지 생각들이 해인의 머릿속을 헤집고 다녔다. 적막에 휩싸여 을씨년스럽기 만한 밤의 절간에 해인은 처음엔 공포를 느꼈다. 귀신 나올까봐 달달 몸을 떨기까지 했었다.

"여서 조심해야 할 게 세 가지가 있다. 잘못하면 니놈모양 인생 쓰라리고 아픈 게 문제가 아니라 죽는다는 사실이다. 그건 뱀이다. 그라고 땅벌하고 진드기다. 알긋나?"

"……예. 그런데, 노스님. 자비문중이시라며 왜 개구리를 살려주지 않으셨어요?"

"일마야, 그럼 뱀은 굶어 죽으란 얘기냐?"

노스님의 말씀을 듣는 순간 맥이 탁 풀렸다. 새침데기 얼굴을 하던 해인은 걸음을 우뚝 멈추었다. 산책하고 돌아오는 길 내내 해인은 찌푸린 표정을 지었었다.

"해인아."

"예?"

"생각하는 힘을 기르도록 해라."

"……예, 스님."

띠웅. 말끝을 흐리던 해인은 노스님의 말에 할 말을 잃고 한동안 멍청이처럼 서고 말았다. 그제야 해인은 노스님의 뒤를 쫄레쫄레 따라 걸었다.

낮에는 스님 네 분, 공양주 보살님이 '행자님' 하면 달려가야 했으나 저녁 공양이 끝나면 해방, 자유였다. 하라는 건 하고 하지 말라는 것만 하지 않으면 일체 간섭들을 하지 않았다. 그런데 눈에 보이는 것들이 다는 아니다. 물론 보인다 하여 보이는 것이 다이겠는가만 진리는 보이지 않는 곳에 있다라는 말은 쉽게 이해가 가지 않았다. 진리가 뭔지, 도가 뭔지는 모르지만 절집도 사람 사는 곳임은 분명했다.

해인은 자리에 누웠지만 잠이 오지 않았다. 그제야 귀에서 뱀의 아가리에 있던 개구리 울음소리가 들려왔다.

"다들 그러고 사는 기라."

해인은 '자비는요?' 하고 말하지 못 했다. 해인은 피식 웃었다. 만일 연민으로 작대기로 뱀을 내려쳐 개구리를 살려주었다면. 뱀은 굶어죽었을지도 모른다.

"그저 바라만 봐라. 네가 밥 먹으려 할 때 못 먹게 하고 밥 먹는다고 너를 죽여 봐라, 좋겠는가?"

스스로 그러함自然을 인정하라는 거였다. '네놈이 개구리 일 수도 뱀일 수도 있는 기라'라는 노스님의 따스한 말 한 마디를 들은 건 일주일이나 지나서였다. 어설펐지만 그 사건으로 절간 생활에서 처음으로 재미를 느꼈다. 침대에 이불을 깐 채 피곤한 몸을 뉘이고 눈을 깜박거리던 해인은 숨을 크게 들이켰다. 그동안은 말은 하지 못했지만 몸은 괴로웠었다. 새벽이면 예불을 해야 했고 아침 먹고 학교에 가야 했으며. 저녁 예불을 준비하고 예불이 끝나면 저녁 공양을 준비해야 했다. 숙제를 하고 나면 하루가 금세 지나갔다. 핏빛 노을이 서녘 하늘을 물들일 때 하루가 어떻게 갔는지 모르게 나름 바빠졌다. 밤이 되면 몸은 파김치가 되곤 했지만 기분은 좋았다.

만일 양명원에 있었다면 다람쥐가 해인의 앞에서 재롱을 부렸을까. 뱀을 보았다면, 아마 돌로 대가리를 쳐서 아버지에게 가져다주었을 것이다. 꽃뱀이든 이무기든 살모사든 칠점사든 악착같이. 해인은 그저 이를 앙다문 채 어둠속에 누워 눈만 껌벅거렸다.

"우리는 부처가 아니라 중생인기라. 그러니 무지와 어리석음에서 벗어나려면 공부밖에 방법이 없는 기라. 공부라 카는 기 바로 수행인기라. 니놈은 그라니까 공부하다 죽어라. 알겠나?"

앉은뱅이 책상에서 숙제를 하던 해인에게 노스님은 늘 그렇게 말했다. 그때 '잘했다. 잘 한다. 잘 해라' 하는 괜찮아, 괜찮아질 거야 하던 노스님에게 '저는 노스님에게 사로잡히지 않을 거예요. 부처님에게도요. 저는 저의 길을 갈 거예요. 전 삼촌처럼 노스님처럼 부처님한테 목숨 걸지 않아요. 열여덟 살 때까지만, 열여덟 살 때까지 4년만 더 절 키워주세요. 세상에 나가 돈을 많이 벌 거예요. 전 스님이 아니라 공부를 해서 검사가 되어 아버지를 그렇게 만든 놈들을 잡아 벌 주거나, 의사가 되어서 아파하는 사람들 병을 고쳐줄 거예요.' 하곤 했다.

말은 그렇게 했지만 관음사라는 절간에서 해인에게 만만한 것들은 하나도 없었다.

4

가는 자는 가지 않는다

4
가는 자는 가지 않는다

왼쪽 무릎은 세 조각이 났다. 이번 수술은 깁스를 풀고 그 조각난 뼈를 이었던 핀을 빼는 수술이라고 했다. 오후 두시에 수술이 시작 될 거라고 했다. 오른쪽 무릎에는 인공 관절을 심었는데 그 부작용으로 자꾸 염증과 고름이 생겨 뼈와 인공 관절이 서로 부딪히는 부분을 조금 긁어내는 수술이었다.

해인은 수술실로 들어서자 베드에 누운 채 의료진들에게 잘 부탁한다며 인사를 했다. 수술이 시작하기 전 '마취 들어갑니다.'라는 의사의 말을 듣고 수술실에서 나와 깨어 보니 오후 다섯시라고 간호조무사가 말했다.

깨어보니 회복실이었다. 어질어질했다. 멘탈은 돌아왔는데 몸은 아직 움직여지지 않았다. 빈 집에 혼자 있는 듯 육신 안에 갇힌 듯. 얼마나 누워 있었을까. 고요와 정적뿐이었다. 차츰 통증이 엄습해왔다. '내가 또 살았군. 이번 생은 이렇게 살다 가라는 얘기겠지' 해인은 힘없이 웅얼거렸다. 고통이 밀려올 때마다 해인은 움찔움찔했다. 누에가 된 듯했다.

양명원에서 햇살 보육원 아이들의 담당은 뽕잎 뜯는 거였다. 누에는 일생 동안 네 번의 잠을 자고 깰 때마다 허물 벗는 걸 령이라 했다. 그 누에의 4잠 5령을 넘어 이제 6차 수술로 접어든 것이다. 몇 번이나 더 수술하면 누에의 고치에서 실을 뽑듯 우중충한 생각들, 번뇌를 걷어낼 수 있을까. 그래도 아마 최종 진단은 한쪽 다리를 절게 될 거라 했다. 매번 수술실에 들어갈 때마다 긴장했다. 수술하다 죽을까, 또 마취가 깨어나지 않을까 하는 두려움. 이번 수술이 마지막 끝이었으면 하는 희망과 절망의 마음에서였다.

"십자인대 재건 수술은 너무 잘되었어요. 왼쪽 무릎의 깨진 뼈들을 이었던 고정 핀들도 오늘 다 뽑을 겁니다."

"……."

"이제 잘 드시고 잘 주무시고 열심히 운동만 하시면 됩니다."

의사가 말했다.

"되긴 뭐가 되었다는 것인지. 아직 인생 반 바퀴도 돌지 않았는데. 눈이 안 보이는데."

해인은 어금니를 깨물었다.

"몸, 육체만 건강한 건 반쪽만 건강한 거예요."

"네……?"

의사의 말이 해인의 마음을 콕 찔렀다. '이제 넌 꿈 찾아 사랑 찾아 행복하기만 하면 돼' 하던 노스님의 말이 오버랩 되었다.

'나 어때. 괜찮아?' 하며 옆의 환자들처럼 가족, 식구들이 있어 손을 잡아준다면 얼마나 좋을까? 소처럼 묵묵히 기도하고 참선하고 살아온 날들이었다. 베드를 섶 삼아 슬픔을 갉아먹으며 누워있던 해인은 가슴이 찢어지는 거 같았다. 그래도 의사는 수리수리 마수리하면 고장 난 곳보다 아직 사용하실 몸이 많다고 했다.

"장애를 감수하셔야 합니다. 아무래도 조금 절룩거리게 되실 거 같아요. MRI 사진, 여기 엑스레이 사진 상으로 왼 다리와 오른 다리가 차이 나는 게 보이시죠. 등뼈와 척추뼈 1.2센티미터 협착 상태와."

"……장님에다 곱추, 절름발이라, 불벼락을 맞은 거군요."

통증이 점차 사그라지자 허둥지둥 당황하고 흐트러졌던 마음이 다소 가라앉았다. 남자 간호조무사들에 의해 병실로 돌아오자 입 안이며 혓바닥에 오돌오돌 혓바늘이 돋았다. 쓸쓸함 비감 같은 것들이 마음의 둑을 무너뜨려 흘러넘치게 만들었다. 해인은 흠칫 어깨를 떨었다. '음, 잘못 살았군' 생각이 거기까지 미치자 바르르 몸이 떨렸다.

"살아보니 인생 참 금방이더라."

어디선가 노스님이 내려다보고 '그렇게 나약해서 우짜노? 우짜든둥 절밥 많이 먹고 살쪄서 어른 되어 세상에 나가 니 세상을 함, 살아봐.' 하고 다독여주는 거 같았다. 우리가 산다는 건 꿈속에서 꿈을 만나는 것과 한 가지라던 노스님. 우리가 머무는 곳마다 진여실상眞如實相이고, 풀잎마다 도솔촌 내원궁이요, 돌멩이마다 구품연화대九品蓮華臺라고 했다, 피할 수 없으니 즐겨라고 하던 노스님이었다.

"스님 말대로 산다는 거 모든 것이 다 고苦네요."

"이놈아, 네놈이 그걸 이제야 알았어? 그럼 정신 차렸으면 이젠 산다는 게 모든 게 다 즐거움樂, 복福, 축복이 되어야지."

어디선가 노스님의 말이 들리는 거 같아 똥갈이를 하는 누에처럼 손끝에 발끝에 옴찔옴찔 힘을 주었다 뺐다를 반복하고 있었다.

"오랫동안 누워 계셨어요. 무엇보다 근력을 키우셔야 해요."

물리 치료사가 말했다. 오른쪽 정강이에는 뼈대신 쇠 구조물이 박혀 있다고 했다. 정작 무릎의 핀을 뺀 곳보다 허리, 목 부위와 등뼈, 어깨 부위의 통증이 심했다. 손, 무릎, 가슴, 발, 발꿈치, 발목 및 팔목 어느 부위도 통증이 없는 곳이 없었다. 통증으로 해인은 스스로 어처구니없었다. '내가 과연 구도자였던가.' 해인은 주먹을 가만히 쥐었다 폈다 하다가 쓰게 웃었다.

"괜찮으세요?"

"……네."

"잘 버티셨습니다. 불편하신 데는 없으신지?"

의사가 오후 회진을 와서 물었다.

건듯 '네, 모든 게 다 탐욕이었어요. 그렇죠 뭐. 견처見處가 없는데 견행見行이 있을 수 있나요?' 하고 대답할 뻔했다.

"무슨 짓을 하시든 회복하세요."

그 말에 무릎의 통증이 더 뻗쳐왔다.

"……회복하면 뭐해요?"

"수술은 잘되었습니다. 나가서 잘 사셔야죠. 잠은 잘 주무시나요?"

"네……에. 여전히."

'이렇게 불구로 세상에 나가서 무얼하죠?' 하고 되묻지는 않았다.

"……그렇더라도 이젠 수면제 처방은 하지 않을 거예요."

사무적인 의사의 말에 해인은 옴실거리다 미소지었다. '내가 속인과 다를 바 무엇이 있는가. 아, 여기까지인가 보구나.' 하며 의사에게 어린냥하는 자신을 보고 해인은 입맛을 쩝 다셨다.

"나, 좀 죽여줘."

의사와 의료진들이 멀어져가자 도연이 다가왔다.

"잘 견뎌내시다 오늘은 또 웬일이세요?"

도연이 어이없어 하다 눈을 크게 떴다.

"내가, 내가 사람이 아닌 거 같아서……."

"스님보다 더 아픈 사람들 이 세상에 많아요. 컨트롤 잘 하세요."

잠을 이루지 못해 부석부석 얼굴이 부었다. 호흡을 가다듬고 바로 누워 있으면 좌정이 되었지만 그래도 고통이 엄습해 올 때면 아직도 정신이 오락가락했다. 어린 아이가 된 듯 머리카락을 쥐어뜯고 울부짖기도 했고 그때마다 인생을 포기하고 싶기도 했다.

"아이고, 이 융통성 없는 자식아. 이 세상에 에누리 없는 장사가 어딨냐?"

바로 위 사형, 성운 스님은 해인이 잘못된 명령을 따르지 않고 고집을 부리면 소리치곤 했다.

목탁새가 대웅전 뒤 산속에서 울었다. 절집 생활의 적응은 그리 힘들지 않았다. 맡은 소임만 철저히 하면 그 누구도 감 놓으라, 대추 놓으라며 간섭하지 않았다. 가운데 대웅전을 기준으로 왼쪽으로는 산신각이 있었고 그 산신각 밑으로는 주지실 오른쪽으로는 무설당 노스님의 방이 있었다. 주지 스님 요사채 앞으로는 공양간과 함께 대방이 있었는데 공양주 보살님은 그 공양간 옆으로 난 작은 방에 머물렀다. 노스님이 계시는 무설당 앞쪽으로 나란히 방이 네 개 붙어 있었는데, 해인의 방은 맨 가 쪽으로 언제든지 노스님이 부르면 달려갈 수 있게 맨 끝방이었다. 해인의 방 옆에는 성운 스님이 머물렀다. 나머지 큰 방 설선당說禪堂은 거의 빈 상태였다. 해인과 성운 스님이 쓰는 작은 방에는 가끔 절에 와서 자고 가는 보살님들이 묵어가곤 했다.

"해인아?"

"예."

"나 너한테 부탁이 있는데 하나만 들어줄래?"

"뭔데요?"

"너 6학년 이라고 했지?"

"네."

"나 한글 좀 가르쳐줘라. 실은 나 까막눈이다."

"그런데 어떻게 그렇게 염불을 잘하세요?"

"다 외워서 하는 기라."

"그럼 스님은 저한테 북 치는 법과 염불, 목탁 요령 치는 거 좀 가르쳐 주실래요?"

"……그래."

성운 스님은 멋쩍어하다 거래가 성사되었다는 듯 안도의 웃음을 내비쳤다. 순간 해인은 보이는 대상, 그 현상을 판단하지 말고 가만히 보고 네 자신이 어떻게 반응하는가를 보라던 노스님의 말을 떠올렸다.

둥 두 둣 두둥 딱.

성운 스님이 고루에서 가사장삼을 입은 채 법고法鼓를 쳤다. 법고를 칠 때면 해인은 또 다른 고립과 유폐 속에서 넋을 놓고 그걸 바라보았다. 법고 속에 들어 있는 새들이 우르르 튀어 나오는 거 같았다. 법고는 통나무 내부를 파내 이음이 없이 제작하였고, 법고의 양쪽 북면에 가죽을 대어 치면 소리가 났다. 그냥 북이면 북일 텐데 앞에 법法자를 붙여 불법을 북에 비유한 것으로 법고라 한다고 했다.

"어떻게 치면 되요?"

"그냥, 치면 돼."

성운 스님이 말했다. 그러나 그냥 치면 듣기 싫은 소리만 났다. 크게 치면 큰 소리가 났고 적게 치면 그저 작은 소리만 날 뿐이었다. 성운 스님이 법고를 치면 북 속에서 수많은 새들이 나와 춤을 추었는데 해인이 북을 치면 북 찢어지는 소리만 났다.

법고는 말 그대로 법을 전하는 북으로 축생, 네 발 가진 길짐승을 제도한다는 의미를 담고 있다고 했다. 법을 전하는 것을 일컬어 '법고를 울린다'고 하며 이는 북소리가 널리 울려 퍼지듯 불법이 전해지는 것을 비유한 거라고 했다.

"너도 북소리를 들을 때마다 북채로 너를 친다고, 니가 말한 생각, 마음의 새들을 생각하고 그 어리석은 몸과 마음을 친다고 생각해 봐."

노스님의 그 말씀은 멋있었다.

"저렇게 두 개의 북채로 마음 '심心' 자를 그리며 치는 거야. 중생들이 불법에 따라 온갖 번뇌를 이기는 게, 마치 군사들이 북소리에 따라 적군을 무찌르는 것과 같지 않니?"

노스님은 성운 스님이 북치는 걸 보며 말했다. 그러나 성운 스님이 염불할 때는 그렇지 않았다. 절에 특별한 손님이 오거나 특별한 불공을 하면 주지 스님인 성진 스님이 맡아 했지만 예불이나 작은 불공들은 거의 성운 스님이 혼자 맡아 했다.

해인은 언제나 새벽 3시 30분이면 일어나야 했다.

"이제 너는 출가해서 불도에 귀의한 몸, 속세와의 모든 인연을 끊어야 하느니라. 알겠느냐?"

"……네."

무릎 꿇고 앉았던 해인은 모기만한 소리로 대답했다.

입산入山, 절에 들어간 그 날 노스님은 해인을 건네 보며 근엄한 목소리로 말했다. 그리고 성운 스님이 탁상시계 하나를 내밀었다. '웬 시계?' 했는데 그게 고생문을 열게 되는 건지는 그 다음 날부터 알 수 있었다. 일어나지지 않는 몸을 억지로 일으켜 고양이 세수하듯 세수를 하고 방을 나서면 차가운 바람이 해인의 목덜미를 핥았다. 오싹거리며 허공을 바라보면 어두컴컴했다. 온 몸으로 소름이 확 돋았다. 그래도 이를 악물고 법당에 올라가 촛불과 향을 사루고 삼배를 올렸다. 다음에는 공양간으로 가야 했다. 공양간에선 공양주 보살님이 주전자에 정화수, 다기물을 준비해 놓았다. 주전자를 가지고 다시 법당에 올라가 상단과 신중단 그리고 각 단들의 탱화 앞에 놓인 다기물을 채웠다, 산신각으로 올라가 초와 향을 사른 후 주전자를 공양간에 갖다 놓고 난 이후에 해인은 고루鼓樓로 향해야 했다. 그렇게 해인이 천천히 천수경을 외며 도량석을 돌면 성운 스님은 고루에서 북을 쳐댔다. 종루鐘樓는 대웅전이란 현판이 기와지붕 처마 아래 중앙에 박혀 있는 법당 맞은 편, 절 입구로 들어서는 계단 누각 위에 있었다.

해인이 천수경을 다 외우지 못했을 때는 북 앞에서 북을 두드리는 성운 스님의 뒤에 합장을 하고 서 있어야 했다. 노스님의 명령이라며 성운 스님이 그런 자세로 서 있으라는 거였다.

둥둥 두둥 두두두두 둥둥
둥둥 둣두 둥둥둣두

성운 스님이 춤을 추듯 법고를 두드렸다. 해인이 졸면서 서 있어도 북소리는 귀를 통해 가슴으로 흘러 들어왔다. 처음의 북소리는 잔잔했다. 잔잔히 흐르는 북가락, 법고를 때리며 몸을 휘어잡아 비틀어대는 장삼자락과 함께 북가락이 울울창창 심산유곡에 울려 퍼졌다. 해인은 북소리에 잠에서 깬 채 속으로 '엄마아' 하고 속울음을 흘려 내리곤 했다. 성운 스님의 북가락은 애절하기만 했다. 애처롭기도 하고 때로는 몸부림과도 같았다. 그러다 차츰차츰 소용돌이치며 격해져 갔는데 번개와 천둥벼락이 치듯 세상을 온통 삼킬 듯한 폭포수와 같은 북소리가 해인의 넋을 빼놓곤 했다.

그쯤 어려운 일도 생겼다. 주지, 성진 스님이 해인만 보면 잡아먹지 못해 안달을 떨었다. 기실 주지인 성진 스님과 잘 지내고 싶었다. 그런데 성진 스님이 불공을 할 때 종을 치라는데 헷갈렸다. 어떤 게 예불종인지 어떤 게 마지종인지 또 염불 도중 어느 때 종을 쳐야 하는지 헷갈리기만 했다. 성운 스님과 성진 스님이 알려주기는 했지만 생판 처음 겪는 낯선 일이라 실수를 반복하곤 했다. 그렇게 실수를 하면 염불을 담당하는 성운 스님은 그냥 넘어가곤 했는데 주지인 성진 스님은 짜증이 잔뜩 실린 표정으로 신도들이 있는데도 고래고래 소리치곤 했다.

"절집에 들어온 게 언젠데 종도 제대로 못 치냐?"

해인은 우거지상을 했다. 왜 그럴까. 성진 스님은 해인을 골탕 먹이려고 작정을 한 사람처럼 이리 돌리고 저리 돌렸다.

"너 같은 놈 쫓아내는 건 일도 아냐."

이미 해인은 왕따를 경험했었다. 개의치 않기로 마음먹었는데 그게 잘되지 않았다. 꼭 종숙이 누나처럼. 상처받을 말들, 불쾌한 말들만 골라 하는 걸 보면 뭔가 심보가 뒤틀린 사람이라 치부해버리기로 했는데도 막상 상황에 맞닥뜨리게 되면 그게 잘되지 않았다. 해인은 눈을 깜빡거리며 당황해서 바보처럼 서 있곤 했다.

'엄마한테 이야기하지? 아빠에게 도움을 청하지, 이 바보야, 멍청아'라는 소리가 얼마나 가슴 아팠던가. 삼촌은 '버텨내야 한다, 이겨내야 한다'가 아니고 '잘못한 게 없네. 그럼 싸워, 인마. 싸워서 이겨'라고 하는 거였다.

"그래, 너는 누구이며 왜 여기에 왔는지? 그걸 잊어서는 안 된다. 받아들일 건 받아들이고 거부할 건 거부하고. 니가 마주하고 부딪혀야 할 일이야. 네가 노 저어 건너야 하는 바다, 노 젓지 못하고 떠밀려 가면 끝내는 좌초되는 거지. 너의 배로 네놈의 노를 저어 저 바다를 건너가 보려무나."

"……."

삼촌은 '재밌다, 나는 구경꾼이나 할란다' 하는 거였다.

"마음이 모든 걸 다 지어낸단다. 나를 따라 해봐. 관세음보살. 나무아미타불."

"……관세음보살. 나무아미타불."

'젠장, 일체유심졸라는.' 하며 해인은 입을 샐쭉거렸다. 그래도 반에서, 전교에서 모의고사를 보면 학년 전체에서 1등을 놓치지 않았다. 절집에서 염불 참선하고 그 이외의 시간에 선재가 할 수 있는 건 공부밖에 없었다. 노스님은 붓글을 쓸 때 외에는 맷돌처럼 앉아 있었고 해인은 그런 노스님 옆에서 책장을 넘겼다.

관음사의 명물은 안개였다. 절로 올라오는 산 밑에 농업 용수 때문에 만들어 놓은 저수지 때문이었다. 어떤 날은 안개로 10미터 앞도 제대로 보이지 않았다. 때로는 안개들이 관음사를 뒤덮어 앞이 보이지 않았다. 안개가 짙을수록 해인은 마음이 편안해지곤 했다.

성운 스님이 기도를 하는지 법당에서 목탁 치는 소리가 들렸다. 또르륵 딱, 또르르 딱. 법당의 목탁소리는 사 분의 사 박자를 때리면서 염불에 구성진 장단을 넣어 맞추고 있었다.

"관세음보살 관셈보살, 관세음보살, 관~셈 보살~."

해인은 목탁 치는 법도 배웠다. 경전 한 글자에 한 번씩 치는 목탁을 일자一字목탁이라 했다. 도량석처럼 두 글자에 한 번씩 치는 목탁을 이자二字목탁이라고. 또 기도 할 때 목탁은 또르륵 딱, 목탁을 한 번 세게 치고 그 울림을 길게 내놓고 다시 또 한 번 쳐 주면 되었다. 해인이 목탁을 치는 건 공양간에서 밥 먹으라고 사중 식구들을 부를 때와 새벽 예불이 끝나면 해인이 혼자 산신각 예불을 맡아 하기 시작하고부터였다. 저녁 산신각 예불은 해인이 먼저 예불이 끝나면 치는 목탁에 맞춰 성운 스님이 저녁 따당 땅 하고 쇳송을 울렸다.

"아오, 젠장. 세상에 이럴 수가."

밥상은 언제나 완전 그린벨트였다. 나물 국, 거의가 풀떼기들이었다. 노스님의 당뇨 때문이 아니라 원래 그렇다는 거였다. 소고기, 돼지갈비, 엄마가 요리해 주던 떡갈비도 먹고 싶었다. 그러나 그런 동물성들은 점심 때 학교 급식시간 급식실에서나 가능한 반찬들이었다.

사랑한다며 안고 얼굴 부비며 안아주던 엄마, 담배를 피우면 하늘로 올라가 흩어지는 아빠의 그 담배 연기가 가끔은 그리웠다. 여름날 '엄마, 물' 하고 소리치면 엄마는 해인의 방까지 시원한 물을 가져다주곤 했다. 그러나 이놈의 절 구석은 무얼 하나 하려면 왜 이리 복잡하고 무얼 그렇게 많은 것들을 생각해야 하는지. 불도 켜지 않은 채 벽에 등을 기대고 쭉 미끄러져 내려앉던 해인은 어둠속에서 침을 꼴깍 삼켰다. 그래도 해인에게 가장 호의적인 건 공양주 보살님이었다.

"할매?"

"여기서는 공양주 보살님이라고 부른단다."

"네, 공양주 보살님. 아무도 없고 우리 둘이 있을 때는 제가 그냥 할매라고 불러도 되지예?"

부러 경상도 사투리를 흉내 내며 묻자 노보살님이 해인을 건네 보았다. 절에서는 부엌을 공양간이라 불렀다. 부처님에게 음식물이나 재물을 바치는 걸 공양이라 했는데 부처님께 공양하는 건 불공佛供, 불법에 하는 건 법공法供, 승려에게 하는 승공僧供, 죽은 이에게 하는 추선追善 공양이라 했다.

"……응, 그건 너의 마음이지. 그나저나 다른 게 아니고 니 어매 친구, 자비행 보살이랑 내캉 참 친했다카이. 아나?"

"그랬어요?"

"자비행 보살이 카던데 니 어매하고 자비행 보살이 마 대학 동창이라 카던데."

"……아, 예."

해인은 몰랐다.

"밥하고 국 끓이는 거, 반찬 만드는 법 좀 가르쳐 주세요……."

"그건 뭐할라꼬?"

큰절 공양간에서는 최고 높은 스님이 밥을 하는 공양주라고 했다. 국을 끓이는 스님은 갱두, 반찬을 하는 이는 채공이라고 들었다. 그런데 작은 절에서는 공양주 보살님이 공양간을 도맡아 절식구들의 밥을 챙겼다.

"여기서 도망가면 밥하고 국을 끓여 먹어야 안 하는교?"

"……야야, 나가면 개고생이다. 그카지 마라. 노스님이 대학까지 보내준다 안했나."

해인은 한숨을 포옥 내질렀다.

여전히 세시 반이 되면 일어나야 했다. 새벽에 일어나는 게 여간 고역이 아니었다. 개학을 하고부터 여간 스트레스 받는 게 아니었다. 습관이 되지 않아 그런지 수업 시간은 물론이고 하루 종일 졸음으로 헤매야 했다. 그렇게 새벽 예불에 나가지 않게 된 데는 다 공양주 보살님 덕이 컸다. 한참 커야 할 아이에게 새벽 세시 반은 고문이라며 사중寺中 회의 때 건의를 해 준 것이다. '그래도?' 하고 성진 스님이 뜸을 들이다 한숨을 내쉬며 또 고집을 부리고 나섰지만 노스님이 '그렇게 해라. 일요일 날도 사시예불 준비만 해주고 대신 하루에 한 번, 저녁 예불은 빼트리지 말고.' 해서 공양주 보살님의 의견이 관철된 것이다. 사중회의에 잘 나오지도 않는 성호 스님까지 그날은 나와 해인의 편을 들어주었다. 성진 스님이 궁얼대며 반대 의견을 냈지만 노스님과 성호 스님의 말에 꼼짝도 하지 못했다.

성호 스님은 조용한 성격 탓인지 있어도 없는 것 같았다. 사중 일에 일체 의견을 제시하지도 않았고 나서지도 않았었다. 그런 성호 스님이 뜻밖이라며 성운 스님도 혀를 내둘렀다. 성호 스님은 법당에서 기도할 때와

밥 먹을 때 말고는 하루 종일 방에 틀어 박혀 뱀처럼 똬리만 틀고 꼼짝도 하지 않았다.

해인은 '아싸.' 하고 쾌재를 불렀다. 새벽 예불만 나가지 않아도 살 거 같았다. '그런데 허전해, 왜 이리 쓸쓸한 거지' 하며 고개를 푹 수그렸다. 관음사 스님들은 거개가 다 부처님한테 미쳐 비정상인데 정상에 가까운 건 이제 육십 넷이라는 노보살님뿐이었다. 그러나 스님이고 뭐고 잘못된 걸 보았을 땐 길길이 뛰고 불같이 화를 내 스님들도 공양주 보살님을 건드리지 못했다. 노보살님의 말끝에는 꼭 관세음보살이 따라다녔다. 스님들도 난처한 표정만 지을 뿐 노보살님이 화를 내면 슬금슬금 피했다. 노보살님 성격 때문인지 스님들은 반찬 투정하는 걸 한 번도 본 적이 없었다. 기실 먹는 건 생선과 고기가 없을 뿐이었지 집에서와 다를 바 없었다.

"근데 할매, 밥은 왜 먹는 거지요?"

"배가 고프니까 먹는 거지."

사람 사는 모습은 절간이나 세속이나 다를 바 없었다.

"왜 배가 고프지요?"

"그기 다 우리가 살아 있기 때문 아이가. 살아있는 생명은 다 먹어야 산다. 벌레도 풀도 나무도 다 먹고 살라꼬 이리 안 애쓰나. 너도나도 먹고 살라꼬 다 지랄들 아이가?"

"일주일에 한 번 하루 안 먹고 수행하는 성호 스님은 왜 그렇게 하는 건데?"

"안 먹어 봐야, 산 밑의 사람들 배고픈 줄 알 거든. 사람이 살다보면 굶을 때도 안 있나."

"크으, 배고파 봐야 남의 배고픈 사정도 안다는 말씀이지요?"

"니는 참 똑똑하구나. 난생 처음 엄마랑 떨어졌다고 칭얼대지도 않고 촐싹거리지도 않고. 요즘 밖의 아들은 문제가 참 많다고 하던데. 그기 다니 지효 스님을 닮아가 그런가 보다."

"……할매요, 지효 스님 좋아하나?"

"……아니다. 택도 없는 소리."

공양주 보살이 말끝을 흐렸다. 그건 해인이 보아도 아니었다. 둘 사이는 꼭 원수지간 같았다. 그러나 해인은 공양주 보살님이 허둥대고 있다는 걸 알 수 있었다.

"……할매 힘들지 않아?"

"오야. 그럼. 쎄가 빠지지. 세상에 힘 안 드는 게 어디 있나? 그란데 내 이래 살아보니 사는 것도 내 맘대로 안 되고 죽는 것도 내 맘대로 안 되더라. 니가 와 살게 된 것도 다 부처님과 깊은 인연 때문인 기라. 근데 니는 아무래도 살 좀 쪄야 겠다. 와 이리 말랐노?"

"……네에."

"두 달 여 살다 보면 살이 붙을 기라. ……내가 밥 지어 배고픈 스님들에게 밥 해서 먹이고, 그 밥 먹고 스님은 수행하고, 또 열시가 되면 부처님께 마짓밥 올리는 기도만 해도 내 지금이 가장 행복한 사람이다. 마지를 법당에 올리는 니도 ……행복한 아라."

서글서글하게 말하는 공양주 노보살님의 그 말을 듣는 순간 해인은 '나무로 깎아 만든 부처님 위에 금박을 입힌 부처님께 밥을 올린다? 부처님이 밥을 드실까?' '날더러 행복한 아이'라는 말에 '……개코나' 했을 뿐 가타부타 말꼬리를 붙이지 않았다.

"그런데 노스님은 왜 그리 밥을 적게 드세요? 죽만 드시고."

노스님 밥상차림 당번인 해인이 물었다.

"적게 드시면 병이 없다꼬 노스님은 약으로 밥을 드시더라. 그라고, 이빨이 없어서 안그나. 성호 스님이 틀니를 새로 해주신다꼬 내일 치과 가신다 카더라. 그건 그렇고 야야. 인자는 니가 의지하고 기댈 곳은 부처님뿐인 기라. 그러니 절간에서 살라카믄 니도 몸도 튼튼 마음도 튼튼해야 한다 알긋나?"

"……."

공양주 보살은 마치 친할머니라도 된 듯 주먹을 쥐어 보이며 해인의 눈을 보았다.

절집에는 안 되는 거, 지켜야 하는 것들이 참 많았다. 사람들을 만나면 두 손을 가슴에 모으고 손을 모아 합장 꾸벅 하고 고개를 수그려야 했다. 절 마당을 지날 때에는 두 손을 모아 가슴에 대는 차수叉手를 했다. 다들 성격들도 보통들이 아니었다. 말하는 게 다들 거침없었고 성격들 또한 대쪽 같았다. 그러나 '밥 먹어라, 숙제는 했냐? 옷 바로 입어라. 이거 입어라, 저거 입어라, 준비물은?' 하는 사람은 하나도 없었다. 다들 알아서 살았다. 해인은 그렇게 날이 갈수록 차츰 익숙해질 수 있었다.

여전히 성진 스님은 선재를 보면 눈을 희번득거렸다. 성진 스님도 처음 절에 들어 왔을 때 삼촌에게 그렇게 당했다고 했다. 밤에 뜀박질로 운동을 끝내고 들어오다 술 냄새를 풍기며 들어오는 성진 스님과 마주치기도 했다. 이기적이고 잘난 척하던 그렇게 윽박지르며 차갑게 굴던 스님이 꿇린 게 있어서인지 해인이 합장하고 고개 숙이자 안중에도 없다는 듯 그냥 무시하고 주지방으로 들어가는 눈치였다.

새벽 예불을 해야 하는 성운 스님 노스님방과 공양주 보살님 방에는 저녁 아홉시면 방에 불이 꺼졌고 총무원에서 소임을 맡아 일한다는 성진 스님은 가끔 곡차를 마시고 들어오는 것 같았다. 주차장에 보면 대리운전 기사가 스님의 차를 주차해 놓고 뒤따라온 차를 타고 나가는 게 보였다.

봄이 올 때까지 해인은 극락과 지옥을 오르락내리락 했다.

봄 햇살은 얼마나 눈이 부실까. 건강한 것은 정상이고 병든 것은 비정상이었다. 봄이 왔다지만 날씨는 여전히 사납고 쌀쌀했다. 문이 열려 있으면 훈훈한 바람이 솔솔 들어왔다.

준중환자실에서 일반 병실로 내려왔다. 6인용 병실이었다. 가장 곤혹스러운 건 주야장천으로 켜놓은 TV였다. 환자들은 눈 뜨며 TV를 켰다. 의사들이 회진을 돌 때, 낮잠들을 잘 때 외에는 TV를 끄지 않았다. 그러나 해인은 한 번도 'TV 좀 꺼주세요. 문 열렸어요.' 라고 말 한 적이 없었다. 그저 누에처럼 꿈틀거릴 뿐 침묵하고 살았다. 야속하게도 밤은 매일 찾아왔고 매일매일 하루하루가 또 그렇게 의미 없이 흘러가고 있었다. 이틀에 한 번, 혹은 사흘에 한 번 도연 외에는 찾아오는 문병객도 없었다. 옆 베드에 면회객들이 오면 그저 목을 움츠리고 이불을 끌어 당겨 덮을 뿐이었다. 옆 베드 환자들의 코고는 소리, 이 가는 소리에 깨기도 했다.

"자아, 이제 몸을 일으켜 설 수 있도록 걸을 수 있도록 노력해 보세요."

주치의가 잔소리를 했다.

6인실로 내려오고 세상과 가까워진 기분이 들었다. 해인은 쓰게 웃었다. 텔레비전에서 나오는 뉴스며 드라마의 사랑, 이별, 눈물의 소리들이 처음에는 귀에 거슬렸지만 어느새 만나서 사랑하고 배신하고 이별하고 복수하는데 관심을 보이고 있는 자신을 발견하고 깜짝깜짝 놀랐다.

오전에 한 번, 오후에 한 번 휠체어를 타고 물리 치료실을 들락거렸다. 앉고부터는 엉덩이에 기저귀를 차지 않았다. 당당하게 소변은 소변통에 보았고, 대변은 간병인에게 부탁을 해서 화장실까지 부축을 받았다. 도연은 매일 올 때도 있었고 이틀에 한 번 사흘에 한 번 얼굴 비칠 때도 있었다. 처음 몇 번은 화장실에 가다가 싸기도 했지만 병실의 화장실은 목욕시설까지 되어 있었다. 마침내 갑옷 같던 허리 보호대를 떼어 냈다. 대소변을 가릴 수 있는 것만 해도 얼마나 다행인 줄 몰랐다. 겨우 앉은뱅이가 된 해인은 운동 치료실에서 목발을 짚고 이동할 수 있는 훈련을 반복했다. 도연은 운전 일을 한다는데 일이 있으면 오지 못했고 일이 없는 날이 되어야 와서 간병을 해주었다.

물리 치료실로 실려 간 해인은 왈그락달그락 다리를 들었다 놓았다. 꺾었다가 폈다가 접었다 펴기를 반복했다.

"으, 으."

"아프실 거예요."

물리 치료사는 사정없이 다리를 꺾어댔다. 깁스했던 왼쪽 팔 그리고 두 다리에 전기를 넣어 움찔움찔했지만 뻣뻣이 굳어진 근육들은 쉽게 풀리지 않았다. 점차 숨통을 조여 오던 몸의 통증들이 사라지자 고통대신 근심과 걱정들이 밀려오기 시작했다.

물리 치료사는 사명감을 가지고 있다는 양 상실감과 무력감에 빠진 해인을 녹초로 만들곤 했다.

순간, '엄살 부리고 징징거리지 마.' 하던 엄마의 말을 떠올렸다. 시큰둥해하던 해인은 미간을 찌푸렸다. 아직도 뒤척일 때마다 결리고 뜨끔거리는 곳이었다.

"외롭게 해서 미안해. 엄마는 늘 너와 함께 있어. 아프게 해서 어쩌지? 어찌하면 될까? 이리 와 호, 해줄 게. 선재야, 항상 희망으로 기도해. 너는 무엇이든 할 수 있고 무엇이든 될 수 있어. 너는 절대 혼자가 아니야. 나도 너의 아버지도 항상 하늘 위에서 너를 지켜줄 거야."

엄마가 그렇게 말하면 선재는 '피이' 했었다. 해인은 즐거웠던 유년의 추억을 되새기며 살포시 웃음 지었다.

"왜 이리 사는 게 부끄럽고 창피하지. 제기랄, 언제나 여법해지려나."

해인은 아무도 듣지 못하게 혼잣말을 했다.

정작 생사를 건 새로운 삶의 싸움은 지금부터라고 의사가 말했다. 돌이킬 수 있는 방법은 없었다.

"아, 어떻게 하면 마음의 눈을 활짝 뜰 수 있을까……?"

살면서 무사안일, 무사태평을 바랬던가. 구부득고求不得苦, 구해도 얻지 못하는 데서 괴로움은 오는 거였다. 각막수술, 망막기증자에게서 망막 이식 수술을 받는 것 외에는 방법이 없었다. 해인은 '관세음보살' 하고 불보살의 명호를 찾았다. '눈을 뜰 수만 있다면. 다시 일출, 일몰을 볼 수만 있다면 얼마나 좋을까.' 그러나 대기자가 워낙 많다고 했다. 망막기증자가 지정 기증을 하지 않는 한 언제일지도 모른다고 했다.

"깨달아 보겠다는 것이 헛꿈이었을까?"

"스님?"

"응?"

그때 도연이 병실로 들어왔다.

"어떻게 하든 스님. 제가 꼭 스님 수술받게 해 드릴게요."

"……정말. 그랬으면 좋겠다."

하지만 국립 장기이식센터에 등록된 수술대기자가 3천5백여 명이나 된다고 했다. 연평균 수술자는 겨우 250에서 300여명 정도라고 했다. 적어도 10년에서 11년은 기다려야 된다는 얘기다.

"젠장맞을, 그럭저럭 그런 대로 잘 살아왔는데."

감기 기운으로 밤이면 기침이 쏟아져 나오고 가래도 끓었다. 이 모든 상황을 받아들여야 한다고 했지만 속수무책이었다. 병원에 돌아다니는 말로, 안구 하나를 구하려면 수술 비용이 1억이 든다고 했다. 신장을 바꾸는 데는 3천만 원, 심장을 바꾸는 데는 5억원, 간이식 수술 비용은 7천만 원이 든다는 것이다. 이윽고 눈에 감겼던 붕대며 팔과 다리의 깁스를 풀었다. '1억이라, 젠장할' 열등감에 쌓인 해인은 눈 먼 손으로 뼈다귀만 남은 앙상한 팔과 다리를 쓰다듬어 보았다.

"이제 병원을 옮겨야 합니다. 무슨 일 생기시면 내원하시구요."

"네 감사합니다. 고생하셨습니다."

옮겨갈 병원은 교통사고 후유증 환자들의 재활을 돕는 국립 장애인 재활병원이라고 했다. 마뜩치 않았다. 또 다른 고개를 넘어야 한다는 것이다. 정형외과 주치의는 부러진 등뼈 10번, 척추뼈 11번 협착 부위에 풍선 같은 것으로 곧추세워 골 시멘트를 넣어 뼈를 바로 세워 주었고 좌슬 우슬 부러지고 금간 곳은 핀을 꽂아 이어 붙여 주었다고 했다. 후유장애 이야기는 지난번에 했고 정형외과 치료로 할 수 있는 건 다 했으니 이제 세월이 약이라는 것이다. 남은 건 운동 치료, 물리 치료 외에는 방법이 없다고 했다. 안과 의사는 각막 이식 수술로 시력 회복하시기를 기원한다고 했다. 해인은 머리를 득득 긁었다. 장황히 설명해주는 백 간호실장의 말 뜻을 충분히 알아들을 수 있었다.

"도연아."

해인이 도연을 불렀다.

"네?"

"부탁이 있는데."

"무슨 부탁요?"

"다 끝내고 싶어."

"히이……오늘은 또 왜?"

농담인줄 안 도연이 웃으며 물었다.

"잘 살고 싶었는데 그만 내가 나한테 갇혀 버렸네."

"그러네요……. 허튼소리 통통 하시는 거 보니 제가 봐도."

"그냥, 스님이 나를 끝내줘라."

"전 아직 그 경계까지 다다르지 못해서 그렇게 해드리지 못하겠습니다. 마음의 눈을 뜨는 점안을 하셔야죠."

도연이 낮았지만 울림 있는 목소리로 말했다.

"안 그러면 네놈이 나한테 죽을 텐데."

"허허, 그것 참 장님이 사람 친다더니 딱 그 격이시네요."

"눈깔에 보이는 게 없어서 그런가보지."

"모든 걸 하나로 보는 게 공空이고 하나에서 모든 것이 다 될 수 있다는 게 유식喩識, 일체유심조一切唯心造 아닌지요. 일체제법 일체유심소현一切諸法 一切唯心所現이라고."

해인은 도연의 말에 쿡 웃었다.

생각이 일체를 만든다고? 더한 장애를 가지고 있는 사람들도 다들 잘 살고 있다는 것이다. '깨달음은 오직 삶, 수행을 통해서만 깨달음, 열반을 얻을 수 있다고. 살아왔던 것처럼 진지하게 산다면 행복은 그림자처럼 따른다고? 네가 그러고도 선객이라고 칭할 수 있느냐?' 질타하는 말이었다.

밤송이같이 더벅머리가 된 해인은 머리를 손으로 감싸 안았다. 수염도 꽤나 길었다.

"욕심 부리지 말자."

미친놈처럼 해인은 '엄마, 나 어떡해. 그냥 콱 죽어 버릴까?'라고 물었다. 끈으로 목을 매 죽는 방법과 높은 곳에 올라가 떨어져 죽는 걸 상상하였다.

"죽을 때 죽더라도 제가 스님 점안시켜 드릴 터이니. 수술하시고 점안식 하실 준비나 잘 하세요."

"준비할 게 뭐 있나? 빈손으로 왔다 빈손으로 가는 열반 길."

"먼저 수염 깎으시고 무명초, 번뇌초부터 먼저 잘라내자고요."

"그럴까?"

기분 전환을 위해서라도 머리를 깎자는 것이다. 간병인이 수염과 머리를 깎아주려고 하면 해인은 손을 훠이훠이 내저었다.

걸망에 여름 승복이 한 벌 들어 있었다. 사고 당시 입었던 겨울 두터운 승복은 피가 묻고 응급실에서 가위로 찢어서 버렸다고 했다. 출가 수행자는 머리와 수염을 깎고 물들인 옷을 입어야 한다고 했다. 체발剃髮 혹은 낙발落髮이라고 했다. 머리카락을 무명초無名草, 번뇌초煩惱草, 망상초妄想草라 했다. 세속적 번뇌의 소산인 일체의 얽매임을 단절하려는 결단이라고 낙식落飾이라 하기도 했다. 다시 승복을 입을 수는 없다 하더라도 머리는 누구라도 빡빡 깎을 수 있는 권리가 있었던 것이다.

살면서 이꼴저꼴 참 많은 꼴을 보고 살았다. 소경더러 눈멀었다고 하면 노여워한다더니 은근히 도연이 얄미워졌다.

염라대왕 앞에까지 갔다 온 몸. 비록 눈은 보이지 않고 다리를 절지만 그래도 악착같이 살아야지, 이겨내야지 하는 마음과 그냥 죽어버렸음 하는 마음이 교차했다.

창밖에는 4월인데도 눈비가 내리고 있다고 했다. 진눈깨비라고 했다.

“스님.”

“응?”

“저도 머리 깎을래요.”

도연이 물었다.

“……그건 스님 마음이지.”

“아무래도 스님, 시봉을 하려면.”

도연의 말에 해인이 쓰게 웃었다.

다른 스님과 입산부터가 달랐다. 그러나 보리菩提의 마음을 내어 정진해 왔다. 부처를 이루고자 목숨을 걸었던 날들이었다. 하지만 남은 건 욕망과 업業일 뿐이었다. 삼계열뇌三界熱惱, 욕계화택慾界火宅. 갈 곳이 없었다. 돈도 없고 아는 사람도 없었다.

승복을 걸망에 넣고 노동판, 건설 현장에도 나가 봤고, 지방직 말단 공무원 시험에도 합격했었다. 아이들과 한 생 교육자로 살아보겠다고 방송통신대 국어국문학과도 마쳤다. 그렇게 국어 중등교사 자격증도 땄지만 정작 그때 초파일에 걸려 교생 실습은 하지 못했다. 눈이 먼 지금 다시 교생 실습을 하고 순위고사를 준비할 수 있는 처지도 되지 못했다.

명자비구名字比丘였을 뿐이었다. 이름만 비구일 뿐, 승복만 걸친 무늬만 수행자일 뿐 절집 밥만 축내는 식충이었다. 계율을 지키겠다고 했지만 지키지 못한 수행승으로 형식상으로만 승복을 입고 머리를 깎은 승려의 겉모습을 하고 불가에 빌붙어 호구를 연명해왔을 뿐이다.

해인은 큼 하고 헛기침을 했다. 한숨이 절로 나왔다.

그때 밀차, 밥차가 오고 있었다. 먹고 싸고 자는 날들의 반복이었다. 병원 밥은 맛이 없다 하는데 이 병원은 그렇지 않았다. 밥에다 찹쌀을 넣어서 그런지 밥이 찰졌다. 국 또한 웬만한 식당과 견주어도 더 잘 나왔다. 선택식이었다. 빵 두 종류, 계란, 햄구이, 스프, 샐러드, 야쿠르트. 카레가 있는 날도 있고 국수가 있는 날도 있었으며 심지어 함박스테이크가 나오는 날도 있었다.

처음엔 간병인이 먹여주었다. 그러나 일어나 앉고부터는 손을 더듬더듬해서 그릇을 찾았고, 왼손으로 그릇을 잡고 오른손으로 숟가락을 들어 밥그릇의 위치를 찾아내어 꾸역꾸역 밥을 먹었다. 국이며 밥을 쏟기도 여러 번 쏟았다. 그러나 이내 쟁반 앞줄 오른쪽에는 밥, 왼쪽에는 국, 위쪽 왼쪽에는 나물반찬 해서 일식 사찬四饌이라는 걸 알고부터는 그릇을 들어서 입 가까이까지 가져와 입에 넣는 요령이 생겼다. 일어나 앉게 되고부터 밥과 국을 흘리거나 쏟지 않을 수도 있게 되었다. 익숙해질 때까지 도우미 간병인이 옆에 앉아 도와주었다. 간병인이 없을 때는 옆 환자들이나 보호자들이 다 먹은 쟁반을 밀차에 갖다 넣어 주었다.

"도연아, 너도 밥 먹어야지."

"전 아침을 늦게 먹었어요. 여기 병원 앞에서요."

도연이 맛있게 드시라며 침대 옆에 앉았다.

병실 밖 병원 앞에 삼백 년도 넘었다는 느티나무가 있다는데 그곳에 앉은 까치 두 마리가 시도 때도 없이 울어 댔다.

"스님?"

"응."

"예감이 좋아요."

"무슨?"

"까치가 울었어요."

도연의 말에 해인이 아무 말도 하지 않았다. 암탉이 알을 품듯, 고양이가 쥐를 잡듯, 배고픈 사람이 밥을 구하듯, 목마른 사람이 물을 찾듯, 어린아이가 엄마를 생각하듯 뱀처럼 똬리를 틀고 앉아 기도하지 못 했다.

"나 해우소 좀."

그동안 누워서 오줌과 똥을 싸야 하는 기분은 더러웠다. 사타구니께가 뜨듯해지고 엉덩이를 비죽거려 배설물을 뭉갤 때마다 죽어버리고 싶었다. 해인의 첫 번째 기도는, 어떻게 하든 화장실을 사용하는 거였다. 처음 화장실을 찾았을 때 두 손을 허공에 뻗고 두 손을 더듬으며 엉금엉금 기다시피 했다. 넘어지고 쓰러지고 부딪히고 깨지고 멍들었다. 산다는 일이 어마어마한 일이라는 걸 알았다. 소화하고 배설해야 한다는 일도 참으로 어마어마한 일이었다. 변비로 수도 없이 관장해야 했고 변기에 앉아 주먹을 쥐고 벽을 치며 엉엉 소리내어 울기도 했다.

"타사시구자拖死屍句子. 무엇이 그 송장을 끌고 왔느냐, 이 말인 기라. 무엇이 그 송장을 끌고 왔노? 한 마디 일러라."

삼촌의 물음에 해인은 대답하지 못했었다.

사람이라는 생각, 중생이라는 생각, 원초적 욕망을 지닌 주체로서의 자아, 그리고 영원불멸의 영혼이 있다는 상相. 그 모든 상相을 타파하지 못했다. 공수래공수거, 색즉시공 공즉시색 타령만 하고 앉아 있었을 뿐이었다.

이제 그 어디 소속되어 있는 좌승座僧이 되지 못할 것이다. 물처럼 바람처럼 흐르는 유승遊僧. 총명치 못하고 흐리멍덩하고 어리석은 우치승愚痴僧, 잡승雜僧일 수밖에 없었다. 좌불이면 어떻고 유불이면 어떠랴. 이산 저산 산 나그네, 선방 나그네. 그래도 깨우쳐 부처가 되겠다고 몸부림치던 승려가 아니었던가. 걸림도 없고 막힘도 없는 빈 손. 그래도 '거룩한 스님들께만 귀의합니다'고 했던. 욕망의 꼬리표를 달고 엎드려 절하면 무슨 소용 있으랴. 금칠, 돈칠, 금물돈물 들인 사찰과 돈 많고 권력 좋은 스님들과 어울릴 필요 무엇 있으랴. 일구월심日久月深, 날이 갈수록 기도하는 마음이 더욱 간절해 정진하다 보면 확철대오廓徹大悟해서 미세망념微細妄念을 떨쳐버릴 수 있을 터인데. 그만 이판도 개판, 사판도 다 개판이 되고 말았다.

"부처와 중생은 하나인기라. 번뇌가 보리고 보리가 번뇌이듯 중생이 바로 부처인기라."

낱낱 살이 속바퀴로 모여 둥근 수레바퀴를 이루듯 윤원구족輪圓具足하지 못했다.

봄이 왔어도 이제 꽃이 피는 걸 보지 못했다.

통증은 많이 사라졌다. 하지만 몸이 우리한 게 아직도 정상은 아니다. 두통이 목덜미를 거머잡고 있다. 등 쪽으로 하르르 내려가는 거 같았다. 도연은 평상심을 잃지 말고 평정심을 유지하라 하지만 다스려지지 않고 제멋대로 날뛰는 몸과 마음 때문에 언제나 자고 일어나면 몸이 개운하지 않았다. 회한은 없다. 타고난 복덕의 차이려니 하지만 복 쪼가리도 지지리 없어 아프면 그 무엇엔가에 영혼을 몽땅 빼앗긴 거 같아 싫었다.

병실로 하오의 햇살이 쏟아져 들어오는 모양이었다. 창가에 앉은 해인은 얼굴에 닿는 느낌으로 충분히 햇살을 즐길 수 있게 되었다. 벚꽃이 피고 있겠지. 눈처럼 바람에 꽃잎이 흩날리겠지. 이맛살을 찌푸린 해인은 '방황과 혼돈 이 괴로움의 무더기들, 아……. 생각의 뼈와 근육들. 나는 언제 지멸하고 견성 성불하련가.' 하는데 잇몸이 퉁퉁 부었다.

"괜찮으세요?"

찰나생 찰나멸 희망과 절망의 양쪽 무상의 바다를 헤매고 있는데 여자의 목소리가 들려왔다.

"네. 괜찮습니다."

발자국 소리와 화장품 냄새를 맡아보니 자원 봉사를 해주는 오지혜 간호사였다. 회진을 준비하는 간호사들의 발자국 소리도 바쁘다. 지혜가 그 지혜이리라고는 상상도 하지 못했다.

해인은 발걸음으로 사람을 구분할 수도 있게 되었다. 보폭에 따라 발자국 소리가 나는데 키가 큰 사람과 작은 사람의 발자국 소리, 조금 무게가 있는 구둣발 발자국 소리는 남자들이고 또각또각 여자들은 신은 신발에 따라 발자국 소리가 달라졌다. 그래서 발자국 소리만 들어도 간호사인지 방문객인지 금세 분간을 할 수 있었다. 간호사들은 거개가 실내화를 신고 발을 질질 끌지 않아 사박사박 소리가 났다.

"이송할 병원은 수유리에 위치한 국립 재활병원이라며요?"

"……예에."

"잘되셨네요. 거긴 시설이 좋다던데. 전 그곳까지 가서는 찾아뵙지 못할 거 같아요."

더 있겠다고 해도 다른 대기하고 있는 수술 환자들 때문에 퇴원해야 한다고 했다. 순간 오지혜 간호사의 허스키한 목소리에서 갈라지는 목소리가 들렸다. 지혜는 영화배우를 한다고 했는데 또 어떤 모습으로 나타나 들볶아 대려는지. 해인은 입맛을 쩝 다셨다.

"……네, 그동안 감사했습니다."

그때 또 다른 발자국 소리가 들렸다. 냄새를 맡으니 도연이었다. 민법 675조에 의해 실명 장애 사유로 보험회사에서 법적 보호자 지정을 요구해 도연을 법적 보호자로 위임 공증까지 마친 이후였다. 도연이 오는 날과 오지혜 간호사와 함께 하는 날이 겹치는 경우가 많았다.

"극빈자 신청과 동시에 장애인 복지법에 의해 수급은 받으실 거고 병원비는 가해자 보험회사에서 부담하게 될 거고요."

"네."

병원 원무과에서 나온 이가 설명을 해주었다.

"통장과 도장, 수급카드 통장카드들 분실하지 마시고요. 장애카드 번호를 꼭 외우시고."

"……네."

백 간호실장도 와서 거들었다.

"이따 열한시쯤 국립 병원 측에서 앰뷸런스를 보낸다고 했습니다. 행복하시고요."

순간, 해인은 '관세음보살' 하며 입을 실룩거리며 웃었다. 염치가 없으면 눈치라도 있어야 한다고 직관력이 누구보다 뛰어났던 해인이었다. 순간 해인은 확신할 수 있었다. 오지혜가 그동안 목소리를 변조했다는 것을 알 수 있었다. 그동안 해인이 깜빡 속고 있었다는 걸 알 수 있었다.

1. 경증 뇌좌상으로 인한 뇌진탕cerebral concussion

2. 뇌타박상 뇌자상cerebral contusion. 뇌 손상 및 의식장애 기면상태, 외상성 뇌출혈 및 뇌실 출혈, 시신경 손상 좌안 망막박리 우안 공막열상 수술 후 실명.

3. T11 및 T12 부위의 골절, 다발성 늑골 골절, 좌측 슬개골 무릎 덮개뼈 골절, 다발성 골반골 골절, 좌슬 관절 십자인대 파열, 좌측 경골 및 비골 골절. 수술 후 상태 호전, 우측 경골 및 비골 근위부 복잡 골절. 수술후 상태, 기관절개 상태.

4. 상악치아 4, 5, 6, 하악 5, 6, 7 파절 외 5개 관찰 요망. 상기 환자는 상기 수상일에 교통사고로 MRI, 뇌 CT 등 제반 검사 소견상 상기 진단 확정, 의식 혼미 상태로 의사소통이 불가능. 사망 가능성이 있었음.

보험회사에 제출하려고 병원 측에서 발급받은 12주 진단이 나온 상해진단서 내용을 도연이 읽어 주었다. 진단서는 다시 6주가 나왔고 그 이후 다시 3주가 더 추가되고 있었다.

"야, 이 나쁜 새끼야."

"왜요, 스님 또?"

"너 이 새끼."

"아셨어요?"

냄새로 보아 지혜는 살쾡이처럼 한쪽에 서서 내려다보는 눈치였다. 해인은 가슴이 오싹 오그라 붙는 것 같아 양 어깨에 힘이 싹 빠져 달아났다. '도대체 내가 얼마나 다쳤기에 그렇게 아팠나, 지혜도 알아보지 못하고?' 했다.

산다는 게 꿈 같고 허깨비 같고 그림자 같고 이슬 방울 같고 또한 번개와도 같았다. 단단하고 고요하기만 하던 죽음. 이렇다 저렇다 말없이 조용하게 살아왔는데 '관셈보살' 눈이 멀고 난 이후부터 정신까지 놓쳤나 보았다. 도연이 보험이 되지 않는 병원비 정산을 위해 원무과에 다녀오라 했다.

"그 환자 죽었더래요."

자책하고 있던 해인은 그런 소리를 들었다. 그때 간병인이 들어와 호들갑을 떨었다.

"왜, 이진구 환자라고. 스님 옆 베드에 있던"

간병인이 와서 퇴원 인사를 하러 왔던 모양이었다. 그 말을 들은 해인의 온몸으로 소름이 쫙 퍼져나갔다.

이진구 환자와 해인의 베드 사이의 환자가 위독해졌을 때였다. 커튼이 쳐지고 의료진들이 달려왔다. 의사가 환자의 배위로 올라가 손바닥으로 가슴을 누르며 심폐소생술을 시도했다. 이어 호흡과 맥박이 돌아오지 않자 심장 충격기로 충격을 주었다. 의사의 거친 숨소리, 그리고 '바이탈 확인' 하는 소리에 이어 정상으로 돌아오자 다시 중환자실로 올라갔던 것이다.

"우리 몸이 조금 나아지면 휠체어 타고 담배 피우러가요."

중환자실이 조용해지자 이진구 환자가 해인에게 말했었다. 해인은 '살리지도 못할 거 왜 수술을 했느냐'며 부인이 면회 왔을 때 부인에게 원망하고 욕설을 퍼붓던 모습을 떠올렸다.

"어떻게 해야 할지 모르겠네요."

"……."

"그래도 아내랑 아이들 키우고 교육시키고 장가보내고 없는 돈으로 최선을 다 했어요."

"……그러면 되셨습니다. 이번 생 최선을 다하셨다니. 편안해하세요. 우리들 몸도 마음도 이 세상도 소유하러 온 게 아니니까요."

"그럼요?"

"우리 불교에서는 몸도 마음도 다 쓰다 가는 거래요."

"……."

"아쉬움이 많이 남으시겠지만 이번 생은 우리 이렇게 보내고 다음 생에는 아프지 말고 만수무강 천수만수를 누리며 살아보자고요."

"크으, 스님 담배 안 태우신다는데. 제가 우리 몸 좀 나아지면 담배 태우러 가자 했네요."

"히이, 가끔 빼끔 담배를 피워 보기도 했어요. 살아나가면 저 담배 배울게요."

"그래요, 스님. 눈이 보이지 않으면 않는 대로, 제대로 걷지 못하면 못하는 대로 살아 이놈의 병원을 빨리 빠져나가는 게 장땡이죠."

암 환자로 삶의 의지가 강했던 사람이었다. 그러나 죽음 앞에 감정이 격앙되어 있던 환우였다.

병실로 봄, 아침의 햇살이 쏟아져 들어오고 있었다. 지금 산중은 꽃잔치일 것이다. 바랑 하나 짊어지고 구름 따라 물 따라 역마처럼 떠돌던 몸이었다. 가장 오래된 환자가 창문 쪽 베드를 차지할 수 있었다.

"스님, 저 일이 생겨 가봐야 해요. 내일 다시 올게요."

지혜가 말했다.

"이젠 다시 오지 않아도 돼."

"……."

"넌 뭘 어쩌려고. 몸도 마음도 정신도 너덜너덜해져 견디기 힘들어 하는 나한테 이따위 짓까지 하는 거냐?"

"살아 있으니 희망이 있잖아요. 스님은 스님이라면 다시 일어서리라 믿어요."

지혜가 와 주었으면 하고 그리워 할 때도 있었다. 눈이 멀고 무엇부터 해야 할지 몰랐다. 비록 혼자 살았어도 잘 살았다. 사랑했던가. 그러나 막상 지나온 날들을 더듬어 보면 해인은 지혜를 밀어내지 못해 안달하곤 했다. 가슴을 짓누르는 과거의 유년과 단편들, 옛 기억들을 다 지워버리고 싶은 마음에서였다. 지혜는 한동안 말을 잇지 못하다 겨우 입을 열었다.

"……인생은 외롭지도 않고 그저 낡은 잡지의 표지처럼 통속하다고요."

"왜 내가 반색할 줄 알았냐? 가아, 꺼져."

"그동안 어디를 다니고 무엇을 했는지 따지지 않을게요."

해인이 돌아누웠다. 지혜는 더 이상 해인을 자극하지 않으려는 듯 몸을 일으키는 것 같았다.

악몽에서 깨어난 듯 정신을 차린 후 몇 번이나 지혜를 찾아 헤매었던가. 깜깜한 암흑 속에 파묻혀 고통스러울 때마다 지혜를 생각하며 하산, 환속을 꿈꾸었던가. '이젠 스님도 아닌데' 하며. 해인은 다시 침대에 반듯이 드러누웠다.

'벚꽃이 피고 있겠지. 눈처럼 바람에 꽃비로 흩날리겠지.' 겉으로는 그래도 해인은 지혜로 인한 야릇한 흥분으로 가슴이 쿵쾅거렸다. 변변치 못해 별 것 아닌 일에도 걸핏하면 울근불근 화를 내는 건 외로움으로 몸살을 앓고 있기 때문이라던 도연의 말이 틀리지는 않았다. '지혜의 명랑한 웃음, 쾌활한 몸짓, 다정한 음성을 들으면 생기발랄해지실 텐데' 하며 놀려대던 이유를 충분히 알 수 있을 것 같았다.

"김산님?"

"누구?"

악몽에서 깨어난 듯 정신을 차린 해인이 조심스레 물었다.

"환자분……안녕하세요. 전 국립 재활병원에서 온 손인숙 간호사입니다."

"전 앰뷸런스 기사 최요한입니다. 이사하셔야죠."

이사라는 말에 지혜에게 까탈을 부리고 우울해했던 해인이 피식 웃음을 흘렸다.

"네, 보호자가 올 때까지 잠시 기다려 주시겠습니까?"

"……네, 일단은 휠체어로 옮겨 앉으시죠."

이미 도연의 도움을 받아 환자복을 벗고 승복으로 갈아입은 터였다. 샴푸 냄새, 머릿결 비누 냄새, 숨결, 목소리. 이런 것들로 사람들을 가늠하는 버릇이 생겼다. 두 사람 다 사무적이다. 해인은 귀뚜라미처럼 더듬이를 이쪽저쪽으로 더듬듯 두 사람이 하라는 대로 움직일 수밖에 없었다.

"자아, 침대에서 내려오십니다."

최요한이라는 사내가 손을 내밀었다. 순간 그때까지 지혜가 가지 않고 멀찌감치에 서 있다는 걸 확인할 수 있었다.

"이제 저희 병원 환자복으로 환복하시겠습니다."

"네, 고맙습니다."

말하는 해인의 목소리가 갈라졌다. 내미는 환자복 상하의를 비틀거리다 입으며 해인은 '왜 이리 균형을 잡지 못하는 것이지.' 하고 다른 사람들이 알아듣지 못하게 혼잣말을 했다.

해인은 병실 식구들에게 인사를 했다.

"목발을 주시면 제가 걸어볼 게요."

"걸으실 수 있겠어요?"

사고 이후 처음으로 조심스레 발을 내딛었다. 가슴이 두근거렸다. 비틀, 그러나 똑바로 섰다. 왼쪽 무릎과 오른쪽 무릎에서 통증을 느꼈다. 거친 숨으로 좀비처럼 흐느적이다 도연이 옆에서 해인의 몸을 잡아주었다. 그러나 해인은 재활병원 간호사가 가지고 왔다는 휠체어에 앉을 수밖에 없었다. 삶으로부터 배반당해 징징거렸던 날들, 얼마 만에 세상으로 나서는 것인가. 그런데 서 있는 게 이렇게 고역이라면 어찌 세상을 살아야 할까. 아직 더 사랑할 것들이 많은데.

"김산님. 그럼 가시겠습니다."

앰뷸런스 기사가 말했다.

도연 스님이 걸망을 들고 비켜섰고 최요한이라는 사내가 팔을 잡아주고 걸음을 유도했다. 이송할 병원의 간호사가 휠체어를 밀고 따라왔다.

'몸상태 괜찮으시죠' 하며 도연이 어깨를 툭 쳤다. 재활병원에서 온 남자 앰뷸런스 기사가 휠체어를 미는 모양이었다. 호기를 부렸던 게 망신스러웠다. 휠체어에 앉은 해인은 '언제나 이 고통의 세상에서 벗어나려나' 하며 낮게 한숨 쉬었다. 걸망은 도연이 들었다. 짐이 그동안 많이 늘었다. 물 컵 하나, 수건 세 장, 팬티가 다섯 장, 칫솔 치약, 수건, 남은 휴지 따위가 든 비닐봉투는 지혜가 든 모양이었다.

"그럼 출발하겠습니다."

"자, 잠깐만요. 만나 볼 사람이 있어요."

"스님, 잘 가시라요. 그래도 정이 들었었는데."

그때, 잠시 옆 병실에 다녀온다던 간병인이 뛰듯 다가와 인사를 했다. 엉덩이를 철썩 때리기도 하고, '인생 조졌네. 스님.'이라며 아깝다 하고 툭하면 너의 청춘은 왜 이 모양이냐며 소리 지르고 욕설을 내뱉기도 하고 기분 나쁠 때는 사뭇 안달을 떨어 자극을 주던 이였다. 이별하기 전 병원 측 관계자에게 부탁해 현금 자동인출기 사용법을 익혔다. 현금 삼십 만 원을 찾았고 현금인출기 옆에 붙어 있다는 함에서 봉투를 꺼내 돈을 넣어 감사의 표시를 준비하고 있었다.

"연변 아줌마."

"예."

"그동안 해골바가지, 오줌싸개 똥싸개 기저귀 갈아주느라 고생 많이 하셨죠?"

"……다 제 일이었습네다."

"이거 러브레터. 받아 주세요. 고마웠습니다."

해인은 오른쪽 호주머니 속에 넣어 두었던 봉투를 내밀었다. 간병인은 생각지도 않았던 모양이었다.

"고맙드래요."

간병인이 코맹맹이 소리로 탄성을 내질렀다.

"자아, 이제 가요."

이윽고 휠체어는 병실을 나와 간호사실, 스테이션 앞에 멈추었다.

"가시면 눈 수술 잘 받으시고 눈 뜨시래요."

"……감사했습니다."

해인은 간호사들에게 진심으로 두 손을 가슴에 모으고 합장 배례했다. K, B, C 간호사가 있다고 했다. 감사하다고 인사를 했고, 음료수 한 세트를 도연 스님이 전해주고 있었다. 쾌유를 빈다는 인사를 받고는 국립병원에서 온 간호조무사에게 '가시죠.' 하고 힘없이 말했다. 아마 6층 엘리베이터 앞에 휠체어를 세운 모양이었다. 그제야 해인은 숨을 크게 들이켰다. 운전기사와 남자 간호조무사는 휠체어 뒤에서 엘리베이터의 층수를 알리는 전광판 불빛을 보고 서 있으리라.

이별이었다. '또다시 어떤 파도로 가는가?' 하며 거칠어지는 호흡을 가만히 다스렸다.

"아무도 내 곁에 없었는데 오늘은 스님이 제 옆에 있네요."

문득 해인은 지혜의 말로 늘 목에 두르던 백팔 염주와 삼촌의 뼈를 들고 가서 강릉 바다에 뿌리던 날을 떠올렸다. 겨울 눈보라와 흩날리던 흰 뼛가루. 그 뼛가루가 가라앉고 파도와 함께 흘러가던 걸 떠올리며 나무아미타불 관세음보살 하고 불 명호를 신음하듯 입 속으로 되뇌였다.

5

주인처럼 살다 나그네처럼 떠나라

5
주인처럼 살다 나그네처럼 떠나라

앰뷸런스가 재활병원에 도착했다. 세상이 노래졌다. 이미 인생을 포기했던 해인이었다.

"이대로 저랑 도망갈까요?"

"어제까지 아파서 데굴데굴 구르며 매트리스를 팡팡 치던 몸이야."

"……아, 그냥 한 말이었어. 도연 스님 오면 난 가야 해. 촬영이 있어."

"……."

도연은 입원 수속 절차를 밟으러 가고 말없이 서 있던 지혜가 물었다.

"나 화장실 좀."

"어, 오빠 목에 108 염주가 보이지 않네."

지혜의 말에 미세하고 복잡한 감정들이 스쳐 지나갔다.

앰뷸런스 안에서 위경련과 배탈 증세로 놀라기는 했지만 악착같이 버텼다. 남자 화장실인데도 지혜가 따라 들어왔다. 한때는 진통제 때문에 한참 변비에 시달렸는데 요즘은 늘 배탈과 설사다. 위 운동을 촉진시켜 소화기능을 돕는 약을 줄였다 했다. 가스모틴 에스알정이라고 했던가.

그때, 도연이 '만사 오케이' 하며 다가왔다.

"신관 6층 601호."

"전 가요. 식사하시고 스트레칭, 삼십 분간 가벼운 근력 운동요."

불행은 자기 때문이 아니라 오래 전에 시작된 것이라던 지혜는 갔다. 이곳은 제1차 지정대상 재활의료 기관으로 척추 수술 후 기능이 현저히 저하된 환자에 한해 60일 두 달간 재활 치료가 가능하다고 했다.

"너는 바위섬이 되어야 해."

"네?"

"바람이 불면 바람과 맞서야 하고 파도가 치면 파도랑 맞서야지. 아님 산산이 부서지든가."

문 밖에서 술에 잔뜩 취한 삼촌이 불러 방문을 열었더니 뜬금없이 그렇게 말했다. 담임을 맡았던 선생님들은 또래보다 훨씬 영리한 아이라는 이야기를 많이 들었다. 선생님은 IQ검사 결과가 146이라고 했었다.

엄마가 죽었다는 소식을 듣고 가위에 눌려 사흘간 꼼짝도 못했다는 걸 삼촌이 알 리 없었다. 해인이 방문을 열자 비틀거리던 삼촌이 해인을 건네다 봤다.

"너의 엄마 잘 보내드렸다."

삼촌은 해인에게 무언가를 휙 던졌다. 하얀 문종이에 싼 거였다.

"너의 아버지 유골 일부를 형수, 너의 엄마가 지니고 있었더라."

문종이를 열어보니 색 바랜 누런 문종이에 쌓인 곳에 선재 아빠라고 씌어 있었다.

"너의 아빠를 너의 엄마가 갖고 계셨던 만큼 나도 너도 너의 엄마 뼈를 그만큼 가지고 왔다. 유골이 얼마 되지 않으니 품에 간직하고 살든 산에 던져버리든 바다에 뿌려주든 먹어버리든 마음대로 하려무나."

해인은 엄마, 아빠의 유골을 한동안 복주머니에 넣고 다녔다.

"오빠 이게 뭐야?"

"부모님 유골."

"……옴마나. 이러다가 잃어버리려고? 얼핏 들었는데 여기 신도 총무님이 유골분을 속에 넣어 백팔염주로 만들어 준다고 들었는데."

하여 해인은 신도총무님을 직접 찾아갔고 보름 후 초하룻날 해인은 엄마 아버지의 유골로 만든 108 염주를 받아 목에 걸 수 있었다.

이제 해인의 목에는 그 염주는 없었다. 처음엔 막막했고 미칠 거 같았는데 어느새 병상 생활에 익숙해져 있었다.

'그래도 건강한 몸뚱어리 하나는 단단했는데.' 했지만 하지통증과 발열 그리고 근육통으로 해인은 하아하아 하고 거친 숨을 몰아쉬었다. 엄마 아빠만 생각하면 그 어떤 일도 버틸 수 있었다. 염주알을 돌리고 또 돌렸다. 이미 승인된 입원이라 절차는 그리 복잡하지 않았다.

"스님이 사고 났던 곳이 교통사고 다발지역이었대요."

도연이 걸망과 조래기를 멘 채 엘리베이터로 들어서며 말했다. 해인이 천천히 고개를 끄덕였다. 속에서는 '그래서 뭐?' 했다.

"제가 도로공사에 전화해서 그 지역도로를 지날 때 감속 지역으로 할 수 없냐고 건의했어요."

"……."

"잘못된 건 고치고 바꿀 건 바꿔야지."

해인은 숨을 쌕쌕거리다 '사람 중심의 개혁과 혁명?' 하며 또다시 고개를 끄덕거렸다. 도연을 다시 만나고 도연에게서 가장 많이 들은 이야기가 '조금만 더 참아 봐요'라는 말이었다. 그동안 얼마나 아팠으면 도연이 그랬을까. 호실을 배정받고 병실로 올라가는 길이었다.

병원을 옮긴 첫날, 해인은 꿈에서 일어나 어찌할 바를 몰라 한동안 멍청히 앉았다.

꿈속에 보관을 쓴 미륵보살이 구름을 타고 내려오더니 한 여인이 되었다. 보살은 웃음 헤픈 여자가 되어 해인을 분위기 있는 방으로 데려가 옷을 벗기고 끌어안았다. 해인은 그만 여자의 몸으로 정액을 쏟아 부은 것이다.

몽정, 해인은 자신도 모르게 보살에 대한 죄의식과 낭패감에 얼굴을 붉혔다. 이상 흥분상태에서 벗어난 해인은 손을 더듬어 사물함 위에 있는 물티슈를 찾아 끈적끈적한 사타구니를 닦았다. '팬티를 갈아입어야지' 더듬더듬 침대 밑으로 다리를 내리고 어기적거리다 해인은 균형을 잃고 침대 밑으로 떨어졌다. 병실 바닥에 주저앉은 해인은 아이고 하면서 머리를 싸잡았다. 하필이면 머리를 부딪친 것이다. 온몸에 힘이 싹 빠져 달아났다. 어이없는 표정을 한 채 얼마나 앉아 있었을까. 놀라고 당황해 아무 생각도 나지 않았다. 정신을 차린 해인은 더듬더듬 사물함의 문을 열었다.

환자들의 70~80%가 교통사고 환자들이었다. 7시 기상. 7시 반 아침 식사. 9시 물리 치료. 10시 운동 치료기구를 이용한 근력 운동. 12시 점심 식사. 13시 운동 치료. 14시 자유 시간. 18시 저녁 식사. 19시 산책으로 산책 도는 트랙이 있다고 했다. 눈치를 보니 깬 것 같지만 무안해 할까봐 돌아누운 채 외면하고 있다는 걸 느낄 수 있었다. 병실 바닥에 앉은 채 더듬거리며 팬티와 환자복을 갈아입은 해인은 '밥값도 못하면서 이게 무슨 짓이람' 하며 겨우 무릎 걸음으로 안간힘을 써서 침대로 기어 올라와 적막에 쌓인 채 다시 누웠다. '빌어먹을' 웅얼거리던 해인은 한참이나 숨을 골라야만 했다.

전간중 환자인 주제에 진리를 구한답시고 보낸 지난 세월이 꿈만 같았다. 위로는 깨달음을 구하고 아래로는 중생衆生을 교화한다고. 아니었다. 그저 허송세월 부처님 밥만 축냈다. 쥐뿔은커녕 개뿔도, 개뿔은커녕 소뿔도 보지 못했고 엉망진창이었으며, 뒤죽박죽이었다. 깨달음의 실마리를 찾은 듯했다. 하지만 보일 듯 보이지 않았고 들릴 듯 들리지 않았다.

깨달음은 어디에 있는가. 깨달음에는 팻말이 없거늘 엉덩이에 군살이 배기도록 숱한 봄을 그저 보냈을 뿐이다. 선배들이 씹다 뱉은 말과 행동에 따라 공부를 해보았지만 그것 또한 헛수고 헛노동이었다. 입 없는 앵무새였고 귀 없이 쳇바퀴만 도는 다람쥐였을 뿐이다. 모진 날들이었다. 자폐의 찢어지는 고통으로도 깨달음은 얻지 못했다. 고르지 못한 숨소리로 불보살의 명호를 습관처럼 되뇌어 보지만 몽정으로 인한 불길한 생각들이 꼬리를 물고 머릿속을 괴롭혔다.

"먼저 염불로 수受와 상想 근심과 걱정을 버려라."

어디선가 노스님이 말씀하시는 것 같았다. 노사의 말씀에 슬픔에 젖어 있던 해인은 아무 대답도 하지 못했다.

완연한 봄이었다. 목련이 진 자리에 그 잎사귀가 초록졌으리라. 봉숭아, 채송화, 과꽃 같은 것들을 눈으로 보면 막막함이 덜할 텐데, 칠흑 같은 어둠만 아스라이 눈앞에 회오리치고 있었다. 시작부터 어긋나버렸던 생. 살아있는 시신의 밤, '밥값 내놔라. 이 밥도둑 놈아.' 하고 어디선가 노스님이 외치는 것 같았다.

번뇌와 업業을 삭여 부처님의 세계로 들어가고자 했다. 그런데 해괴망측한 꿈으로 몽정을 하다니. 아상과 아만에 갇혀 살았다. 믿고 싶은 대로 믿고 보고 싶은 것만 편집해서 보지 않았던가.

해인은 그렇게 한동안 멍청히 누워 있었는데 한편으로는 '이제 덜 아프니 이제 좀 살 거 같네'에서 '그런데 어쩌지?'로 변하는 묘한 감정에 휩싸였다. '이게 다 생각, 마음이 만들어 낸 것인데. 몸이 건강해야 마음도 건강해질 텐데. 관세음보살' 해인은 입을 달싹거리며 불보살의 명호를 삼켰다.

"나는 왜 똥덩이를 들고 이것이 극락이다 하지 못하고, 마른 생선 조각을 들고 이것이 도솔천의 궁전 밑이다 하지 못했던가 하고 탄식했어요. 그리고 저도 좀 잘 살게 해달라고요."

그때 도연이 다가오는 발자국 소리를 들을 수 있었다.

"스님, 좋은 소식과 나쁜 소식이 있는데 어느 소식부터 전해 드릴까요?"

도연이 침대에 앉으며 물었다. 덥수룩한 머리와 수염, 길대로 긴 손톱과 발톱. 깎아야 하는데 하면서 신음을 삼켰다.

"좋은 소식은 팔자 탓 재수 탓하며 죽어버리고 싶다고 포기하던 스님에게 각막 기여자가 나타났다는 사실이에요."

도연은 지금 일어난 기적이 도저히 믿기지 않는다는 듯 흥분한 목소리였다. 해인은 반신반의 했다.

"나쁜 소식은 수술비가 만만치 않다는 거예요."

"하, 그것 참. 그러니까 죽을 날도 잘 골라야 남은 사람들에게 욕을 안 먹을 텐데."

시답지 않다는 듯 도연이 삼촌 스님을 탓할 때 해인은 끙 신음을 삼켰다. 불행이 한 번에 밀어닥친 게 아니라 인생 전체가 이미 틀어져 두고두고 한으로 맺힌 인생살이였다. 어려서부터 살아내야 한다는 압박감에 싫어도 싫다는 소리, 좋아도 좋다는 소리 한 번 못하고 이런저런 생각을 내놓고 말하지 못하고 살아온 해인이었다. 해인의 얼굴에 희미한 미소가 번져 나갔다.

"좋은 소식도 한 소식, 나쁜 소식도 한 소식. 그나저나 나한테 와서 가끔 울다가는 묘령의 여자는 누구냐?"

"……."

"난 처음엔 어렴풋이나마 그 여자가 지혠 줄 짐작하고 있었어."

"아, 예. 조사해보니 교통사고 가해자더라고요. 업 닦음 하러 왔나 보죠. 문막 휴게소 내 CCTV, 경찰서 교통상황실의 화면은 흐릿해서 정확히 나오지 않았는데 문막 휴게소 주차장에 장기 주차되어 있는 차량의 CCTV 화면을 확보했어요. 경찰서에서 운전자를 바꿔치기한 정황을 확보할 수 있었습니다."

"가해자……?"

해인은 허리를 반듯하게 편 채 앉으며 '그럼 뭐가 달라져?' 하고 담담히 말하며 쓰게 웃었다. 그러나 슬픔 속에서도 야릇한 기쁨 같은 걸 맛볼 수 있었다.

"어차피 우리는 가해자가 든 보험회사에서 치료비를 부담하는데 굳이 그 사실을 밝힐 필요가 없기에?……"

"뭐하는 여자래?"

"여배우랍니다. 찌질한 스님 한 분에 여배우들 풍년이에요."

"여배우?"

도연의 말에 해인은 가벼운 한숨과 함께 신음을 내뱉었다. 허탈감이 온몸으로 퍼졌다. '설마, 지혜는 아니겠지' 했다. 엄마도 아버지도, 삼촌인 지효 스님도 은사 스님도 도연 스님처럼 업닦음일 뿐이라고 운명을 견디는 방법을 일러주지 않았다. 해인은 숨을 한 번 몰아쉬고 침착성을 잃지 않으려고 애썼다. 그러나 입 안은 바작바작 말라왔다.

그때, 중환자실에서 만났던 이진구 환자와의 대화가 떠올랐다.

"눈이 나아지면 가장 먼저 보고 싶은 게 뭐예요?"

"……네, 미륵님이요. 만행했을 때에요. 미륵이 저를 내려다보고 있더라고요. 너, 어디 가니? 하시면서요. 고려 말 아님 조선 초기에 조성된 교항리 미륵 부처님이었는데 '그래 너도 살아봐라, 그런데 좀 잘 살아 봐라' 하셨는데 표정이 참 인간적이었어요."

"원주요?"

"네에. 제가 미륵님을 뵈었을 때는 마을회관 앞에 몸뚱이는 없고 불두만 서 있더라고요."

"그래요? 참 인연이네요. 교항리라고 제가 태어난 마을이에요. 그래 무슨 기도했어요?"

"기도요, 기도는요, 합장배례하고 오롯이 선 돌미륵을 한참 올려다보았어요. 돌미륵이 '스님 왔어?' 하며 반기대요. '오랜만이에요' 인사하니 돌미륵이 '안녕' 했어요. 참 투미했어요. 범종 소리 어디 두고 몸뚱이는 어디 두고 어쩌다 이렇게 여기까지 와 세월 보내시는지. 여기서 뭐해요? 하고 물었지요. 그럼 자리 바꿀까? 그나저나, 스님아. 내 몸은 언제 찾아줄 거야? 돌미륵이 되물었어요. 그리고 눈 감은 듯 웃는 듯 우는 듯 대답은 않고 침묵하는데 코끝이 시큰거리더라고요."

"……네."

"좋은 소식은요, 전에 있던 병원에서 소식이 왔는데 뇌사 상태 판정을 받은 이가 뇌사 이전에 스님을 지정해 안구 기증을 하셨답니다."

"……뭐어?"

듣던 중 반가운 소리였다.

"안구 기증자가 스님의 눈이 되게 해 달라고 했대요. 교항리가 어디에요? 미륵불을 다시 만나 보시라고요."

이진구라는 환자의 고향이 강원도 원주 교항리라고 했던가. 선방에서 한 철 같이 지냈던 도반의 본사가 원주에 있어 같이 가자 해서 함께 했던 만행 길이었다. 마침 갑장이라는 이진구 환자가 그 근처에서 태어나고 어린 시절을 살아 해인이 그 미륵불을 기억한다니까 반가워했었다.

"뭐라더라 수혜자와 스님과의 조직 일치라던가, 안과 주치의께서 hla a, bdr이라던가. 조직검사를 했고 의료진에서 이식수술 가능이라는 판단을 내리셨답니다."

"증여자가 누구신데?"

"중환자실, 준중환자실에 계실 때 옆의 옆 베드에 계셨다는 이진구 환자분이시랍니다."

"……."

각막 이식 수술을 할 수 있다는 사실에 도연이 목소리를 높였다. 해인은 꿀 먹은 벙어리가 된 듯 아무 말도 잇지 못했다.

"그런데 오른쪽 눈은 전층 각막 이식이지만 왼쪽 눈은 각막과 함께 진행되는 눈의 흰자위에 해당되는 공막이식수술이라고도 한답니다. 안 좋은 소식은 기증자의 눈에서 적출, 감사, 보관, 운송 및 그 제반 수술 비용은 의료보험에서 혜택이 되지 않기에 우리가 부담해야 한답니다."

"수술하는데 얼마나 든데?"

"걱정 마세요. 스님은 언제나 제게 기적을 만들어 내시는 분이니까요. 스님 사실은……. 제게 한 5천만 원이 있어요. 스님, 보험 들어 놓으신 거 없죠?"

"……."

도연의 그 마음이 고맙다. 다행이 망막, 수정체, 시신경은 다치지 않은 거 같다 했다. 깨닫고 싶었다. 불국정토에 들어가고 싶었다.

미혹과 무지, 무명을 떨쳐버리고 상락아정常樂我淨의 삶, 생사를 열반으로 바꾸고 싶었다. 갑자기 싸구려가 된 기분이었다.

"천박해, 이 한없는 속물."

순간 하마터면 해인은 비명을 내지를 뻔했다. 커튼 젖히는 소리에 놀란 것이다.

간호사다. 그저 간호사가 커튼 젖히는 소리에 오줌까지 지린 것이다. 간호사가 다가오는 발소리도 듣지 못했다.

해인은 끙, 신음을 삼켰다. 먹물을 풀어 놓은 듯 칠흑 같은 어둠이 파도치는 병원에 누워 있는 동안 안구 하나를 구입하려면 1억, 두 개를 갈아 끼우려면 2억, 신장을 바꾸려면 3천만 원, 심장을 바꾸는 데는 5억, 간 이식 하는 데는 7천만 원, 팔다리 의족 의수를 끼우는 데는 얼마라던 이야기가 떠올랐다.

"잘 주무셨어요? 혈압과 체온 잴게요."

먼저 입을 연 건 간호사였다.

"……."

"좋은 소식 있으시다면서요?"

밤새도록 엎치락뒤치락 잠을 이루지 못했다. '돈을 어떻게 만들어야 하나?' 부석부석한 얼굴을 한 해인은 혼잣말로 중얼거렸다. 속가 나이 열네 살에 입산해 서른다섯, 통장에 쓰고 남은 돈은 사천만 원이 조금 더 들어 있었다. 그 돈은 절에서 받은 보시금보다 열여덟 살이 될 때까지 생활수급비로 받은 돈이 대부분이었다.

"스님."

"……."

간호사가 나가고 밖으로 나갔던 도연이 들어와 화색이 되어 입을 열었다.

"스님과, 그 간호사 출신이라는 여배우와는 불연佛緣이 있으시다면서요?"

"여배우, 불연?"

"예. 그 보살님이요."

"나는 지금 무슨 말하는지 모르겠는데."

도연이 지혜를 말하는 줄 알았다. 그러나 가만히 들어보니 지혜를 두고 하는 이야기가 아니었다. 초하루 보름이 되면 자비행 보살과 반야도 관음사 법회에 참석했다. 다른 보살들은 그저 법당에만 올라갔다 내려왔는데 자비행 보살은 조금 일찍 올라와 공양간 일을 도와주곤 했다. 그럼 예쁘장하고 뚜렷한 이목구비의 반야, 지혜가 해인을 졸졸 따라 다니며 해인을 도와주곤 했다. 치아가 참 가지런했다. 맑고 밝은 자유분방한 그러나 몽환적인 눈을 가진 지혜였다. 무엇보다 고개를 약간 왼쪽으로 틀고 해인을 바라볼 때의 그 묘한 눈빛은 해인을 사로잡곤 했다. 지혜는 사람들과 쉽게 어울리지 못하는 해인에게 '오빠, 오빠' 하며 유난히 따랐다. 사람들은 지혜를 보면 '야, 너 예쁘다' 하고 걸음을 멈추고 지혜의 얼굴을 보고 칭찬해 주곤 했다. 해인은 그런 지혜가 싫지 않았다.

성운 스님은 그런 지혜를 두고 여성으로서 복스러운 관상이 아니라 성정이 날카로워 대가 센 무당이 되거나 귀가 커 인복이 많고 재복과 재운을 타고난 기생 아니면 춤추는 여자, 아니면 연예인이 될 관상이라고 했다.

병실 내에 적막감이 휘돌았다.

그나저나 육천만 원을 어디서 구하나. 처음엔 '수술은 뭐?' 했었다. 수술을 한다고 해서 백 프로 다 눈을 뜨는 게 아니라고 했다.

순간, 해인은 상념에 잠겼다. 어떤 스님이 묻길 승과 속의 차이를 아세요? 라고 물었었다. 차 산다, 집 산다고 은행에서 대출 받은 빚과 아이들 등록금, 내일 아침 쌀 거리, 집 걱정, 직장 일 걱정, 아이들 걱정, 돈 걱정하는 게 속인이래요, 하던 말. 그렇게 세파에 얽매이고 속박되고 살아보려고 몸부림치는 속인이 되는 건 순식간의 일이었다.

그래도 사문沙門이 아니었던가. 비록 몸의 눈은 잃었어도. 비굴하게 살고 싶지 않았는데. 자본에 휘둘리고 싶지 않았다. 돈은 불편한 진실이었다. 선악은 없었다. 죄일뿐이었다. 가진 게 없다는 것에 처음으로 절망했다. 그래도 재물, 돈이 없어 한 번도 걱정하지 않았던 것에 대한 갚음인지. 그 누구에게도 방해받지 않고 그동안 삶을 누렸던 데에 대한 업보인지. 문득, 삼촌을 데리고 절에서 나가 달라던 스님을 떠올렸다. 얼마나 매정했던가. 사숙, 낡고 낡았던 삼촌의 쉽게만 보이던 잿빛 승복들. 화장터 화장비를 차라리 노숙자들에게 보시하겠다며 길거리 죽음을 선택한 스님. 부처를 구하면 부처라는 마귀에게 사로잡히게 되고 부처를 구하면 부처를 잃게 된다던 삼촌. 해인은 '정말이지 나는 멀었구나' 하며 한숨을 나지막이 내질렀다.

뭐가 됐든 무슨 짓을 하든 해인에게 '가질 것도 버릴 것도 없는 운수雲水 무소유, 소욕지족 소확행의 우리들 아닙니까?' 하고 당당히 외치는 도연은 사형들, 성호 스님 성진 스님 성묵스님을 찾아가 수술비를 구하면 구해지지 않겠느냐는 거였다. 하지만 기회는 오직 지금밖에 없다고 했다. 지금 아니면 눈을 뜰 수가 없다는 걸 해인도 알고 있었다. 그때 누군가 다가오는 기척을 느낄 수 있었다.

"오빠, 나 지혜야."

순간, 해인은 돌아누우며 얼굴을 잔뜩 찡그리다 손으로 자신의 머리통을 벅벅 긁었다.

"스님, 스님. 왜 그러세요?"

지혜에게 '수술비 좀 빌려달라고 할까' 하는 생각을 했던 것이다. 순간 해인은 온몸에 전기를 먹은 듯 몸이 오그라들기 시작했다. 손과 발이 위아래로 떨려왔다. 전기가 몸으로 들어왔다 나갔다 했다. 머리통이 깨지는 것 같고 온몸의 근육들이 찢어지는 것 같았다. 몸이 수축되었다가 이완되었다. 눈을 뜨고 멍하니 바라보다가 오줌을 질금 지렸고 빠르게 눈을 깜빡이기도 했다. 발작이었다. 의식을 잃었는가 하면 정신이 들었고 졸음이 왔고 정신착란과 같이 노스님과 엄마, 아버지가 눈에 어른거렸다.

"산아."

노스님은 '재속에 불씨, 불성을 감추었다가 불, 불성이 필요한 중생이 있다면 나누어 주어라' 했거늘. 순간 지혜로 인해 엄마에게 인절미를 보내고 받았던 답장을 떠올렸다.

이 놈의 병은 이길 수 없는 업보라는 놈과의 싸움이구나. 아직도 엄마는 내가 가진 병과 타협이 안 된단다. 선재에서 김산으로 이름을 바꾸었다며. 너희 아버지께서 돌아가셨단다. 기도 올려줘라. 여기서 장례, 화장을 치러 드렸단다. 내가 너에게 너희 아버지에게도 아무것도 해줄 수가 없어 안타깝기만 했다. 고통이 없는 곳, 저 세상. 극락에서는 편히 지내시겠지. 이 세상, 소풍 나왔던 길. 그래도 너와 너의 아버지를 만나 행복했다. 너희 아버지도 마지막에 그랬다. 아버지가 마지막 유언으로 너에게 큰 스님 되라 하셨다. 너도 이미 짐작하고 있었겠지만. 소처럼 묵묵히 일만 하던 너의 아버지. 적극적인 치료는 이미 늦었고 통증으로 진통제 밖에 치료 방법이 없었던 너의 아버지. 더 이상 고통을 받느니 저세상, 극락으로 가신 게 그나마 다행인 거 같다. 저세상에는 죽음, 슬픔, 통증, 울음 같은 건 없을 테니. 아들아, 너는 혈액의 전해질 불균형이란다. 반드시 삼개월에 한 번씩 병원에 가서 약을 받아먹어라. 그렇지 않으면 온몸이 간질간질해져 발작을 일으킬 수도 있단다.

썼다가 지웠다. 결국 독하고 모질게 살아남으라던 엄마에게 인절미를 한 말 해서 보냈을 뿐, 편지를 써 넣지도 못했다. '너의 아버지는 너의 삼촌, 지효 스님이 오셔서 장례를 잘 치러 주셨다.' 라는 문장 앞에서 해인은 눈물을 뚝뚝 떨어뜨렸다. 그래도 삼촌은 해인에게 일언반구도 하지 않았었다. 뭘 해야 할 줄 몰랐다.

눈물도 나오지 않았다. 초등학교 6학년생일 뿐이었다. 수영이나 암벽 타기, 운전 같은 건 절대 할 수 없는 몸이었다. 해인이 하늘병에 걸려 있는 걸 삼촌도 알고 있었다. 아무도 모르는 일이지만 잠시 멍하게 엉뚱한 곳을 바라보는 데도 잠깐씩 의식을 잃을 때가 간혹 있었다. 의사는 그 증상을 행동장애 증상이라고 했다. 미친병, 지랄병이라고도 했다. 어릴 적 목의 경직, 눈부심, 두통 따위를 앓았는데 뇌척수막이 자극을 받아 나타나는 증상이라고도 했다. 다행이 비정상적인 뇌파 증상이 심하지 않아 일상생활에 그리 불편하지는 않았다. 하지만 가끔 머리가 너무 무거웠다. 엄마는 석 달에 한 번씩 병원에서 처방을 받아 약을 조제해 주었다. 약을 먹으면 거짓말처럼 두통은 사라졌다. 삼촌, 지효 스님이 해인에게 내민 건 그동안 엄마가 모았던 돈이 든 통장과 도장, 그리고 처방전이었다. 가슴이 두방망이질 쳤다. 얼굴은 불처럼 달아올랐다.

이젠 내가 죽더라도 너에게 연락이 가지 않을 것이다. 여기 담당의가 준비를 하라는구나. 너에게 편지도 쓰고 전해 줄 거 있으면 전해 주고. 내게 그렇게 시간이 많지 않다는구나. 내게 연락이 끊기면 죽은 줄 알아라. 너만 잘 살면 된다. 제사 같은 건 지낼 생각도 마라.

풍경이 유난히 울었다. 평생 식구들을 위해 희생과 헌신을 아끼지 않았던 엄마였다. 우는 사람을 따라 울지 못함은 고통이었다. 해인은 두 손을 가슴에 모으고 법당에 합장, 무릎이 까지도록 절을 할 뿐이었다.

법당에서 절을 하고 나오니 해인의 마음을 대신하듯 비가 내리기 시작했다. 마루에 걸터앉아 편지를 읽던 해인은 이슬비가 내리는 하늘을 바라보며 펑펑 울기 시작했다. 다시 또 무섭고 두려워졌다. 몸이 부들부들 떨렸다. '깔끔하게 살아야지' 구멍난 양말을 꿰매주고 때 절은 속내의를 빨아주던 엄마. 손톱에 때라도 끼어 있으면 질색팔색을 하던 엄마. 열심히 성실히 살아오던 엄마. 엄마의 아들, 아빠의 아들이라서 자랑스러웠던 아들. 생각했던 것보다 더 가슴 아렸다. 애틋하게 안아주던 엄마. 잘 해주지도 못하고 마지막 헤어질 때까지 못난 모습을 보여주던 아들. 사랑해요, 엄마. 해보지만 쉽사리 눈물이 줄어들지 않았다. 엄마와의 이별을 준비하고는 있었지만 왜 이리 사무치는 것일까. 엄마 고마워요, 그리고 감사해요. 당신을 사랑합니다.

"엄마."

해인이 엄마를 찾을 때는 거개가 밤이었다. 관음사 마당으로 고라니, 담비, 너구리, 두더지, 뱀들이 내려오곤 했다. 새로운 붉은 머리 오목눈이, 곤줄박이, 꿩, 멧비둘기, 박새, 뻐꾸기 같은 새들이 무시로 들락거렸다. 그렇게 비가 내리는데도 고라니는 빗속에서 푸른 불빛을 내보이고 부엉이가 법당 뒤쪽 어디선가 울어대고 있었다.

그날, 끔찍하기만 했던 사건이 떠오르곤 했다. 종찬이 형과 그 형 친구들이 두들겨 패 죽인 아이를 문수와 불현 그리고 해인 셋이서 산에 구덩이를 파고 암매장했다. 흙이 죽은 형의 입으로 코로 덮히는 걸 보며 해인은 얼마나 진저리를 쳤던가. 시키는 대로 했을 뿐 더 이상 선택 가능성은 없었다.

그 끔찍했던 트라우마에서 벗어났다고 생각했는데 사무침은 벗어날 수 없는 늪과 같았다.

"스님, 스니임."

"왜?"

"예감이 이상해요."

"무슨 예감?"

"성진 스님 애인이신 자비행 보살님과 따라가려 하지 않는 반야가 산신각 뒤로 올라갔어요."

"운동 갔겠지. 호들갑 떨지 말고 저녁 예불 준비나 해."

해인은 가슴이 꽉 막혀 터질 것 같았다. 그러나 한 번에 여러 개의 삶을 살아야 했던 해인은 성운 스님의 말을 거역할 수 없었다. 겨우 숨을 크게 들이켜고 진정한 채 법당과 산신각으로 올라가 헤매듯 촛불과 향을 사루어 향로에 꽂았다. '제발 아무 일 없게 해 주세요' 하며 법당에서 해인은 저녁 종을 쳤고 '정말, 아무 일 없게 해 주세요' 하며 위기와 시련에서 벗어나게 해 달라고 절을 하고 또 절했다. 저녁 예불은 산신각 예불을 해인이 끝내야 성운 스님이 법당 예불을 올릴 수 있었다. 산신각 예불을 막 시작하려 할 때 알록달록한 등산복을 입은 사람들 한 무리가 산신각으로 들이닥쳤다. 법당으로 들어서던 노스님과 주지 성진 스님, 성문 스님과 성운 스님이 뛰쳐나왔다.

"약을 먹은 거 같아요."

"여자 분이 이걸 손에 쥐고 있었어요."

가슴에서 뜨거운 덩어리 하나가 솟구쳐 올라와 해인은 손으로 입을 틀어막았다. 해인은 '예감이 이상했다'고 하며 성운 스님을 찢어진 눈으로 노려보았다.

등산객 한 사람이 유서인 듯한 종이를 성운 스님에게 내밀었다. 이미 주지 성진 스님은 119에 전화를 건 이후였다. 또 다른 등산객이 비닐봉지에 넣어진 약봉지도 내밀었다.

해인은 얼어붙은 듯 그 자리에서 꼼짝도 하지 못했다. 업혀온 자비행 보살과 지혜의 얼굴은 창백하기만 했다. 예감이 빗나가지 않았다. 몸을 늘어뜨린 자비행 보살과 지혜가 산신각 뒤의 무덤 봉분에 기대 누워 있었다고 했다. 해인이 지혜에게 죽으면 내가 죽는다면 꼭 저기서 죽을 거야라고 했던 하루 종일 볕이 드는 자리였다. 산신각이며 법당, 관음사가 다 내려다보이는 곳이었다. 주지, 성진 스님의 낯빛이 창백해졌다. 119에서 나온다고 했는데도 주지 성진 스님이 자비행 보살을 들쳐 업었다. 땅바닥에 눕혀진 자비행 보살을 요사채 앞 봉당마루에 눕혔다. 성운 스님이 어린 지혜를 업었다.

"어떻게 해요?"

지혜의 척 늘어진 손을 보고 해인은 발을 동동 굴렀다.

"죽겠다고 약 처먹은 년도 중생이다. 약 처먹고 죽게 만든 것도 중생이고. 발우鉢盂가 그거 밖에 안 되면 할 수 없는 거지 뭐."

"……."

노스님은 돌아서서 무설당으로 들어가 버리셨다. 해인은 노스님이 왜 화를 내는지 알고 있었다.

"스님, 스님 저거 빨리 태워버리세요."

성운 스님이 잽싸게 노스님이 듣지 못하도록 성진 스님에게 말했다. 성운 스님이 자비행 보살님의 유언장을 성진 스님에게 내밀었다.

"옴 살바못자모지 사대야 사바하."

해인은 참회진언을 삼켰다. 아무도 모르게 쉬쉬하고 숨기는 데만 급급하게 살아왔던 업이었다. 운명이었다. 공범이었다. 사는 것도. 죽는 것도. 해인은 양명원을 떠올렸다. 양명원에서는 하루에도 몇 명씩 아파 죽는 경우도 자살하는 경우도 있었고 연탄가스로 죽어 나가는 경우가 허다했다.

그해 겨울은 왜 그렇게 힘들었던지. 자비행 보살을 보니 죽지 않았다. 입에 허연 거품을 물고 있다가 토한 덕에 살았다고 했다. 그 말을 들은 해인은 심호흡을 크게 했다. 보살도 그렇고 지혜도 토한 듯싶었다. 해인이 몸을 바르르 떨었다. 그저 주저앉고만 싶었다. 가까이 다가갔지만 성진 스님이 인상을 팍 써서 해인은 주춤주춤 뒤로 물러섰다. 앰뷸런스가 왔고 성진 스님과 함께 보살님과 지혜는 구급차에 실려 갔다.

성운 스님이 해인의 기색을 보고 따라 들어와 '괜찮아. 다 잊어버려. 약을 먹었으니 열은 내릴 거야.' 하며 어깨를 툭 쳐주고는 갔다. 그러나 해인은 가타부타 입을 열지 않았다. 모녀는 위세척을 했고 다시 살아났다고 했다.

방으로 돌아온 해인은 이불을 깔고 누웠다. 놀란 탓이었을까. 몸에 열이 나고 있었다. 이상하게 잠이 오지 않았다. 견디기가 힘들었다. 막연히 '다 잘 될 거야' 했지만 가슴이 아파오기 시작했다. 아버지가 '우리 다 죽자' 하며 산에 제초제를 구해 놓았다고 하며 손을 내밀었을 때 해인은 '싫어요' 했고 팔을 양쪽으로 뻗는 동시에 눈을 하얗게 뜨고 쓰러졌다. 그리고 팔을 흔들어 댔다. 입에는 거품을 물었다. 악령에 의해 영혼이 사로잡힌듯 몸을 움찔하거나 움츠렸다 펴곤 했다. 지랄병이라고 했다.

해인은 이불을 덮어 쓰고 울기 시작했다. 우는 거 말고는 다른 거 할게 없었다. 바람이 부는지 문풍지도 흐엉흐엉 울었다. 부처님한테 '종찬이 형이 죽었으면 좋겠어요, 엄마는 살고요.' 하고 기도했었다. 그런데 부처님은 종찬이 형은 살리고 엄마는 죽였던 것이다. 살고 싶지 않았다.

악몽을 꾸었다. 정신착란 속에서도 '이건 꿈이야' 하며 아득해하는 자신을 발견할 수 있었다. 물속에 들어가 있는 것 같았다. 여자가 있었다. 하얀 옷을 입고 있었는데 여자는 젖어 얇은 옷 속의 몸이 다 드러나 보였다. 해죽해죽 웃던 여자가 해인을 안았다. '싫어요. 해인은 도리질했다. 어찌할 바를 모르고 해인은 허둥댔다. 그녀를 안자 그녀가 뱀이 되었다. 한 마리 두 마리 세 마리 수천만 마리가 되어 쩔쩔매는 해인을 휘감았고 물어뜯었고 조여왔다.

악몽에서 깨어 보니 노스님과 성진 스님, 성운 스님이 걱정스런 눈으로 내려다보고 있었다. 해가 중천에 뜬 한낮인데도 해인은 잠들어 있었다고 했다. 다행이 일요일이라서 학교에 가지 않아도 되는 날이었다.

"해인아."

"……."

빛이 아니라 그림자 어둠 쪽에 살았다. 가끔 사시나무 떨듯 몸을 심하게 떨다 몸이 활처럼 휘어 이를 꽉 물었다가 팔과 다리를 떨며 경기하는 걸 들켰다.

그 부딪힘은 선 쪽이 아니라 악 쪽에 더 가까웠다. 사건과 사건을 뛰어넘지 못한 채 목에는 엄마와 아빠의 유골이 든 염주가 걸려 있었고 슬픔, 절망처럼 먹물이 몸으로 마음으로 배어 갔으며 밤이면 또 그렇게 자신을 물고 뜯는 악몽과 함께 사회 부적응자가 되어 지독한 자신과의 싸움을 벌여야 했다.

어머니에게 온 전보를 사중 식구들이 돌려보고 있었다. 몸이 축 늘어졌다. 성운 스님이 업고 병원에 가 보았지만 병명이 없다고 했다. 설명이 되지 않는 날들이었다. 그날 밤 해인은 한 통의 전보를 받았다. 엄마가 돌아가셨다는 것이다.

"해인이, 엄마는 49재 지내주고 아버지는 천도재를 지내주도록 하자."

소식을 받고 삼촌은 애처롭다는 듯 내려다보다 양명원으로 향했다.

"다아, 꿈이다. 이미 일어났던 일들은 지나간 일일 뿐이다. 잊어라. 수행자는 지금 여기, 네가 있는 곳, 네가 되어지는 곳, 네가 살아 존재하는 곳이 바로 수행 터이다."

노스님은 입술을 꼭 앙다문 채 겨우 울음을 참고 있는 해인을 건네다 보며 말했다.

'불법은 산중에도 세간에도 차 있다. 여의고 깨닫는 것이 아니다. 세간을 떠나 깨달음을 찾는다면 마치 토끼의 뿔을 구함과 같아. 어머니, 아버지의 은혜를 잊으면 그건 사람도 아닌 것이야. 보이는 것들 너머 보이지 않는 것들, 너의 엄마 사십구재를 지내는 동안 너의 엄마 아버지를 위해 극락왕생을 기도하며 살아라. 심청이는 임당수에 몸을 던져 아버지의 눈을 뜨게 해드렸어.' 장례식을 집전하러 간 삼촌 대신 해인을 위로해 주던 노스님은 그때 이미 해인이 눈이 멀 것을 알고 있었던 말인가. '눈이 보이지 않는다 해서 아무도 미워하지 마라, 너도.' 해인은 노스님의 말을 떠올리며 고개를 푹 수그렸다. 해인은 손으로 이마를 짚었다. 머리에서 열이 오르고 있었다.

"스님, 하늘엔 왜 저리 별이 많아요?"

가볍게 진저리를 치던 해인이 물었다.

"음, 그건 생로병사를 피하지 못하고 죽은 사람들이 저승으로 올라가 별이 되어 반짝이기 때문이지."

"……피이. 거짓부렁."

잠시 망설이던 해인이 말했다.

"잘 찾아 봐라, 너의 엄마별도 너의 아빠별도."

"……."

"비밀이야. 엄마 아빠가 밤마다 저렇게 내려다보고 있잖아. 그러니 너만의 별세계를 만들어 봐. 이 세상은 다 너의 것이야."

"………."

해인의 상태를 쓰윽 훑어보던 노스님은 죽은 엄마 아버지도 다 하늘로 올라간 별이라고 했다. 지나간 꿈보다 지금 여기서 꾸는 꿈이 더 아름다워야 한다고 했다. 해인은 눈을 동그랗게 떴다. 오랜 세월이 흐른 뒤 '당신이 가신 뒤로 나는 당신을 잊을 수가 없었습니다. 까닭은 당신을 위하느니보다 나를 위함이 많습니다' 라는 만해의 시가 귀를 울렸다.

발작에서 깨어보니 누군가 해인을 흔들어 깨우고 있었다.

"기록에 보니 전에 있던 병원에서도 발작이 수차례 있었던데요."

"예. 제가 간병을 할 때는 없었습니다.

"일종의 뇌전증, 간질입니다."

"……."

"지속되면 뇌에 손상이 올 수도 있어요."

"혈압도 정상, 체온도 정상입니다. 저 알아보시겠어요?"

정신이 돌아왔다.

김 간호사가 의기양양한 목소리로 말했다.

해인은 고개를 내저었다. 모르겠다. 기억이 나지 않았다. 지혜와 도연은 알아볼 수 있었다. 운명은 늘 바뀌었고 잠시 잠깐 지혜로 인해 가슴이 뛰었다. 지혜의 접근 방법이 유치하긴 했지만 오죽했으면 그랬을까 하는 마음에 안쓰럽기까지 했다. 그런 지혜에게 수술비를 빌렸으면 하는 마음에 발작을 일으켰던 것이다. 발작은 혈액의 전해질 불균형으로 인한 거라고 했다.

해인은 번뇌망상 속에서 현실로 돌아올 수 있었다. 머리에 쥐가 날 거 같은데 간호사는 정상이라고 했다.

"그런데 왜 전화를 안 받으세요? 전원이 꺼져 있다던데."

"……?"

"스님이시라던데?"

"……."

"핸드폰 있으시다던데."

한동안 해인은 병원을 옮기고 혀까지 뽑힌 듯 말을 하지 않았다. 김 간호사의 목소리는 차분하기만 했다. 무슨 말이든 해야 하지 않나 하는 생각은 했지만 아무 말도 하지 않았다.

"지혜한테 연락받았어요. 지혜랑 간호대 동기에요. 지혜 오빠라던데."

"……아, 예. 잘 부탁드립니다."

문득 해인은 자비행 보살이 시인으로 등단했다는 이야기가 떠올랐다.

입산

이 누리
떠나지 않고
이 누리 떠나지 아니하고 않고
이 누리를 오가는데
아무 걸림이 없음이여
마치 바람이
하늘 가운데
노니는 것이나니
출세간出世間
출출세간出出世間이여.

"전화기 어디 있어요?"

김 간호사가 물었다.

"사물함, 걸망 속에요."

필요 이상으로 친절하다. 봄이다. 점점 따스해져 간다. 병실이 후덥지근해졌다.

"제가 꺼내 드릴게요. 충전을 해야 해요. 사람이 밥을 먹듯이요."

"……."

"아무도 전화하지 않음 제가 전화해 드릴게요."

공연히 기가 죽었다. 옷깃만 스쳐도 인연이라 했던가. 어깻짓을 으쓱해 보이는 듯한 김 간호사의 말에 해인이 흠흠 헛기침을 삼켰다. 그런데 왜이리 곤혹스러워지는 거지. '딸은 대개 지 어미와 운명을 닮는다던데, 전화로 체온은 어떠냐, 혈압은 어떻고. 하는 꼴이 가관이더라고요' 하던 지혜 친구의 말에 해인은 멋쩍은 웃음을 삼켰다. 해인은 고개를 내흔들었다.

"전화 왔습니다. 전화 왔습니다. 백승대님으로부터 전화 왔습니다."

해인은 누가 전화 하겠어, 했었다. 머쓱해진 해인은 목이 움츠러졌다. 보이스 오버Voice Over라고 해서 소리를 기반으로 한 읽기 기능으로 화면을 볼 수 없어도 사용할 수 있는 스마트폰의 간편하고 똑똑한 기능들이 내장되어 있었다.

"여보세요?"

"……네."

"김산님 핸드폰 맞죠?"

"네, 그렇습니다……만."

"네, 저 백입니다. S병원 백교수 오빠됩니다."

"……."

해인은 뭉클한 감정도 잠시 뿐, 머리카락이 곤두서는 것 같았다.

"국립 재활원으로 옮겼다 하시더라고요."

"……예. 그랬습니다."

얼척 없이 해인도 모르게 눈이 멀어버린 세상, 섬뜩한 한기가 등줄기를 훑어 내렸다. 어디에 머무를까, 어떻게 수행할까, 고민하는 동안 고통에 찌들고 안달을 떠는 동안 고통에 떠났던 어머니, 아버지를 잊었던 것이다. 생로병사, 생주이멸生住異滅, 지혜심, 방편심, 무장심, 승진심四心에 머무르되 사상四相에 너무 집착하지 마라, 했거늘 그랬다. 시름시름 앓는 동안 혼돈과 혼란 그런 것들이 한 덩어리로 뒤엉켜 있었다. 몸이 조금씩 나아지자 눈이 보일 때보다 집중을 하니 대화를 할 때 상대방의 말이나 생각을 금세 알아듣고 이해하는 힘이 생겼다. 그러나 마음은 예전처럼 두근거리지 않았다. 이미 눈은 멀었고 범인, 눈을 멀게 한 사람의 의미란 무엇인가. 그에게 무슨 책임이 있을까. 책임이 있다면 블랙 아이스일 것이고 재수 없었을 따름이겠지. 지금도 누군가는 죽어가고 있을 것이고 또 누군가는 태어날 것인데. 과연 이 세상은 나랑 상관있는 세계란 말인가. 전화기 속의 백 수사관의 이야기를 듣던 해인은 미친놈처럼 신음과 함께 숨을 들이켰다가 한숨을 낮게 내뱉었다.

"1차 사고는 문막 나들목 서울 방면 15미터 정도였습니다. 그때 당시 영하 12도였습니다. 쥐색 소나타가 블랙 아이스로 미끄러져 가드레일을 받고 멈췄습니다. 그리고 스님이 타신 영업용 택시가 뒤집어졌고 흰색 벤틀리 외제 승용차가 빗길에 미끄러져 택시를 들이받은 2차 사고입니다. 스님이 타신 소나타 택시 내에 탑재되어 있는 블랙박스는 수거하여 분석하였으나 녹화가 되지 않았습니다. 벤틀리 차량의 블랙박스에도 녹화가 되지 않았습니다. 또 사건 이후, 문막 휴게소 내 CCTV는 우중으로 분석이 불가능하나 휴게소 직원 두 명이 어떤 젊은 여자가 맨발로 문막 휴게소 외의 직원용 주차장 쪽으로 달아나는 걸 보았다고 증언했습니다. 주차장 쪽 CCTV는 지워진 상태입니다. 정황상 고의로 낸 사고가 아님이 확실

합니다."

"……네."

가뭇가뭇 바람이 불어와 창문을 두드리는 봄날 아침이었다. 해인이 고개를 끄덕이다 귀찮다는 듯한 어조로 대답했다.

"들키지 않았으면……."

진실이 부담스러웠다. 단순 교통사고가 확실하다는 백 수사관의 말이었다. 미혹과 무지, 무명을 떨쳐버리고 상락아정商樂我淨의 삶, 생사를 열반으로 바꾸고 싶었다. 그러나 통증의 아득한 나락으로 꺼우러져 들어갔고 깊게 파인 절망의 바닥을 기어갈 뿐이었다. 숨을 헐떡이던 해인은 손으로 눈두덩을 부비고 있었다. 병실을 노리는 봄바람을 좇다 보면, 쌓였던 상념들이 먼지처럼 일어났다 흩어지곤 했다.

"아이고, 이놈아 이 색色꾼놈아."

어디선가 노스님이 호령하는 것 같았다.

"중이 수행은 하지 않고 염불에는 마음이 없고 잿밥에만 눈독 들이고 있으니. 중생이 부처다. 먹고 자고 애써 일하는 중생들을 무서워하라고."

해인은 입맛을 다시며 푸념 같은 헛기침을 삼켰다. 해인은 미간을 찌푸렸다. 지난번 병원에서 보험회사 직원과 교통계 직원이 사실조사서를 받으러 왔을 때 토마토 냄새 뒷쪽의 사내. 발걸음이 다른 사람과 달랐다. 몸에 온 신경을 쓰는 듯한 발걸음은 보통 사람들의 발걸음이 아니었다. 훈련된 듯한 사내는 그 토마토 내음의 여자를 보호하는 사람이라는 걸 짐작할 수 있었다.

"그런데 말입니다. CCTV 영상 조작의 냄새가 나요. 저도 만만치 않습니다. 휴게소 뒷편 직원 주차장에 주차했다 나오는 차량의 CCTV를 확인하고 추적해 보았습니다. 마침내 여자의 모습이 나오는 화면을 확보할 수 있었죠. 조심스럽게 내사해 보았습니다. 그런데 말입니다. 명함에 직함도 없이 이름만 달랑 있는 전화번호를 내밀며 위에서 사건을 종결하라는 지시가 떨어진 모양입니다. 내참."

"사건 속에 또 다른 사건이 숨어 있는 모양이군요."

해인은 말해놓고 헛웃음을 삼켰다.

해인은 물속에 잠겨 있는 것 같았다. 또다시 옛 생각에 빠져 들었다. 혓바닥이며 입 안에 오톨도톨 혓바늘이 돋았지만 고요와 적막 속에 또다시 추억 속으로 빠져 들어갔다.

관음사로 삶의 터전을 옮긴 해인의 유년은 웃었다 울었다 희망했다가 포기했다가를 반복하던 날들이었다. 노스님의 시봉은 그리 힘들지 않았다. 좀 걸을까, 하고 해인은 혼잣말을 했다. 절간에서는 엄마랑 살 때와 달리 투덜댈 수 없었다. 빡빡이가 된 해인은 노스님의 방을 나와 산길을 타박타박 걸었다. 걸어서 절길 따라 내려갈 만큼 내려가다 뛰어 올라오는 게 해인의 밤 일과였다.

"우울할 땐 뛰어."

엄마가 말했다.

실망초며 개망초 하얀 꽃들이 엄마 대신 달빛에 그 뽀얀 얼굴을 내밀고 있었다. 그 이파리를 나물로 해먹을 수 있는 명아주며 비름을 보다 아버지를 떠올렸고 다시 강아지풀이며 뚝새풀을 숨을 고르며 내려다보기도 했다. 그리고 해인은 달리기 시작했다. 뛰다보면 숨이 턱까지 차올랐다.

"엄마 아빠가 있어도 없는 거 같으니 몸이라도 튼튼해야지."

엄마가 밤이면 뛰라는 건 노동판에 나가 몸으로라도 살아야 한다는 거였다. 대학까지 보낼 자신이 없으니, 어찌될 줄 모르니. 기술이라도 하나 배우려면 몸이 튼튼해야 한다는 거였다. 그렇게 달빛 고운 밤이면 해인은 달렸다. 엄마는 십 미터 가까이 해인에게 다가오지 않았다. 뛰다 보면 숨이 막힐 듯 심장이 터질 듯할 때까지 달렸다. 어스름밤 엄마는 해인이 그렇게 뛰는 모습을 바라보는 게 낙이었다.

"많이 먹어야 해."

멀리 앉은 엄마의 말소리가 들렸다. 해인의 눈시울이 뜨거워졌다. 나고 늙고 병들고 죽고. 사랑하는 사람과는 헤어져야 했으며 얻고자 하는 건 얻지 못했다. 엄마 말대로 밥 한 숟갈이라도 더 먹으려고 애썼다. 그러나 먹을 게 없었다. 배가 고프면 물을 마셨다. '살자. 그래도 살아보자' 했던 세월이었다.

체육 시간에 해인이 달리는 걸 본 체육 선생님이 물었다.

"너, 육상부 하지 않을래?"

"아니요……."

가쁜 숨을 몰아쉬며 아니라고 대답했다.

대학까지 보내주겠다던 노스님은 약속대로 중학교에 보내주었다. 노스님을 졸라 더 이상 상좌를 받지 않겠다는 삼촌의 부탁으로 겨우 노스님의 상좌가 될 수 있었다고 했다. 절 살림이 넉넉한 건 아니었다. 어머니가 죽자 삼촌은 주지인 성진 스님을 보증인으로 내세워 읍사무소엘 갔고 기초 생활 수급자로 지정받게 해 주었다. 만 열여덟 살, 고등학교 때까지 교육비가 따로 나왔고 또 월 얼마씩 수급카드로 생활비까지 지급되었다. 해인은 그 돈을 한 푼도 쓰지 않았다. 그리 신도가 많지 않은 절이었지만 한 달이면 절에서도 해인에게 그리 많지 않지만 노스님이 약속한대로 삼십만 원의 보시금을 주었다.

"어딜 가든 돈이 있어야 사람대접을 받을 수 있어."

"……."

해인은 엄마의 말을 기억하고 있었다. '오늘은 열 번' 하며 열 번을 오르락내리락하려고 마음먹었다. 타박타박 절 길을 내려가던 해인이 약수터 너럭바위께에 다다랐을 때 걸음을 딱 멈추었다. 이상한 소리가 들렸다.

"이 시간에 누굴까?"

순간 소스라치게 놀라던 해인은 얼어붙은 듯 멈췄다.

살금살금 다가가 보니 약수터 너럭바위 뒤쪽이었다. 산 밑에서부터 자욱이 밤안개가 안개 낀 산허리로 밀려들어오고 있었다. 이미 안개에 덮인 산속에 희붐한 물체가 어둠을 가르며 꾸물꾸물 움직이고 있었다. 이윽고 자세히 보니 사람이 보였다. 해인은 숨을 멈추었다. 달빛에 여자는 엎드려 있었다. 달빛을 받은 하얀 팬티는 발밑까지 내려져 있었다. 치마를 걷어 올린 여자의 허리께를 잡은 맨숭머리와 알궁뎅이가 안개 속에 드러났다. 한눈에 봐도 짱구머리 성운 스님이었다. 엎드려 있는 건 절 관음사 산 밑에 무허가 건물을 짓고 매점을 운영하는 순임이 이모였다. 털신 신발을 보면 알 수 있었다. 하얀 알궁뎅이가 연신 방아를 찧었다. 순임이 이모는 신음을 참으려 하는데도 신음 소리를 내지르고 있었다. 그리고 성운 스님의 거친 숨소리가 골짝을 쌔근쌔근 울려대고 있었다.

"그놈의 중짓 때려치우고 우리 도망가서 살자."

관계가 끝나자 순임이 이모가 성운 스님을 꼬드겼다.

"조금만 더 기다려줘."

숨을 죽인 해인의 숨소리가 입김과 함께 허공 속으로 새어 나왔다. 해인의 가슴이 두근반세근반 방망이질 쳤다.

해인은 그곳을 어떻게 빠져나왔는지 몰랐다.

입맛을 쩝 다시고 다시 돌아온 해인은 요사채 봉당마루에 걸터앉아 한숨을 폭 내쉬었다. 안개는 점점 거세져 한치 앞도 내다보이지 않아 마치 바다에 둥둥 떠 있는 것 같았다. 은근히 속으로 성운 스님을 그간 좋아해왔던 것이다.

"중 보고는 중 못 된다."

"노스님에게 이를 거예요……."

성운 스님이 그런 해인을 잡아끌었다.

"……그래, 씨발. 일러라, 찔러라. 절이 어디 여기 밖에 없냐?"

"……."

방귀 뀐 사람이 큰소리친다고 오히려 눈을 번들거리며 성운 스님이 위악을 떨었다.

"너도 남자잖아 인마."

"……."

노스님이 아시면 성운 스님은 쫓겨날 것이다. 그렇다고 해인이 노스님께 이르지도 못한다는 걸 성운 스님은 알고 있었다. 세상과 사람들에게 가까이 가지 못했다. 또 그 무엇이 되겠다고 희망해 본 적도 없었다. 해인은 그때를 생각하며 씁쓸하게 웃었다. 해인은 습관처럼 한숨을 들이마셨다. '배우지도 못하고 가진 것도 없지만 난 절대 성운 스님처럼 살지는 않을 것이야.' 해인은 속으로 다짐하고 또 다짐했다.

"니 인생을 살아. 엄마를 찾지 말고 생각도 하지 말고. 너의 세계, 우주를 열어."

엄마도 그렇게 말했다.

엄마의 말 끝, 세계니 우주니 하는 건 엄마의 말이 아니라 해인의 생각에서 나온 말인지도 몰랐다.

"미안하다, 아들, 너를 지켜주지 못해 미안해. 엄마가 너를 이렇게 떠나보내게 해서 정말 미안하다."

"미안한 짓을 왜 해? 차라리 나를 낳지 말지."

"……."

"엄마는 나를 왜 낳은 거야? 제대로 길러주지도 못할 거면서."

해인이 따져 물으면 '이놈이' 하는 눈빛을 보이면서도 곤혹스러워 하던 엄마였다.

핏빛 노을이 광명원 산등성이로 쏟아져 내리고 있었다. 해인은 후회가 되었다. 그런 말을 왜 해서 엄마에게 상처를 주었는지.

봄날이었고 하늘은 먹구름이 가득한 날이었다. 그 구름 사이로 보름달이 빠끔 내밀고 있었다.

"다들 상처를 품고 살지. 고슴도치, 안으면 안을수록 사랑하는 사람의 몸에 상처를 찌르는 아픈 사랑. 이별, 헤어지는 거 말고는 아무것도 할 수 없었던 사랑."

노스님은 그걸 고해라고 했고 세파라고 했다. 해인은 습관처럼 노스님의 말에 입을 삐죽였다. 꿈길을 밟는 듯한 시간들이었다.

언제나 이 세상의 주인이 되지 못했다. 태어나지 말아야 했다. 주인공은커녕 떳떳하게 지나가는 행인도 되지 못했다. 잘나고 똑똑하고 많이 가진, 날고 기는 사람들 앞에는 나서지 않았다. 후미진 곳 어두운 곳 습져서 곰팡이 피는 곳에서 숨죽이며 숨어 살았다.

"오는 것을 거절 말고 가는 것을 잡지 마라. 이제 너에겐 지나간 시간보다 남은 시간이 더 많은 인생이다."

노스님이 나지막이 말했다. 그러나 생각을 지울 수 없었고 그만 멈출 수 없었다.

엄마는 죽었고 중학교 2학년생이 되었다. 웃음을 잃어버린 아이. 반편이처럼 버려졌다 해도 다름없고 누가 집어가지도 않을 입 안의 소태 같은 인생이었다. 음울한 사춘기는 죽음, 자살 밖에 눈에 들어오는 게 없었다.

"허물은 경망에서 생기고 죄는 참지 못하는 데서 생긴다."

노스님이 말했다. '그래요. 그래서 어쩌란 말인데요?' 해인이 마음속으로 살짝 대항하듯 노스님에게 대들기도 했다.

"눈을 조심하여 나의 그릇됨을 보지 말고 맑고 아름다움을 보라매요? 망가졌어요. 제 인생은 왜 이따위에요?"

"니가 바라는 세상은 어떤 세상인데?"

잠시 해인은 마치 노스님이 옆에 살아계시기라도 한 듯 망상에 잠겼는데 불러도 대답 없자 '스님' 하고 도연이 해인의 어깨를 흔들며 불렀다.

추억의 기억들은 그렇게 한 장 한 장 파도로 왔다가 떨어지는 낙엽처럼 하얀 거품으로 사라져 갔다. 수레 구르는 소리가 들렸다. 밥차다. 침대 맡에 붙어 있는 상을 펴야 밥을 받을 수 있었다. 배가 고프지 않았다. 재활병원으로 오고 나서 곤란하지만 호흡도 순조로워졌고 무뎌지던 근육도 조금씩 풀리기 시작했다. 먹을 수 있게 되었고 앉을 수 있게 되고 방구를 뀌었다. 밥이 배식되었는데 해인은 밥을 먹지 않았다.

"도연 스님. 이거 스님이 드세요. 생각이 없네."

"그래도 드시지."

"병색이 완연한 얼굴, 시커멓고 누르죽죽한 얼굴, 눈은 있지만 초점 없는 눈을 하고 있을 내가 불쌍해 보이지?"

해인이 다부진 입으로 겨우 그렇게 물었다. 도연은 아무 대답도 하지 않았다.

음식 냄새가 코를 찔렀고, 욱 하고 토할 것 같은 기분이 들었다. 예민할 대로 예민해진 해인은 벼랑 끝에 서 있는 듯 현기증으로 부르르 몸을 떨었다. 각막 기여자가 나타나면서 무지갯빛 희망 같은 게 차오르고 있었지만 갈라지고 터진 입술을 실룩거릴 뿐이었다.

우울해진 해인은 침대에 몸을 눕혔다. 어질머리 속에서 또다시 외로움이 가슴을 휩쓸던 유년 속으로 한 걸음 한 걸음 빠져 들어갔다.

저녁 공양이 끝나고 섬뜩한 기척에 문을 여니 성운 스님이 불렀다. 문 밖은 여전히 안개가 꾸물거렸다.

"나 좀 따라와 봐."

"……어디가요?"

"성진 스님이 부르시네."

주지실로 간 두 사람은 봉투 하나씩을 받았다. 초파일을 지내면 보너스를 준다고 했다. 그러나 봉투가 두꺼워진 데는 성운 스님이 자비행 보살의 유서를 감춰 주었기 때문이란 걸 해인도 알고 있었다. 선재로서는 제법 큰돈이었다.

저녁 예불도 끝냈다. 마음 속 불안과 방황, 슬픔을 떨어뜨려 내기라도 하려는 듯 방에 들어와 숙제를 하려고 책을 펼쳐놓고 있을 때였다.

마음이 술렁거렸다. 야릇한 떨림과 함께 가슴이 쿵쾅거렸다. 주지 스님에게 받은 돈 봉투를 앉은뱅이 책상 방 서랍에 넣으니 성운 스님이 또다시 불러냈다.

"왜요?"

"묻지도 말고 따지지도 말고 그냥 조용히 따라와."

날이 많이 길어져 있었다. 성운 스님을 따라 해후소 뒤로 가니 계곡의 물 흐르는 소리가 정겨웠다. 진달래꽃이 피어 있었고 물가에는 송사리들이 놀았다. 길에서 사람들이 보이지 않는 곳으로 들어갔을 때 해인은 '세상에나' 하며 걸음을 딱 멈추었다.

아직도 날이 추웠다. 성운 스님이 '어때?' 했는데 그 표정은 무겁고 진지했다. 계곡의 흐르는 물 사이의 돌을 뒤집어엎어 개구리들을 잡아 놓은 것이다. 개구리 뒷다리들을 얇은 돌 위에 조르라니 놓고 불을 피우기 위해 나무들까지 준비해 놓았다.

"폐병에는 잘 먹어야 한다더라."

"……."

망설였지만 해인의 입에는 침이 흘러 내렸다.

"무릇 일에는 반드시 그렇게 되는 결과, 즉 이치가 있다. 부유하고 귀하면 따르는 사람이 많고, 가난하고 천하면 적은 것이다. 배가 고파도 고픈 척을 하지 마라. 배고플 때 마음 다르고 배부를 때 마음 다르다. 화장실 들어갈 때 마음 다르고, 나올 때 마음 다르듯이."

결핵이라고 했다. 보건소에 가서 엑스레이를 찍었고 석 달 열흘 동안 약을 먹었다.

생각해 보면 개구리 뒷다리는 해인이 이 세상에서 가장 맛있게 먹은 음식이었다. 개구리 뒷다리를 소금에 찍어 먹으며 '다음엔 소고기 사줄게 많이 먹어' 하며 양명원 개울에서 아버지가 불을 피워 개구리를 구워주던 걸 떠올렸다.

"보육원에서 힘들지 않아?"

아빠가 애잔한 눈빛으로 물었다.

"배가 고픈 거 말고는 말짱해요."

순간 선재는 나뭇잎을 흔들고 가는 바람을 보았다. 가슴이 저릿했다. 무슨 이유에서인지 파직 당하고 아버지는 많이 변했다. 성질이 급해졌고 화가 나면 소리를 질렀으며 손에 집히는 대로 집어 던졌다. 그러던 아버지가 그 옛날 정 많던 모습을 보여주고 있었다. 여전히 바람이 개울가의 강아지풀들을 흔들고 물살들도 건들며 지나갔다. 해인은 개울가에 앉아 그렇게 졸졸졸 개울물 흘러가는 걸 하염없이 바라보았다.

"재네 아버지 문둥병이래."

격리 수용되기 전의 하굣길이었다. 선재는 말하는 놈을 도끼눈으로 노려봤다. 그리고 손으로 짱돌을 집어 들었다. 문둥이 새끼라고 놀리는 아이에게 던졌다. 아이들의 손가락질을 받고부터는 선재도 악머구리로 변했다. 자랑스러운 아빠의 아들이었지만 선재의 마음은 간사하기만 했다. 길에서 아빠를 보면 멀리 돌아갔다.

죽도록 고생만 하다 죽은 엄마. 엄마 아빠 미안해요. 그저 엄마 아빠로부터 달아나고만 싶었다. 도망치고 싶었다. 그때, 선재는 아버지를 싫어하는 줄 알았다. 그렇게 아버지를 미워하고 저주하는 줄 알았다. 신경질 짜증부리던 그런 아빠를 사랑하던 여자. 그러나 선재는 알고 있었다. 엄마가 악에 받쳐 말을 막 할 때, 아버지가 베개를 엄마에게 던질 때 엄마가 베개에 맞지 않게 엉뚱한 쪽의 방벽에 던진다는 것을.

"아빠에겐 너와 엄마 밖에 없었어."

엄마의 말에 선재의 입에서 탄식과 같은 것이 새어 나왔다.

"너 하나 잘되는 거 보고 내가 죽었으면 소원이 없겠는데."

엄마의 십팔번 말이었다. 핏발 선 아버지의 눈을 보면 가슴이 철렁 내려앉아 움찔움찔해 외면하곤 했다. 엄마는 '도망가고 싶어. 달아나고 싶다'고 하면 '시끄러, 넌 공부나 열심히 해. 사고치지 말고.'라고 말했다.

"이 몸이 가루가 되더라도 내 니 뒷바라지는 해 줄 테니."

엄마의 말에 선재는 풀이 죽은 채 입을 다물었다.

이상한 마음, 엉뚱한 마음을 먹으려는 해인을 붙잡으려는 노스님이 사십구재 천도재로 해인에게 절을 시켰다.

"산엘 가보자."

양명원에서 하루는 선재의 배가 고프냐는 말에 속이 켕기는지 아빠는 뜬금없이 산에 오르자 했다. 그러나 아빠는 감염의 여지가 있다고 십여

미터 떨어진 곳에서 걸었다. 찔레꽃이 하얗게 피어 있었다.

"이걸 찔레 순이라는 거야."

아빠가 먼저 찔레를 꺾어 멀리 떨어져 선 채 말했다. 찔레꽃, 하얀 꽃이 흐드러지게 피어 있었다. 다음은 마였다. 마 줄기의 맨 끝을 뜯어 먹어도 맛있었다. 둥글래, 도라지, 더덕을 배웠고 잔대, 도라지며 진달래 꽃잎 먹는 것도 알게 되었다. 양명산 산자락엔 어디에나 소나무 새순도 돋고 있었다. 끝부분을 잘라 껍질을 벗기고 속껍질을 먹게 했다. 그걸 송구라고 일러주었다. 산속을 누비다가 뱀을 보더니 말했다.

"아빠는 이딴 걸 어떻게 다 알아?"

선재도 모르게 절로 입이 크게 벌어졌다. 그러나 아버지의 손가락은 뭉툭해 있었고 눈두덩은 가라앉아 있었다.

"전쟁이 일어났었고 우리 때도 배가 고팠단다. 이놈은 ……맛 좋고 영양가 높은 놈이다."

머쓱해진 아버지가 뱀을 잡아 껍질을 벗겼고 그걸 구워 선재에게 내밀었다. 그러나 선재는 머뭇거렸다.

"네놈은 아직 배가 덜 고픈 모양이로구나."

"……."

소금에 찍은 뱀고기는 정말 맛있었다.

"운명은 네가 만드는 거야."

아버지는 당신이 해 줄 수 있는 최선의 말이라는 것처럼 '인간은 구하다, 구하다 구하지 못하고 고苦의 세계에서 늙어 죽는 거'라고 말했다.

선재가 아무 말을 하지 않자 아버지는 계곡으로 선재를 데리고 갔다. 물이 산 밑으로 흘러 내려가고 있었다. 아버지는 문드러진 손, 문드러진 발로 계곡에 들어가 '봐라' 하며 돌을 들췄다. 입춘이 지났다지만 물은 차가웠다.

"봤지?"

아버지가 들춘 물속의 돌멩이 밑에는 개구리들이 잠을 자고 있었다. 두 사람이 잡은 개구리는 꽤 되었다. 아버지는 개구리의 내장 빼는 법을 일러주었다. 면이 얇은 돌을 주워 오게 했고 두 곳에 불을 피웠다. 그리고 불 위에 개구리를 올렸고 아버지는 미리 호주머니에 들어 있던 소금을 꺼냈다.

가을이 되면 보리수 열매, 주렁주렁 열렸던 보리똥, 떡살구라고 했던 개살구, 깨금, 개복숭아 등 산속에 먹을 건 지천이었다.

성운 스님이 돌 위에 구워놓은 개구리 뒷다리를 본 해인은 눈물을 뚝뚝 떨어뜨렸다.

"왜? 왜 울어?"

기어코 해인은 개구리 고기를 먹으며 엉엉 소리내며 펑펑 울기 시작했다.

"왜, 왜? 무, 무슨 일이야?"

아버지만 생각하면 아버지에게 흠씬 두드려 맞은 것 같았다.

경박한 말투, 비음이 많은 성운 스님의 목소리였다. 쉽게 우는 해인을 보더니 '그래, 씨발. 울고 싶을 땐 울어라' 하며 한숨을 내쉬며 등짝을 토닥여 주었다. 그러나 해인을 걱정스런 눈으로 바라보며 '내가 뭘 잘못한 건 아니지? 이렇게 좋은 날, 이렇게 행복한 날 인마, 울긴 왜 우냐. 돈도 두둑하게 들어왔는데.' 하며 정종을 홀짝거렸다.

"너도 한 잔 할래?"

"전 술을 못 마셔요."

해인이 놀란 얼굴로 눈물을 훔치며 말했다.

"……약으로 먹어봐. 울음에는 직방이야."

"네에?"

"자아 마셔봐."

개울물 소리를 따라 봄도 흘러 들어오고 있었다.

법당에서 재를 지내고 남은 정종들을 모아 둔 것이라고 했다. 해인은 '에이, 전 안 마실래요' 하며 머리를 긁적이며 말꼬리를 흐렸다.

"이제 난 돈을 많이 벌 거다. 사주라는 걸 배울 거야."

성운 스님도 이젠 까막눈이 아니었다. 덕분에 사주 관상에 관한 책들을 읽을 수 있게 된 것이다.

"그건 배워서 뭐하려고요?"

"돈 벌려고. 침놓는 것도 배울 거야."

성운 스님은 해인이 때문에 정식 수계를 받았던 것이다.

"니가 이제부터 바빠질 거야."

"왜요?"

"나 내일 서울 간다."

"어디?"

"돈 벌러 간다 했잖아. 부전 살이."

"부전 살이가 뭐예요?"

해인이 콧물을 훔치다 눈을 씀벅거리며 물었다.

"염불쟁이. 예불해 주고 기도해 주는 스님. 성진 스님 절에 부전 살이 하러 가기로 했어."

"그렇게 악착같이 돈은 벌어서 뭐하게요?"

"어차피 내 주제에 공찰은 받지 못할 거고. 오라 가라 하지 않는 내 암자 하나 지으려고. 순임이는 공양주 보살하고."

"……내가 가도 돼요?"

"그럼 굿good이지."

성운 스님은 초등학교 졸업 자격 검정고시에 붙었다. 제일 좋아해 준 건 노스님이었다. 중학교 2학년이었던 해인에게 알파벳을 배웠고 중학교 졸업 자격 검정고시도 준비한다고 했다. 그날 해인은 왜 눈치채지 못했나 하고 얼마나 자책했는지 몰랐다.

"성진이와 성운일 너의 본보기로 삼아라. 중 보고는 중 못 된다. 산중에 큰 호랑이가 있어 새끼를 낳았으니 반은 개 몸이고 반은 호랑이라. 이놈을 호랑이라 할 것인가, 개라 할 것인가? 하늘에 검은 달과 흰 달이 있어. 검은 달은 서쪽에서, 흰 달은 동쪽에서 오다가 서로 합해 하나가 되니 이 무슨 도리인고? 삼계가 벌겋게 타는 불 속이니 어떻게 해야 한 점의 눈雪을 얻을 것이냐, 이 말이야."

삼촌이 해인에게 말했다. 해인은 길게 한숨을 내뿜었다. 성진 스님도 나름대로는 처절하게 불가에서 정진했다고 삼촌이 말했다.

해인은 술을 마셔도 성진 스님처럼 얌전히 마시지 못했다. 피가 끓었다. 성운 스님 때문에 한때는 거의 매일 정신을 잃다시피 술을 마셔댔었다. 술집에 앉아 탁자를 끌어 안고 쓰러지기도 했고 지나가던 이랑 공연히 시비가 붙어 파출소에 끌려가 벌금을 내기도 했으며 길바닥에 쓰러져 엉엉 울기도 했었다. 그렇듯 기실 선방으로 들어간다 해도 과거는 징그러웠고 현재의 삶은 지겨웠고 미래는 불투명했다.

"가사빛 노을 헤치고 가봐. 선방에 가서 일구월심日久月深하라고. 산문山門에 앉아 보리菩提의 마음을 내어 정진해 보라고. 욕계화택慾界火宅의 온갖 선악과 미추, 시비가 가소로울 거야. 욕망의 꼬리표를 떼고 목숨을 걸고 참구參究하면 확철대오確徹大悟할 수 있다고. 나처럼 반거충이 미친 놈이 되지 말고."

"이것이 무엇인고. 이 뭐꼬, 저 뭐꼬, 그 뭐꼬. 그렇다면 나는 말짱

한가?"

부재의 날들, 평정심을 잃고 조바심만 들끓던 날들이었다. 슬픔, 고통, 공황장애를 앓는 날들이었지만 세상, 세계와의 관계 회복을 위해 운동을 게을리하지 않았다. 수술비는 수술비고 왼팔, 왼다리, 오른팔, 오른다리를 들었다 놓았다, 평온을 찾으러 굽혔다 폈다를 반복했다. 그러다 서울역에서 삼촌 지효 스님과 나누던 이야기를 떠올린 해인은 어금니를 깨물었다.

"해인아."

"네?"

"먹자는 놈 못 먹게 하지 말고, 갖자는 놈 못 갖게 하지 말며, 하자는 놈 못 하게 하지 않으면 절대 충돌할 일 없어."

"……."

지하도 벽에 힘없이 기댄 채 삼촌이 눈을 주자 해인은 씩 웃었다. 삼촌도 웃었다. 마치 그 눈빛은 너 뭘 상상하는지 내 안다는 눈빛이었다.

"스님."

"왜?"

"젊고 예쁜 보살님 소개해 드릴까요?"

"나쁜 놈의 새끼."

"왜요?"

"이놈아, 내가 젊었을 때 좀 그러지."

삼촌의 말에 해인이 그만 웃음을 터트리고 말았다.

죽기 전 이빨이 다 빠진 삼촌의 웃음을 떠올리며 '괜찮아. 다 잘 될 거야' 하는데 창 밖에는 바람 불고 비가 내리는 모양이었다. 바람과 빗소리가 창문으로 달려와 부서졌다. 이제 더 이상 뒤로 물러설 곳이 없었다. 잠시 잠깐 삼촌 생각에 실소를 터트렸다. 순간 호흡이 불규칙해졌다. 피가 거꾸로 흐르는 듯 머리가 지끈거리면서 어찔어찔 현기증이 일었다. 해인은 길게 숨을 몰아쉬고 다시 잠들어 보려 눈을 꼭 감았는데 저마다 다른 병명을 가진 옆 환자들의 쌔근거리는 숨소리, 이 가는 소리로 몸을 뒤척거릴 뿐이었다. 숨통을 찍어 누르는, 꼬리에 꼬리를 무는 번뇌망상을 떨쳐내려 애썼다. 격한 감정을 억누르며 거친 숨을 몰아쉴 그때, 병실 문이 열리고 도연의 다가오는 소리가 들렸다. 이윽고 도연이 해인의 오른쪽 어깨를 가볍게 두드리더니 귓가에 조용히 속삭였다.

"스님 또 좋은 소식이에요."

"뭐가……."

해인이 마뜩찮은 목소리로 말했다.

불운, 불행이라는 사슬에 붙들어 매여 있어 아무리 벗어나려고 해도 벗어나지 못하고 잠 못 이루고 악에 바쳐 몸을 뒤채던 해인이었다.

6

바로 지금이지 다시 다른 시절은 없다

6
바로 지금이지 다시 다른 시절은 없다

"무슨 좋은 일?"

"……음, 스님, 엄청 부자이신 거 같아요. 개봉박두. 기대하셔도 돼요."

"개코나. 먹고 살아보겠다고 가시밭길 꾸역꾸역 맨땅에 헤딩하고 언땅 삽질하고 살아왔는데 뭐."

"왜요, 산 좋고, 물 좋고 공기 좋은 상류사회에 사셨으니 부자로 사신 거죠."

순간 해인은 노스님을 떠올렸다.

"노스님. 전 이제 어떻게 살아요?"

"어떻게 살긴, 선재가. 53선지식을 찾아다니며 살아야지."

그땐 노스님의 선지식을 찾아다니라는, 수행하며 살라는 그 말을 이해하지 못했다. 해인은 노스님을 보고 불자의 삶을 배웠고 가끔 삼촌을 보며 운명을 읽곤 했다.

"산다는 건 무상한 거야. 보현행급普賢行及이면 여래출如來出이야. 꽃길이 되는 거지."

"……."

불교에서는 지혜를 가장 중요하게 여기면서 한편 그 지혜가 구체적 실천행으로 나타난다면 여래가 출현한다는 뜻이었다.

"출입, 심식관心識觀, 수행. 아는 거, 가진 거, 사는 거로부터도 자유로워야지. 그 첫 번째 방법은 일소일소 일노일로一笑一少 一怒一老다. 성 안내는 그 얼굴이 참다운 공양구야."

해인은 노스님의 말씀에 처음으로 웃었다. 낯설고 서툰 과정에서 그 말을 들은 해인은 다시 씩씩하게 일어설 수 있었고 환한 얼굴을 찾을 수 있었다.

"아이고 이놈아, 중이 부자면 뭐하나? 삶의 즐거움을 모르는 놈이 어찌 죽음의 즐거움을 알겠어……?"

해인은 대답을 해놓고 자신이 노스님과 삼촌의 어투를 닮아간다고 느꼈다. 벌레가 꾸물거리는 것처럼 온 몸이 근지러웠다.

삼촌, 지효 스님은 그랬다. 죽어가면서도 '오늘 죽으면 좋고, 내일 죽으면 더 좋고'라고. 그 경지까지는 아직 멀었다. '멍청한 놈아. 이 눈 먼 바보 등신아. 지금 너 뭐하는 거냐?' 하며 삼촌이 어디선가 머리를 콩 때리는 거 같았다. '아야, 아야' 그때 맞은 머리통이 지금에야 아파왔다. '아, 정말. 이런 몸뚱어리를 어디다 써먹을 수 있겠나' 몸이 천 냥이면 눈이 구백 냥이라고 했는데, 마음은 만 냥이라고 했다.

잠에서 일어나 동트는 새벽을 맞이하는 게 만남인 줄 알았다. 사중 식구들이 법당에 모여 예불하고 아침 공양하는 게 나눔인지도 알게 되었다. 제행무상이라 했다. 생겨난 형태 있는 것은 반드시 흩어지고 바람 따라 사라진다는 것이다. 그러므로 나도 없고 너도 없다고 했다. 그렇게 인연으로 모든 존재는 서로 관련 없는 존재가 없다고 했다. 절간에서 살다 보니 향냄새가 몸에 배어 갔다. 미치도록 좋아하거나 미치도록 사랑하지 못했다. 그런 만큼 극단적으로 싫어하고 미워하는 마음도 점차 사라졌다. 잘잘못 시시분별에 빠지지 않으려 했다. 그러나 그게 말처럼 쉽지 않았다.

"몸보다 더한 괴로움은 없다. 그러므로 고통에서 벗어나고자 하는 사람은 먼저 내 몸부터 항복을 받아내야 한다."

'생명 있는 모든 건 때가 되면 떠나는 게 자연의 이치. 내가 떠날 때가 된 거지, 이제 내 몸을 다 사용한 거야' 하던 삼촌의 말뜻을 알 수 있었다. 깊고 어두운 터널. 이 지구별 여행. 생자필멸 회자정리生者必滅 會者定離라 했던가. 생명 있는 것은 반드시 죽게 마련. 만나면 언젠가는 헤어진다 했던가.

"걱정 마세요, 스님. 우선 제 돈 쓰세요. 저한테 오천만 원 정도 통장에 있어요."

"그 목숨 값을 내가 어떻게 쓰냐?"

도연이 듣기 좋은 목소리로 말했는데 해인이 단호하게 잘랐다.

"크으. 갚으시면 돼요."

"너는 너, 나는 나. 스님은 스님의 인생이 있고 내 인생은 내 인생이야. 그리고 너도 남은 생 살아야지……."

"남은 생요? 빈손으로 왔다 빈손으로 가는 거래요. 사춘기 땐 뭐 하시고? 해탈, 열반은커녕 깨달음이 일도 없는 말씀을?"

"권력과 욕망, 그거 얼마나 삼삼한 건데."

"헤엄을 배우는 건, 물을 건너기 위해서입니다. 수영을 배우고도 물을 건너지 못한다면 헤엄을 칠 줄 모르는 사람이죠."

해인은 도연의 말에 쓰게 웃었다. 심호흡을 해도 숨이 쉬어지지 않을 때가 있었다. 갈라지고 터진 몸이었다. 건강도 잃고 마음도 잃고 불심도 잃었다. 이대로 눈이 먼 몸으로 쓰러질 것인가. 걷고 싶었다. 달리고 싶었다. 관음사 뒷산 길을 오르락내리락 한 시간쯤 뛰어 줘야 숨통이 트일 것 같다. 망망대해에 둥둥 떠다니는 것 같았다. 운명은 생명을 운반하는 일, 숙명은 생명에 깃드는 일. 순간 해인은 통증으로 움찔했다. 머리털이 곤두서는 거 같았다. 해인은 지난날에 대한 죄책감과 앞날에 대한 불안감이 물컹 일었다.

"스님, 산책 가실까요?"

"……좋지."

우거지상을 하고 있는 해인에게 도연이 말했다.

불면의 밤들이었다. 열에 들떠 새처럼 웅크린 채 유서의 문장을 어떻게 쓸까, 고민하다 병실에서 나와 바깥 공기를 맡으니 조금은 살 것 같았다. 한의 세월, 고독에 머물러 당황해서 어찌할 바를 모르고 살았던 날들이었다. 징징대지 말아야지, 울지 말아야지 했지만 잘되지 않았다. 운명이 바뀌고 인생이 바뀐 후 석 달로 접어들고 있었다. 아무것도 할 수 없었던 것이다.

"이번 생 이렇게 끝내고 싶지 않았는데 나 같은 놈도 세상에 잘 사는 걸 부모님에게 보여드리고 싶었는데."

어둠 속을 더듬거리며 살아가는 동안 거친 숨만 연신 몰아쉬었을 뿐이었다.

"오빠는 재수 없어."

순간 해인은 지혜의 말을 떠올렸다.

"노스님이 그랬잖아. 우리는 죽음으로 사는 거라고."

지혜의 말을 듣는 순간 서러움에 몸을 떨었었다.

"도연 스님아, 매점에 가서 담배, 담배 한 갑 좀 사다 줄래?"

"……네?"

"담배와 라이터를 사오라니까."

명령조의 말에 도연이 머뭇대다 '네, 가시고 싶은 곳 다 가보시고, 하고 싶은 거 다 하시고, 드시고 싶은 거 다 말씀하세요.' 하고 휠체어가 미끄러지지 않게 고정을 시켰다. 그 바람에 링거 병이 크게 흔들리고 있는 모양이었다.

이윽고 도연이 다가와 담배와 라이터를 내밀었다. 해인은 도연이 꺼내주는 담배에 불을 붙였다. 그리고 불을 붙인 담배를 왼손에 들고 담배를 하나 더 달라 해서 불을 붙였다.

"지금 뭐하시는 거예요?"

해인은 대답하지 않았다. 각막을 증여해 준 이진구 환자를 위하는 마음이었다. 의식을 치르듯 왼손에 들었던 담배의 연기를 빨고 오른손에 들었던 담배도 빨았다. 푸 연기를 허공에 내뿜었다. 옆에 선 도연은 해인의 그 모습을 그저 망연히 바라보고만 서 있었다.

구求하면 잃게 된다는 말이 옳았다. 말로는 도연이 오천만 원을 보탠다 했을 때 그 돈을 어떻게 쓰냐고 했지만 속으로는 관세음보살, 하며 수술비 계산을 했다. 눈을 뜰 수도 있겠네 하는 얍삽한 마음에 해인은 씁쓸히 미소를 삼켰다.

"나무아미타불 관세음보살."

해인은 비 맞은 중처럼 혼잣말을 하다 그만 얼굴을 찡그리고 말았다.

"질풍노도의 사춘기를 끝낼 때가 되신 거 같은데. 그래도 스님의 담뱃불이 반딧불 같고 등댓불 같아요."

"뭐?"

도연이 말했고 해인이 희미하게 웃었다. 그동안 도통 아무것도 하려 들지 않았다. 그저 해인의 담배 피우고 싶다는 이상한 행동에 덩달아 좋아하고 함께 기뻐하는 모습을 본 해인은 씁쓸했다.

"이젠 곡차도 찾으시겠어요."

도연의 말에 허벅지 흉터를 떠올리던 해인이 쓸쓸히 웃었다. 피부에 닿는 공기의 온도가 따스했다. 첫 외출이었다. 해인은 담배와 라이터를 받아 들고 자못 만족스러워했다. 새로운 세계로의 출발이었다. '진작 끝냈어야 했는데' 하는데 덜컥하고 휠체어가 방지 턱을 넘어가고 있었다. 그 바람에 살짝 오줌을 지린 것 같다. 기저귀를 찼으니 망정이지. 그때 비행기 한 대가 하늘을 높이 날고 있다고 했다. 해인은 고개를 들어 하늘을 올려다보았다. 그러나 하늘은 보이지 않았다.

"하늘은 어떻게 생겼어, 높아?"

해인의 물음에 이번엔 도연이 그 마음을 안다는 듯 희미하게 웃었다.

도연은 구름 한 점 없는 높고 푸른 하늘이라고 했다. 비행기가 지나가며 하얗게 금을 그으며 가고 있다고 했다.

갑자기 해인은 휠체어에서 일어나 한껏 걷고 싶었다. '나도 일어설 순 있지. 걸을 수 있겠지?' 중얼대던 해인은 입맛을 쩝 다셨다. 이렇게 한가로이 바깥 공기를 실컷 마시는 건 처음 있는 일이었다. 재활원은 전에 있던 S병원과 협력 병원 관계라고 했다. 원래는 입원 대기 기간이 적어도 3개월이라는데 마침 자리가 나서 입원할 수 있었다고 했다. 옆 환자들의 말로는 쉽지 않은 일이라고 했다. 분명 누군가가 윗선에 청탁해서 이루어진 일일 거라고 하며 '역시 스님은 부처님이라는 든든한 뒷 빽이 있으시네요' 했다.

"생야시야生也矢也. 무엇이 생하고 무엇이 죽는지요?"

그때 선문답을 던지듯 도연이 해인에게 물음을 던졌다.

"일체 생각이 다 끊어진 자리라……. 지구에 인간들이 너무 많아. 정원 초과라고. 어차피 죽을 건데 난 좀 서두르고 싶어. 나라도 빨리 가면 인구가 줄어들잖아. 지금 지구는 완전 만원이라고."

"……어찌 쌩 오셨는데 휙 가시려고 해요?"

순간 도연이 '그래도 부처님 밥값은 하고 가셔야죠' 하고 말했다. 늘 반듯반듯해야 했고 삐뚤삐뚤한 걸 용서하지 못하던 도연이었다. 아마 속으로 '왜 그리 배짱이 없으세요?' 하며 해인의 뒤통수를 쏘아보고 있을 것이다. 거만하고 도도하고 자신만만했는데 쪽팔렸다. 단지 눈이 멀었을 뿐이라는데. 병신 육갑한다고 지지리 궁상을 떠는 꼬락서니가 한심스럽기까지 했다.

도연이 휠체어를 잠시 세웠다. 해인은 음, 하고 신음 같은 탄식을 내질렀다. 얼마나 도연이 멈춰 섰을까. 이내 도연이 다시 휠체어를 밀기 시작했다. 해인은 도연의 말뜻을 알아차릴 수 있었다. 이 병원으로 이송해 오기 위해 지혜의 힘이 있었다는 걸 눈치 챌 수 있었다. 참으로 희한한 세상이었다. 환자가 병원에 입원하는 데에도 뒷배가 없으면 불가능하다는 거였다.

큰 사형인 성진 스님이 가까이 살고 있었다. 제법 신도수가 많은 큰 절의 주지로 앉아 있었다.

"여기는 어떻게 생겨 먹었어?"

"병원 입구에는 교육행정동이 있고 그 뒤로 기숙사. 그 옆 동으로 지금 스님이 머무는 본관 병동이 있어요. 본관 병동 앞으로는 신관 병동이 있고요."

도연이 차근차근 설명해주었다.

머리도 없었고 꼬리도 없었다. 이름 지을 수도 없고 무어라 글자로 쓸 수도 없었다. 위로는 하늘을 이고 아래로는 땅을 받들고 있는데 밝기는 태양 같았고 만져볼 수 없고 바라볼 수도 없다. 한번 작은 것이 클 수도 없고, 한번 큰 것은 작을 수도 없다. 크려들면 한정 없이 커져서 삼라만상 우주세계를 다 삼켜버렸다. 안으로는 묘한 것이 머금어 있고 무량묘연이 원래 구족하다. 밖으로는 어디든지 여여하다.

"아, 윤원구족輪圓具足의 날들은 언제 올까."

해인은 입술을 깨물었다.

"자아, 이제 수행터, 병실로 돌아가시죠."

수행자는 무주처無住處, 무주심無住心이어야 진여眞如, 열반涅槃에 대한 집착마저 벗어날 수 있다 했건만 무無였고 공空이었다. 기우뚱 절뚝, 산 것도 아니고 죽은 것도 아닌 채 병실로 구차하게 돌아와 드러누웠다.

인생이 어긋나 인분 제조기처럼 똥오줌이나 퍼질러대며 꼼지락거리던 날들이다. 안으로 안으로만 파고들었다. 밥을 주면 밥을 먹고 약을 주면 약을 먹었다. 생활인이 아니라 교통사고 보험에 의해 사육되고 있는 한 마리 인간짐승 같았다. 무기력 속에 더께더께 분노가 쌓였다.

해인은 누운 채 철물점에 가서 시너를 한 통 사는 모습을 그려 보았다. 불이 번지지 않는 곳을 찾아 다른 이들에게 피해가 가지 않는 곳을 택해 머리에 시너나 휘발유를 붓고 불을 그어 당기는 모습을 상상했다. 생각만으로 가슴이 후들거리고 망연해졌다. 해인은 '내가 왜 이래?' 하며 고개를 내저었다. 가슴이 후드득 뛰기 시작했다.

고통은 어디에서 오는가. 왜 고통스러운가. 무엇이 이토록 지독하게 구는가. '이렇게 살아 뭐해? 송두리째 바뀐 삶' 하는 마음이 들었다. 꿈에서 '엄마 보고 싶어' 하니까 엄마는 '다 네 탓이 아니야. 괜찮아, 괜찮아질 거야'라고 그랬지만 괜찮지 않았다. 엄마는 '우리가 더 잃어버릴 것이 없잖니? 미치지 않고 그냥 이렇게나마 살아 있는 것만 해도 대단한 거'라고 했지만 결코 대단치 않았다.

병실에는 다른 환자들이 켜놓은 텔레비전에서 춤추며 노래하는 가수의 음악 소리가 쏟아져 나왔다. 다들 살아 숨 쉬고 따스한 체온, 뜨거운 심장을 누리고 있었다. 순간 해인은 아뜩해져옴에 어금니를 깨물었다.

"세간 상 그 시끄러움 속에 힘을 얻지 못하면 어찌 생멸을 떠나 적멸을 구하겠는가?"

다시 가물가물 놓았던 의식을 되찾은 해인은 '제엔장' 하며 입을 헤 벌렸다.

살고 싶어. 그런데 내가 왜 자꾸 정신을 놓는 거지. 그건 아니었다. 죽고 싶다는 건 엄살이었다. 해탈과 열반, 상구보리 하화중생下化衆生이 불가능하다 해도 천년만년 살고 싶었다. 아아, 그런데 왜 이리 가끔가끔 산송장이 되는 것이지.

해인은 마음이 다급해졌다. 가만히 목을 왼쪽 오른쪽으로 비틀어보았다. 뼈마디가 우두둑하는 소리가 났다. 인생 막장, 목숨은 때 묻었다. 눈물이 흘러나오고 있었다. 어깨를 떨며 우는 해인을 보고 도연은 이러쿵저러쿵 아무 말도 하지 않았다. 정신을 잃으면 그동안은 아무 기억이 나지 않았다. 그냥 잠에 떨어지듯 이러다 그냥 콱 죽어 다시 깨지 않으면 얼마나 좋을까.

"스님."

"응?"

"여긴 수유리에요."

"……수유리면 어떻게 하라고?"

그동안 도연은 든든한 버팀목이었다. 안타까워 몸부림치는 해인 앞에서 마음을 잘 지키고 말을 조심하고 늘 행동을 조심하려 하는 걸 해인은 알 수 있었다. 현실을 인정하지 않으면 안 되었다.

재활원 바로 뒤가 북한산이라고 했다. 이 병원으로 온 데는 이유가 있었다. 안구, 각막 이식 수술을 받으려면 국가에서 지정한 장기이식 의료기관으로 지정되어 있는 병원이어야 했기 때문이었다.

수술 날짜가 잡히는 대로 신관 병동으로 옮겨질 거라고 했다. 신관 병동에는 화장실에 배설 보조 의자가 있고 욕창 예방 및 자세 변환을 위한 베드가 있으며 목욕 보조, 운동 보조 등 중증 장애인들의 독립적인 삶을 위해 간호와 간병이 통합된 서비스를 받을 수 있는 곳이었다.

"업이 참 독해. 왜 태어났고, 어디에서 왔으며, 왜 죽어야 하고, 또 어디로 가는지?"

"……퇴원하셔서 존재의 참모습을 밝혀내 보시죠."

"……쑤시고 결려서. 빨리 저승으로 가고 싶어."

해인의 말에 도연이 어이없다는 양 키득거리며 웃었다. 가슴이 아려왔다. 도연의 좋은 점은 궁금하다고 해서 한없이 질문을 퍼붓지 않는다는 거였다.

"……아공我空 법공法空의 장애는 극복하는 게 아니라 구공俱空을 받아들이는 게 아닐까요?"

"무기無記에 빠졌다는 얘기겠지. 공空에 집착한 나머지 공空에 빠진 거겠지."

해인이 쓸쓸히 한숨지었다.

"……견성이 성불이에요. 모든 생물들 다 고통받고 있어요."

도연이 물티슈로 입가에 흘린 침을 닦아주었다. 해인은 '장애를 극복하는 게 아니라 그냥 받아들이라고?' 하며 그저 드러누운 채 '그게 무슨 소리야?' 하는 표정을 지었다. 더 살아야 하는지 말아야 하는지. 살아야 할 이유가 없지는 않았다. 그렇다고 허무로 죽을 수도 없었다. 죽어야 할 이유는 충분했지만 더 살아야 할 이유도 미미했다.

"그럼 날 좀 죽여줘. 젠장, 살자니 지랄이요. 죽자니 청춘이네."

조금 뜸을 들인 해인이 중얼거리듯 말했다. 옆에서 도연이 쿡쿡거리고 웃었다.

"……어떻게 하면 돼요?"

"면도칼 하나 구해 주면 내가 목욕탕에 들어가 손목을 그을게. 그럼 내일 해는 서쪽에서 뜨게 될 거야."

도연이 점입가경이라고 기가 막힌다는 듯 실실 웃었다.

그동안 줄곧 했던 생각이었다. 교통사고가 나기 전에는 175cm의 키에 64, 5kg의 몸무게였는데 지금은 53kg이라고 했다. 몸은 마비되고, 수축되고 오그라든 근육을 복원시켜 주는 물리 치료는 오전과 오후로 나뉘어 두 번을 받았다. 이제 주치의는 정형외과적으로 물리 치료, 운동 치료밖에는 없다고 했다. '내게로 오는 놈, 무심으로 반기고, 내게서 가는 나, 돌아오기를 바라지' 않았는데. '가면 가는 거고 오면 오는' 것이었다.

"주먹을 쥐었다 폈다 반복하시구요, 발가락을 들었다 놓았다. 그리고 발끝 역시 들었다 놓으시고. 항문에 힘을 주었다 빼는 케겔운동을 부지런히 하셔야 합니다. 일단 앉으셨으니 일어서시고 불편하나마 두 발로 걸으셔야 할 거 아니에요."

의사는 재활, 다시 일어설 수 있다고 했다. 다시 살아야 한다. 물리 치료사는 주치의의 지시대로 꺾어지지 않는 무릎을 강제로 힘을 주어 꺾어댔다. 무릎, 발목의 강직이 심했다. 통깁스를 했던 탓에 무릎, 발목이 굽혀지지 않았다. 이대로 다리병신이 되는 거 아니냐니까 조급해 하지 말라고 했다. 뼈는 아물었으니 굳고 뭉친 근육들을 풀어주는 거라고 했다.

"이제 스님은 앞으로 어떻게 할 거에요?"

"윤회의 불길 속에……. 살았던 거처럼 탐욕과 집착, 갈애로 비승비속으로 살다 갈 거야. 그런데 왜?"

해인이 묻자 도연이 한참을 서 있다 되물었다.

"도연 스님아."

"네?"

"이젠 내 혼자 살 수 있을 거 같아. 그러니 가."

"네?"

"니가 부담돼."

해인은 결정했다는 듯 심중의 말을 꺼냈다.

"……절더러……가시라면 어디로 가라고요?"

도연이 말뜻을 알아듣고 쓸쓸히 되물었다.

"그게 집착이라니까. 내게서 떠나가서 너의 화두를 풀어. 견성성불 해야지. 나한테 있으면 나의 허무로 너는 병들어. 나의 병 때문에 너의 생을 망가뜨려서는 안 돼."

"……예?"

"나는 고苦야. 내 옆에서 허송세월하지 말고. 너는 너의 길을 가라고. 각자도생, 너도 살길 찾아 가야 하잖아?"

"히이, 제게 누가 성불하세요, 하면 두드러기가 돋던데요. 그나저나 어쨌든 저 때문에 인과因果에 더 얽매이셨다면 용서해 주세요. 제가 보기 싫어도 스님, 수술하실 때까진 제가 옆에 있을 거예요. 그러니 그때까지만이라도 참으세요."

"수술은 무슨 수술?"

"점안點眼요, 그리고……."

도연의 말에 해인이 코를 훌쩍거렸다.

"개코나 점안은. 그게 고苦라니까. 바로 망집妄執이라고."

"네 알아먹었어요. 스님이 지금 아주 어리석으며 위험하신 상태라는 건 알고 계시죠. 걱정 마세요. 박수쳐 주실 때 떠날 테니."

한동안 도연은 입을 다물었다. 머리가 지끈거렸다.

새벽부터 감기 기운이 있기는 했다. 순간, 도연이 휴지를 내밀었고 해인은 코를 풀어 휴지를 도연에게 내밀었다.

"스님, 눈에 뵈는 게 없으니 무서운 게 없으시죠?"

그때 도연이 투정부리지 말라며 생글거렸다.

"그래, 눈에 뵈는 게 없으니까 무서운 것도 하나 없다, 이놈아. 발버둥 치다 비참하게 죽어가겠지. 어쩔래?"

도연이 '스님, 그것도 상相 아닐까요. 육체의 두려움은 두려운 게 아니잖아요?' 하며 뼈있는 말을 던졌다. 마음자리를 밝히지 못하고 왜 그리 헤매고 있느냐는 거였다.

교통사고가 났을 때 차가 데굴데굴 굴렀다. 구를 때까지 의식이 있었다. 보험회사 직원에게는 기억이 없었다고 했다. 그러나 공포와 절망 속에 '추워, 왜 이리 춥지?' 그랬다. 차가 마지막으로 구를 때 해인은 의식을 잃었다. 의식을 잃기 전 '어서 여기서 빠져 나가야 하는데' 하던 기억이 자꾸 떠올랐다.

속이 메슥거리고 울렁거렸다. 고민하고 긴장한 탓일까. 또 한 판 토해야 진정이 될 상황이었다. 병원에 있어 보니 의외로 이 세상에는 아픈 사람들이 많았다. 다들 치유에 필사적이었다. 지푸라기라도 잡으려 한다는 말이 이해가 됐다. '살고자 하면 죽고, 죽고자 하면 산다고? 아니야 살고자 하면 살고, 죽고자 하면 죽어.' 하고 중얼거렸다.

"해탈 열반은 피곤한 꿈이었어."

해인이 옆에 앉아 심각한 얼굴을 하고 있는 도연이 듣지 못하도록 혼잣말을 했다.

"그러니까 지금 이 분위기는 나더러 포기, 스님에게서 손 떼라는 거죠? 그런데요, 스님. 저의 젊음과 슬픔 사이에서 그건 안 되겠는데요."

비아냥대듯 도연이 말했다.

"자꾸 너한테 자극받고 너를 보면 긴장이 되네."

문득 이런 상황에까지 온 현실이 부끄러웠다.

"아무래도 나는 틀렸어. 눈도 멀고 기력이 약해서 정진하기가 어려워. 이제 다시 수행해 봤자 내가 뭐가 되겠니?"

"그간 스님 옆에 있는 동안 좋았어요. 멘탈 꼭 붙들고 계세요. 팥죽처럼 마음 끓이지 좀 마시고. 그래야 저도 가피를 받을 거 아닌지요?"

도연의 말에 해인이 피식 웃었다.

"부끄럽기도 하고 유감이네. 나는 자네가 무서워. 나의 바닥을 다 보여 주는 거 같아."

"……이미 볼 꼴 못 볼 꼴 다 봤는데요 뭐. 제가 눈이 먼다면 어땠을까를 생각했어요. 아마, 전 스님보다 더 지랄발광 떨었지 싶습니다."

"……눈에 보이는 게 다는 아니야."

"그러니까, 발심. 수행하자는 거 아닌지요. 스님도 저의 인생도 바로 지금부터 시작이라고 여기고 있어요."

도연의 목소리는 차분하게 가라앉아 있었다.

"스님, 저 말씀 드리지 못한 게 있어요. 지금 스님께 참회하려고요."

이참에 도연이 밝힐 게 있다며 입을 열었다. 그저 휠체어에 앉아 있었을 뿐인데 피로감이 몰려왔다.

"뭔데? 말하지 마. 골치만 더 아파."

도연이 빤히 바라보고 있는 모양이었다.

"저 실은 지혜, 반야보살의 운전수 겸 보디가드로 일하고 있어요. 촬영이 있는 날에는요. 지혜가 제 사촌 동생인 건 아시죠?"

"……그거 대충 눈치 채고 있었어."

지혜 이야기가 나오자 갑자기 머릿속이 뒤죽박죽 엉망진창이 되었다. 온몸으로 열이 퍼졌다. 그러나 옛날처럼 열이 나고 몸이 떨리는 열성경련까지는 아니었다. 아무리 곱씹어 보아도 의문은 남아 있었다. 삼촌과 함께 마지막을 나눌 때 서울역에는 어떻게 도연이 그 자리에 있었던가. 도연의 말대로라면 관음사의 사형에게 서울역으로 간다는 연락을 받았다 했는데.

"스님이 사고를 당하셨다는 연락을 받고 놀랐었어요."

"……어떤 땅꾼이 큰 뱀을 보고 그 몸뚱이나 꼬리를 붙잡았다고 하자. 그때 뱀은 몸을 뒤틀어 붙잡은 손을 물어 버릴 것이야. 그 때문에 심심산천 망망대해를 헤매는 너는 나로 인해 죽거나 죽을 만큼의 고통을 받게 되겠지. 왜냐, 지금 난 한 마리 독사가 되었거든."

"죄송해요, 스님. 지게 작대기 뒤집은 놈으로 스님의 그 삼천대천세계 한 마리 뱀의 머리를 누르고 손으로 그 모가지를 확 잡아채야 했는데……."

"왜……?"

"이따 성진 사형 오신다고 했어요."

"……."

성진 스님이 온다는 얘기를 듣자 가슴이 답답해지더니 아려왔다.

해인의 말에 도연은 '말을 하지 못했을 뿐이지 속인 건 없습니다.' 하며 실실 웃었다.

도연이 화제를 바꾸려 들었다. 해인은 비스듬하게 앉은 채 쩝 입맛을 다셨다. 도연을 힘들게 하고 있었다. 잠들면 깨지 않았음 했다. 내일이 와도 변할 건 아무것도 없었다. 혓바닥은 쩍쩍 갈라졌고 혓바닥은 덕지덕지 하얗게 소태가 끼어 있어 말할 때마다 쉰내가 나는 거 같았다.

"스니임……. 지혜도 온다고 했어요. 저녁 공양 준비해서요. 야외에서 저녁 공양 하기로 했어요."

도연의 말에 해인이 희미하게 웃었다.

"그런데 스님, 분명한 건. ……제가 스님을 다치게 하지 않았다는 거예요."

그러니 너무 미워하지 말라는 도연의 말에 해인이 쿡 웃었다. 웃음 짓던 해인은 오만상을 찌푸렸다. 마치 눈꺼풀 안쪽에 모래라도 들어 있는 듯 따끔거렸다.

눈이 보이지 않자 늘 몸이 성난 파도에 휩쓸려 이리저리 부딪히는 거 같았다. 의심은 암귀暗鬼, 귀신을 낳고 있었다. 보이지 않는 세상, 판단이 흐려지자 백치가 된 듯했다.

그랬다. 눈이 보이지는 않아도 봄이 곁에 와 있음을 알 수 있었다. 순간 해인은 몸에 신열을 느꼈다. 언제나 몸과 마음이 개운한 날이 오려나. 체열이 온몸으로 스멀스멀 퍼지기 시작했다. 그러나 의사의 회진 시간은 지나갔다. 이제 잠들기 전 열시에 간호사가 한 바퀴 병실을 돌 것이다. 그때 혈압을 재고 체온을 잴 때, 수면제 좀 주세요라고 말해야 한다. 한 알 두 알, 모아둔 수면제 알약들이 해인에게는 꽤 되었다.

"번뇌와 보리가 둘이 아니고 무명과 반야가 둘이 아니며 이것과 저것이 둘이 아니면 무엇이란 말인가."

도연이 오줌통을 들고 화장실로 가면서 '번뇌즉보리煩惱卽菩提, 생사즉열반生死卽涅槃이라고요.' 하며 꿍얼거렸다. 도연은 외곬의 성격이었지만 승가에 적응 못할 정도의 성격은 아니었다. 문득 도연의 얼굴을 그려보았다. 해인과 마찬가지로 얼굴은 늘 창백했고 짙은 눈썹 아래 날카로운 눈, 말을 걸지 않으면 결코 말을 들을 수 없던 도연이었다. 그런데 쉴 새 없이 고시랑대고 있는 거였다.

"스님."

"응?"

어릴 적 해인은 노스님에게 물었다. 관음사 법당의 부처님은 세 분이 봉안되어 있었다. 불단 중앙에는 주불인 석가모니불이었고 오른쪽에는 비로자나불 왼쪽에는 아미타불을 모시고 있었다.

"이 세상 고통은 어디서 와요?"

"우리들 마음에서 오지."

"우리는 왜 고통받아야 해요?"

"나고 늙고 병들고 죽는 것에서 비롯되지. 사는 순간이 죽는 순간이야."

"……."

"내 몸이 내 것이면 내 맘대로 할 수 있어야 하는데 내 몸, 마음, 인생이 내 것이면 내 맘대로 할 수 있고 살 수 있어야 하는데 생로병사의 과정에서 그렇지 못하기 때문이다."

"……수행이란 뭐예요?"

"육신이 텅 비어 있는 걸 아는 거지. 참되고 바르게 살아가는 거야. 삼귀의, 사성제에 의지해 이 세상에 내가 주인이 되는 거야. 자타일시성불도自他一時成佛道. 나에게서 너로 가는 길이다. 믿음 지혜 자비로 자유해방으로 가는 길이지."

"……."

"이 세상이라는 드라마, 네가 주인공이지. 나는 너의 엑스트라고. 이 세상은 너의 것. 네가 돌아가 의지할 품은 부처님인 것이야. 그러니, 너의 고삐를 네가 잡아라. 말 주인이 말의 고삐를 잡듯. 바로 네가 부처님이시란다."

"전 왜 여기에 와 있고 이렇게 행자 스님이 되었으며 또 스님의 상좌가 되었는지요?"

"응. 인과와 연기가 바로 우리들의 존재, 바로 실존인 것이야."

"……네, 인과와 연기는 뭐예요?"

"원인과 그 원인으로 이루어진 결과를 말하지."

법당에서 성운 스님의 기도 목탁 소리가 들려왔다. 해인은 발자국 소리를 죽이며 법당을 나왔다. 공양간으로 마지摩旨 가지러 가는 길이었다. 마지는 공양이라고도 하는데 사시, 열한시가 되면 불공을 올릴 때 부처님에게 올리는 밥을 말했다. 해인은 허탈한 가슴을 가만히 쓸어내렸다. 막 108배를 끝낸 이후라 다리가 후들거렸다. 외로움과 절망감에 입술을 깨물고 그저 눈만 깜빡거리던 해인이었다. 인과로 일어나 인연으로 사라진다라는 말이 그때는 무슨 말인지 이해가 되지 않았다.

무설당無說堂 뜰 앞의 백일홍 잎사귀들 끄트머리에 봄 햇살이 사뿐히 내려 앉아 반짝이고 있었다. 일주문에 들어서서 진입로를 통해 올라오면 한복판에 대웅전이 있었고 그 앞의 양쪽으로 종루와 고루, 대웅전 오른쪽에는 무설당이 있고 왼쪽으로는 산신각, 그 밑으로 주지채, 무설당 쪽으로 요사채, 대웅전에서 ㄷ자로 해인과 성운 스님이 머무는 방 4개의 요사채. 해인의 방 왼쪽으로 노스님이 머무는 무설당이 있었다. 절 마당을 두고 반대쪽으로는 심검당과 공양간, 그리고 공양주 보살님의 방이 붙어 있었다.

절집에서의 하루 일과는 늘 마당 쓸기부터 시작되었다.

"나는 누구인가. 어디서 왔는가, 여기는 어딘고, 하고 아침마다 마당 쓸며 늘 생각하는 거야."

"……."

길게 한숨을 뽑아내며 저만치 서서 설렁설렁 비질을 하는 노스님을 건네다 보았다.

"그리고는 이뭐꼬, 저뭐꼬, 그뭣꼬 하다 깨우쳐 부처가 되는 거지."

'마당 쓸다가요?' 하고 되묻던 해인은 노스님을 한참이나 쳐다보았다. 말과 행동 모든 것이 조금씩, 아주 조금씩 먹물에 배어들고 있었다. 그때 그윽히 건네 보는 노스님의 시선에 눈 둘 곳이 마땅하지 않은 해인은 침을 꿀꺽 삼켰다.

"벙어리가 꿈을 꾸면 누구랑 얘기하지?"

해인은 대답은 하지 못하고 으음, 하고 한숨을 길게 날렸다. '뭔 말이야? 벙어리가 어떻게 말을 해?' 하며 설렁설렁 빗자루 자국만 남길 뿐 말문이 막혀 벙어리가 된 듯 눈을 씀벅거렸다.

"우리는 모두 눈뜬장님이라. 몸값이 일천 냥이면 눈이 구백 냥이지."

속으로 '………네?' 했는데 '마음의 눈을 떠야지, 이 색꾼놈아. 장님 꿈자랑 하지 말고' 하는 말이 뒤를 따라 이었다.

"여기 마음의 문을 열지 못하는 벙어리, 눈뜬장님 하나 여기 있네."

해인은 밤송이 같은 머리를 긁으며 웃었다.

법당 처마 밑에 달려 있는 풍경, 허공을 유영하는 물고기를 보라고 했다. 티베트에서는 룽다, '룽'은 바람이란 말이고 '다' 는 말, 노래라는 뜻이라고 했다. 바람의 말, 바람의 노래를 따라 물고기가 어디로 가는지 잘 보라는 알 듯 모를 듯한 말을 했다.

향냄새도 낯설고 목탁 소리도 낯설었다. 가끔 치킨과 콜라, 자장면이 먹고 싶었다. 양명원에서도 가끔 엄마와 아빠 그리고 선재, 셋이서 멀찌감치 떨어져 앉아 치킨이나 자장면을 시켜 먹곤 했다. 그러나 절집에서는 꿈도 꾸지 못할 일이었다.

"호로롯 쮸쮸, 찌잇찌잇."

그때 무설당 밖 열린 문 밖으로 연둣빛 날개를 가진 작은 새 한 마리가 울었다. 그 새는 곧 법당 뒤 산속으로 날아갔다. 새소리를 들은 해인은 왠지 골치 아팠는데 가슴이 뻥 뚫린 거 같았다. 법당 뒤의 산에는 물푸레나무와 박달나무, 갈참나무, 오리나무들이 녹색 이파리들을 팔랑거렸다.

의료진들은 이제 외상으로 인해 심해진 뇌전증腦電症, 전간증癲癎症으로 가끔 혼절해 허우적거리는 것만 치료하면 된다고 했다. 담당의사는 국소 절제수술을 하게 될 것이라고 했다. 또다시 심장이 벌렁거리고 속이 거북해지기 시작했다. 자고 나면 괜찮아지면 얼마나 좋을까. 꿈이라면 깨고 나면 말짱하다면 얼마나 좋을까. 사는 게, 지은 죄를 알지 못하는 죄였다. 미망迷妄이었다. 가끔은 밖에서 까치 소리도 들리고 새들도 짹짹거렸는데 오늘은 병원 옆쪽 마을에서 개들 짖는 소리조차 들리지 않았다.

무슨 부귀영화를 누리려 하는 건지. 해인은 병상 생활에 익숙할 법한 시간도 지났건만 가끔 숨이 막혀오곤 했다. 뭐 하나 제대로 되는 게 하나도 없었다.

"그래도 격한 통증은 사라져 가는데 정신이 이 정도면 내가 폐인이 된 거지."

녹지근한 몸을 돌려 눕던 해인이 착 가라앉은 목소리로 혼잣말을 하였다.

"스님 주무실 때 백 선생님이란 분이 오셨다 가셨어요."

"……백 선생?"

감정 기복이 심해졌다. 비 맞은 중마냥 해인은 한껏 숨을 들이쉬며 입가를 일그러뜨리다 '다 덧없어. 부질없다고' 하며 힘없이 중얼거렸다.

자꾸 위로하려 드는 도연을 두고 '새끼야. 너도 눈이 멀어 봐라, 얼마나 깝깝한지.'라고 도연이 알아먹지 못하도록 중얼거렸다.

"도대체 어릴 때 반야, 지혜랑 어디까지 가신 사이에요?"

"소꿉장난하던 사이지, 뭐. 맞다. 지혜가 스님 사촌동생이라지."

도연이 화제를 바꿨다. 눈을 감은 채 심호흡을 가다듬던 해인이 헛기침을 삼켰다. 가진 건 없고 있는 거라곤 자존심뿐인 인생이었다. 그쯤 지효 스님은 관음사에서 3km쯤 떨어진 무불암에 머물고 있었다. 암자라지만 마당에 3층짜리 깨진 고려시대 석탑뿐 움막에 가까웠다. 쌀을 관음사에서 가져갔는데 공양주 보살님이 길길이 날뛰며 삼촌 욕을 해댔다. 김치를 담가 놓았는데 삼촌이 그걸 너무 많이 퍼갔다는 것이다. 공양주 보살님이 한바탕 법석을 떨며 지효 스님 험담을 하자 지혜가 물었다.

"오빠, 내가 지효 스님 김장해 드릴까?"

지혜가 가냘픈 목소리로 물었다.

"너 김치 할 줄 알아?"

음독 사건 이후 일 년이 지났는데도 자비행 보살님의 병환이 짙어지자 지혜가 잠시 절에 와 공양주 보살님 방에 머물고 있었다.

"응. 그런데 맛은 장담 못해."

곤혹스런 얼굴을 하고 뭉그적이던 해인이 낯빛을 밝혔다. 해인과 지혜는 마을 밭에서 배추를 얻었고 지효 스님의 산중 움막으로 올라갔다. 삼촌, 지효 스님은 '내가 너희들의 보시를 받다니…….' 하며 어린 두 손님을 맞이하며 이를 드러내며 웃었다.

해인은 공양주 보살님에게 받은 과일이며 떡들을 각 방마다 돌리는 일을 맡아 했다.

"보살님"

"응?"

"순임이 이모하고 우리 삼촌 것도."

"으이그, 효자 났네."

재가 있거나 불공이 끝나면 그렇게 봉성들을 싸가지고 산을 오를 때 지혜가 '오빠 나도 가면 안 돼?' 하며 따라 나서곤 했다. 그날 산을 내려오다 지혜가 발을 삐끗했고 업고 내려왔었다.

"오빠."

등에 업힌 채 시치름한 얼굴을 하고 있던 지혜가 해인을 불렀다.

"울 엄마가 그러는데 공부가 밥이래. 공부가 머니money인 건 오빠도 알지?"

"나 공부 잘 해."

"……오빠, 나중에 오빠 나한테 장가 와."

"크, 나 스님 될 건데."

"피이. 결혼한 스님들도 많은데 뭐."

해인은 눈을 껌뻑껌뻑했다. '나는 안 돼'라고 지혜에게 대답하려던 해인은 입을 꾹 다물었다. 지금 하고 있는 일에서 행복을 느낀다면, 지금 함께 하는 사람 곁에서 행복을 느낀다면 바로 그것이 행복이라던 노스님의 말씀을 떠올렸던 것이다.

소쩍 소쩍 소쩍. 그때 해인의 대답 대신 소쩍새가 울었다. 사방은 쥐 죽은 듯 고요했는데 울음 소리가 산 계곡에 울렸다. 해인이 대답을 하지 않자 등에 업힌 지혜가 한숨을 포옥 내쉬었다.

어릴 땐 아이들이 중중 까까중하고 놀리면 처음엔 제 분에 못 이겨 울곤 했지만 반복이 되자 비시시 웃다 주먹을 쥐어 보였다. 화가 머리끝까지 나지도 않았다. 겁나지 않았다. 그래도 양명원 미감아 출신이었다. 성운 스님에게서 싸우는 법을 배웠다. 이젠 제법 팔에도 다리에도 힘이 붙어 누구랑 싸워도 지지 않았다.

처음엔 자폐증 환자처럼 방 안에 웅크려 앉아 있기만 했다.

"이런 딱딱한 놈. 너 또 벙어리 된 거냐? 이놈아, 마음의 문을 열고 마음의 눈을 뜨라 했지 누가 벙어리가 되라 했더나?”

해인은 사흘 동안 먹지도 자지도 않고 웅크리고 앉은 채 꼼짝도 하지 않았다. 가슴에서 자꾸 바람 소리가 났다. 수심에 찬 해인은 고개를 푹 숙이고 눈물을 주체할 수 없어 계속 눈물만 흘렸다. 해인은 등을 방벽에 기댄 채 무릎 사이에 얼굴을 파묻고 있었다.

그러면 노스님이 찾아와 ‘넌 배도 안 고프냐?’ 하던 말은 아버지의 말과 비슷했다. 해인이 대답을 하지 않으면 삐죽 고개를 내밀고 빠끔히 들여다보던 노스님은 지팡이로 해인을 쿡쿡 찔렀다. 움찔움찔하던 해인은 지팡이를 피해 몸을 움직였다. 결국 노스님의 지팡이를 피해 방에서 도망나왔다. 상처 입은 짐승 같은 얼굴을 하고 있었다.

“마당이나 쓸고 물 뿌려라. 그만큼 면벽했으면 됐다. 법당에 들어가 절을 하든가.”

노스님은 언짢은 얼굴로 차갑게 말했다. 성운 스님도 노스님도 주눅이 든 채 방구석에만 틀어 앉아 있기만 하려는 해인을 바깥으로 끄집어냈다.

산을 오르고 내리는 길가에는 실망초며 개망초, 명아주며 비름, 강아지풀, 뚝새풀들이 키를 제법 키우고 있었다.

“절은 부처님께 기도와 절로 이루어진 곳이다. 네가 절로 들어가게 되면 너는 행자行者가 된다. 행자라 카는 건 수행자修行者의 준말이다. 수행자, 수도자, 구도자는 온몸, 온 마음으로 고독과 침묵으로 정진해야 하는 거야. 사중 식구들과 지낼 때는 늘 하심下心, 마음을 낮춰야 한다. 조화로워야 한다는 거다. 부딪힘은 충돌이다. 그건 너라는 걸 내세우기 때문이야. 너는 지금 내세울 게 하나도 없다. 절대 네가 다른 스님들의 수행, 자유, 침묵을 깨는 일이 없도록 해라. 그리고 또 우리 절, 관음사는 하루 일하지 않으면 하루 먹지 않는다. 일일부작 일일불식一日不作 一日不食이라꼬."

이야기를 들은 삼촌, 지효 스님이 한참 잔소리를 늘어놓았다. 해인은 정신이 번쩍 들었다.

"네……."

대답은 그렇게 했지만 막상 절에 들어오니 그게 마음대로 잘되지 않았다.

"반드시, 절의 소소한 일들은 도와야 한다. 상 차릴 때 도와준다든가 설거지를 한다거나 청소를 한다거나 울력을 할 때도."

"……네."

삼촌의 당부에 해인은 기어드는 목소리로 대답했다. 하루하루가 힘겨웠지만 견디지 못할 지경은 아니었다.

그런 해인을 지켜본 삼촌은 귀찮다는 말투로 '하루를 참으면 석 달을 버티고, 석 달을 버티면 일 년을 참을 수 있는 거야. 어디를 가도 다 그래. 니가 너 있는 곳을 생지옥으로 만들 수도 있고 극락으로 만들 수 있어.' 하며 해인을 달래주었다.

봄바람 꽃바람이 살랑살랑 코끝을 간질였다. 아지랑이가 피어오르는 관음사 지붕으로 피어 올랐다. 절간에 들어와 보니 생각과 달리 아뿔싸, 맙소사와 다를 바 없었다. 그렇다고 해인이 빈둥빈둥 놀거나 게으름을 피우는 성격은 아니었다. 고운 봄 햇살은 사방에 가득했는데 산사는 늘 정적에 휩싸여 있었다.

"그놈의 도道가 뭔지."

해인은 일주문一柱門에서 들어올 때부터 합장하고 고개를 수그려야 했다. 법당은 두말할 나위도 없었지만 잠잘 때 공양할 때 예불 할 때 모든 일에는 법과 규칙이 따랐다. 눈을 뜨고 잘 때까지 계속되었다. 일과를 끝내고 잠자리에 들면 해인은 베개에 얼굴을 묻고 울음이 치받쳐 목울대가 뻐근해지도록 울곤 했다. 앉고 일어서고 신발이나 옷을 입고 벗을 때도 걸음걸이 말하고 인사하는 것까지 그 놈의 법이 따라다녔다. 귀찮고 불편하지만 어쩔 수 없었다. 향에 가면 향의 법을 따르라 했던가. 그 누구에게도 하소연할 수 없었다. '아니면 가라'는 식이었다. 오는 사람 반기고 가는 사람 잡지 않는다나. 웬 놈의 따지는 것도 많고 하지 말라, 해야 된다는 것이 그리도 많은지 보통 성가신 게 아니었다. 그렇게 모든 건 법과 규칙이었고 만일 어기면 경책을 받았으며 '우린 너 없을 때도 잘 살았다. 아니면 나가라'였다. 마음을 독하게 먹었어도 울컥하는 마음을 참는 것도 보통 힘든 일이 아니었다.

세상에 이런 세계도 있구나. '꼭 이렇게 살아야 하나?' 하며 해인은 철저하게 지켜지는 계율들을 보며 의아해하고 신기해하기도 했다. 불안과 초조, 긴장의 연속이었지만 그 누구도 저녁 예불, 저녁 공양이 끝나면 터치하지 않았다. 철두철미한 개인주의자들이었다. 그게 해인을 편하게 해준 부분이었다. 손을 잡아준다거나 안아주는 사람은 절대 없었다. 절간에서는 너는 너, 나는 나. 누구에게 의지하고 기댄다는 건 생각지도 못할 곳이었다.

'모든 걸 부처님에게 기대라. 사람으로 태어나기 어렵고 남자 되기 어려우며 불법을 만나기 어렵고 부처가 되기 어려운 법이다'던 노스님의 말에 '전 부처님 되고 싶지 않은데요'라는 말은 차마 대놓고 하지 못했다.

"그래 살아보니 살만 하더나? 세상에 나가 살고 싶으냐……?"

노스님이 물었다. 마음속에서 '잘한다. 내 아들……. 이겨라, 이겨라.' 하고 늘 엄마가 말해 주었고 가끔 아버지도 '힘내라……. 힘내'라고 말해 주었다.

"예……. 아니요."

해인은 어정쩡하게 대답했다. 목소리의 끝이 떨렸다. 절간이 좋지는 않았다. 그렇다고 양명원 햇살 보육원으로 돌아가고 싶은 생각은 눈곱만큼도 없었다. 무엇보다 좋은 건 맡은 일, 할 일만 하면 일체 간섭을 하지 않는다는 것이었다. 또 전학한 학교 아이들과도 금세 친해져 즐겁게 잘 놀고 있었던 것이었다. 그쯤부터 해인은 노스님에게 붓글씨를 배우기 시작했다.

"붓글을 쓰면서 너는 누구인가를 생각해 봐라."

"……네."

골똘히 생각에 잠겼던 해인은 속으로 '나는 나죠, 뭐' 하며 뒤통수를 긁다 고개를 끄덕였다.

"저 난을 보거라."

"난이요?"

"매란국죽 중에 난을 최고로 치지."

노스님이 붓글을 쓰면 해인은 먹을 갈았다.

"스님의 난을 보면 바람의 방향을 알 수 있어요."

해인이 먹을 갈다 용기를 내어 말했다.

"……그래. 눈에 보이지 않는 걸 볼 줄 알아야 마음의 눈을 뜨는 거야."

노스님의 붓글에는 힘이 있었다. 관음사가 불사하며 여기까지 올 수 있었던 건 사람들이 노스님의 붓글을 받으러 와서 시주를 하고 가기 때문이었다.

"난은 깊은 산골짜기에서 자라며 잎의 고상한 운치와 꽃의 그윽한 향기가 일품이지. 봄에 피는 춘란과 여름, 가을에 꽃이 피는 혜란으로 나누는데 종류에 따라 조금씩 달라. 보통 한 꽃대에 한 개의 꽃을 그리는 걸 춘란, 여러 개의 꽃을 그리는 걸 혜란이라고 한단다. 저 난을 추사의 불이선란不二禪蘭이라 해. 제주도에 유배되어 있을 때 그린 것이니 인생풍파를

견딘 난이라 할 수 있지. 저 난은 내게 아주 뜻 깊은 난이란다."

不作蘭畵二十年 난초그림을 안 그린 지 스무 해인데

偶然寫出性中天 우연히 그렸더니 천연의 본성이 드러났네.

閉門覓覓辱辱處 문 닫고서 찾고 찾고 또 찾은 곳

此是維摩不二禪 이것이 바로 유마거사의 불이선이라네.

"스님, 저 잘 그렸죠?"

노스님은 해인이 괴발개발 그린 난을 들어 보이자 따스한 돌멩이 난로 같은 미소를 지으시며 '그래, 좋으네' 했다. 노스님은 '네놈이 나보다 더 잘 그리는구나. 그래, 우리 여기서 글이나 쓰고 난이나 치며 업장, 전생의 업이나 닦으며 살자.' 하며 해인의 어깨를 툭 쳐주었다.

추사가 초의 스님에게 주었다는 난이 어찌해서 노스님의 방, 무설당에 걸려 있었는지는 해인도 몰랐다.

"그날이 오면 저 난을 내가 너에게 주마. 단 어디에서나 먼지나 티끌이 있는 삶을 살아서는 안 된다는 약속으로."

그런데 그 난을 성운 스님이 어머니가 물려주었던 통장과 도장과 같이 훔쳐갔던 것이다. 그렇게 노스님이 돌아가시며 물려주었던 난蘭은 해인의 청년기를 난亂으로 몰아세웠다.

(2권에 계속)